AMOR ENTRE LIVROS

By the book
Copyright © 2022 by Disney Enterprises, Inc.
© 2023 by Universo dos Livros

Todos os direitos reservados e protegidos pela Lei 9.610 de 19/02/1998.
Nenhuma parte deste livro, sem autorização prévia por escrito da editora, poderá ser
reproduzida ou transmitida sejam quais forem os meios empregados: eletrônicos,
mecânicos, fotográficos, gravação ou quaisquer outros.

Diretor editorial
Luis Matos

Gerente editorial
Marcia Batista

Assistentes editoriais
Letícia Nakamura
Raquel F. Abranches

Tradução
Marcia Men

Preparação
Alessandra Miranda de Sá

Revisão
Nathalia Ferrarezi
Bia Bernardi

Arte
Renato Klisman

Ilustração da capa
Stephanie Singleton

Design da capa
Marci Senders

Dados Internacionais de Catalogação na Publicação (CIP)
Angélica Ilacqua CRB-8/7057

G975a

    Guillory, Jasmine
    Amor entre livros / Jasmine Guillory ; tradução de Marcia Men.
-- São Paulo : Universo dos Livros, 2023.
    320 p. (Coleção Meant to be ; vol. 2)

    ISBN 978-65-5609-616-2
    Título original: *By the book*

    1. Ficção norte-americana I. Título II. Men, Marcia III. Série

23-4906

CDD 813

Universo dos Livros Editora Ltda.
Avenida Ordem e Progresso, 157 — 8º andar — Conj. 803
CEP 01141-030 — Barra Funda — São Paulo/SP
Telefone: (11) 3392-3336
www.universodoslivros.com.br
e-mail: editor@universodoslivros.com.br

JASMINE GUILLORY

AMOR ENTRE LIVROS

São Paulo
2023

*Para todas as garotas negras que amavam livros
e queriam ser princesas.
Este aqui é para vocês.*

PRÓLOGO

Isabelle Marlowe sorria para o mundo ao descer pela rua lotada e agitada de Manhattan. Não conseguia evitar. Sabia que deveria se manter fria e calma, e agir como se não estivesse empolgada com seu primeiro dia no emprego, mas era impossível. Estava tão entusiasmada que mal se aguentava. Mas não era para estar? Era um dia claro e ensolarado de fevereiro na cidade de Nova York, a primavera estava a caminho, e, em cerca de trinta minutos, ela se tornaria oficialmente a assistente editorial de uma das maiores editoras do mundo, a Tão Antiga Quanto o Tempo. Mal podia esperar.

Estava adiantada para o primeiro dia — não queria correr o risco de se atrasar, porque tinha que pegar o trem saindo da casa dos pais, em Nova Jersey —, então parou em um carrinho de café do outro lado da rua onde ficava o escritório para tomar mais um copo e deixar o tempo passar. Por um milagre, quase não havia fila.

— Bom dia! — disse ela para o cara do carrinho. — Eu me chamo Isabelle. Bem, meus amigos me chamam de Izzy, mas no trabalho provavelmente eu deveria pedir que me chamem de Isabelle. Soa mais profissional, não acha? Seja como for...

— Café? — disparou ele.

— Ah! Sim, café, com certeza. Leite, só um pinguinho, e sem açúcar, por favor. Obrigada!

Ele entregou o café com um grunhido e Izzy abriu um sorriso luminoso em resposta. O rapaz não devolveu o sorriso, mas ela nem notou.

Isabelle tomou um golinho do café. Ele tinha acrescentado leite demais, mas as pessoas costumavam fazer isso mesmo, tudo bem! Deu uma olhada rápida no entorno — talvez devesse andar à toa pela vizinhança enquanto tomava o café, para investigar o que havia por ali e matar mais um tempinho. No dia da entrevista, estava nervosa demais para reparar em qualquer coisa.

Olha, uma padaria! E parecia ótima, com uma fila que saía porta afora e montes de baguetes e pães doces na vitrine. Era provável que fosse comprar muitas guloseimas no fim da tarde ali. Ah, e uma farmácia na esquina — isso seria muito útil.

Aaaah, uma livraria! Ainda estava fechada àquela hora da manhã, mas olhou os livros na vitrine, a maioria dos quais já tinha lido. Isabelle havia acabado de largar seu emprego de meio período na livraria local, que lhe dera acesso — e um desconto muito bom — a todos os títulos mais recentes. Tentou espiar pelas vitrines escuras para enxergar o que havia nas mesas da frente. Viu alguns de seus autores preferidos; reconheceria a capa dos livros deles em qualquer lugar. E lá estava *É a Minha Parte Preferida!* Ele tinha saído depois que deixara o emprego na livraria, e estava morrendo de vontade de ler este. Tentava se concentrar no orçamento, por isso não o comprara ainda, e era mais ou menos a décima sexta pessoa na fila da biblioteca para esse livro. Talvez tivesse que ceder e comprá-lo no fim das contas.

Sacou seu telefone do bolso para conferir o horário e notou que havia mensagens.

Do pai:

Boa sorte no seu primeiro dia, Isabelle!

Da mãe:

É isso aí. Boa sorte, meu bem!

Sorriu para o celular.

Obrigada!!! Estou empolgadíssima!

Ela ainda morava na casa dos pais, mas isso era provisório. Seu salário seria meio baixo — embora estivesse emocionada pelo simples fato de *ter* um salário! —, e parecia fazer mais sentido morar com eles em Nova Jersey e fazer o trajeto até o trabalho. Mas ela se dava muito bem com os pais, então não se incomodava nem um pouco. Além disso, tinha certeza de que não seria por muito tempo.

Faltando dez minutos para as nove, decidiu que estava na hora de ir para o escritório. Olhou para seu reflexo na vitrine, alisou o vestido azul favorito e ajustou um grampo no cabelo. Abriu caminho até o edifício da Tão Antiga Quanto o Tempo, tirou uma selfie em frente ao prédio para mandar aos pais e entrou.

— Oi — disse ela para o segurança, incapaz de suprimir o sorriso enorme em seu rosto. — Meu nome é Isabelle Marlowe, é meu primeiro dia aqui.

Ele sorriu em resposta.

— Oi, Isabelle. Seja bem-vinda. Deixe-me verificar sua identidade e já te mando lá para cima.

Após uma olhada rápida no RG dela e um breve telefonema, o segurança — seu nome era Frank, ela viu no crachá — fez um aceno em direção aos elevadores.

— Boa sorte em seu primeiro dia — disse o segurança.

— Obrigada!

Ela respirou fundo e entrou no primeiro elevador.

Uma mulher de cabelo escuro e óculos estava à espera quando Isabelle as portas se abriram.

— Isabelle? Oi, eu me chamo Rachel. É um prazer enfim conhecê-la pessoalmente, depois de tantos e-mails. Marta vai demorar para chegar hoje, mas vou te apresentar ao pessoal.

Marta Wallace era uma das principais editoras na TAQOT e seria a nova chefe de Izzy. Izzy estava, de certa forma, feliz por Marta não estar no escritório logo de começo — ela havia sido bastante intimidadora na entrevista, e Izzy tinha certeza de que não conseguiria o emprego. Ficara chocada ao receber a ligação do RH algumas semanas depois, e foram necessários vários e-mails para que se convencesse de que a coisa toda não era uma pegadinha.

Achou de verdade que arranjaria um emprego em outra casa editorial. Quando ainda era estagiária, participara de um evento de mentoria e conhecera Josephine Henry, que trabalhava para a Maurice e era negra como Izzy. Izzy reunira coragem suficiente para mandar-lhe um e-mail em seguida, pedindo conselhos. Josephine fizera muito mais do que isso: levara Izzy primeiro para tomar um café, depois para almoçar e lhe dera muitos conselhos e dicas sobre como arrumar um emprego na área editorial. Quando publicaram que havia uma vaga para o cargo de assistente editorial na Maurice, Izzy se candidatou de imediato. Ficou arrasada quando não conseguiu. Mas aí, pouco depois, veio a oferta de Marta, na TAQOT, e ela ficou exultante.

Izzy correu o olhar pelo local enquanto seguiam pelos corredores, e seus olhos se arregalaram. Havia livros *em todo canto*. Estar cercada de livros desse jeito era seu sonho desde pequena. Mal podia acreditar que estava ali.

Rachel gesticulou apontando um cubículo.

— Este aqui é para você — disse para Izzy. — A sala da Marta é bem ali. — Ela apontou para uma sala às escuras no mesmo corredor, pouco depois da mesa de Izzy.

Neste momento, um cara branco de cabelos pretos desgrenhados, óculos e o que até mesmo Izzy podia identificar como um casaco de bom corte passou por elas.

— Ah, oi, você é a nova assistente da Marta? — o rapaz lhe perguntou.

Izzy assentiu e abriu um sorriso.

— Sou, sim! Oi! Eu me chamo Isabelle Marlowe, prazer em conhecê-lo.

Ele olhou para ela por cima dos óculos e sorriu.

— Meu nome é Gavin Ridley. Eu me sento bem ali — respondeu ele, apontando para uma mesa não muito distante. — Era assistente da Marta até pouco tempo atrás; agora sou editor-assistente.

— Ah, puxa vida! Parabéns! — disse Izzy.

— Obrigado — agradeceu ele. — E, é sério, fique à vontade para me pedir conselhos sobre o trabalho. Fico feliz em ajudar.

O colega acenou para Izzy enquanto seguia para sua mesa.

AMOR ENTRE LIVROS

Izzy sorriu consigo mesma. As pessoas eram tão gentis ali!

Rachel deu tapinhas em uma pilha de coisas sobre a mesa de Izzy.

— Tem alguns papéis para você aqui, mais um crachá temporário e alguns presentinhos bacanas para o primeiro dia. Pode dar uma olhada em tudo isso e depois venha me procurar, daí podemos tirar sua foto para o crachá de identificação e todas aquelas outras coisas.

Izzy anuiu enquanto se sentava à mesa.

— Parece ótimo. Obrigada!

Ela pegou sua caneta preferida na bolsa e, diligentemente, preencheu toda a papelada que a esperava sobre a mesa. Quando terminou, chegou a vez das coisas bacanas. Izzy apanhou a sacola de algodão da TAQOT, bastante volumosa, e abriu um sorriso radiante. Uma bolsa nova! Podia se ver carregando a bolsa consigo para o parque nos fins de semana, com seus cadernos, suas canetas e o notebook, para trabalhar naquele livro que começara a escrever no mês anterior.

Enfiou a mão dentro da sacola. Uma garrafa de água, uma caneca de café e... ai, meu Deus, um exemplar de *É Minha Parte Preferida!* Estava morrendo de vontade de ler esse livro, e eles simplesmente lhe deram um exemplar, assim? Será que tinha entrado no País das Maravilhas do livro gratuito?

Estava sorrindo quando se levantou para procurar Rachel. Mal podia esperar para sua nova vida começar.

CAPÍTULO UM

Dois anos depois

Izzy entrou no trabalho na segunda de manhã, mostrou o crachá para o segurança e foi para o elevador. Olhou para o celular de relance. Mais treze e-mails tinham surgido, apenas durante sua caminhada do metrô até o elevador. Cinco deles eram de Marta. Esses podiam esperar até ela se sentar à mesa. De preferência, até depois de ter tomado pelo menos metade do copo grande do café ruim que estava em sua mão, mas isso talvez fosse pedir demais. Suspirou quando o elevador lotado parou em seu andar, um suspiro acompanhado do eco de pelo menos mais três pessoas.

Tirou o chapéu enquanto se dirigia para sua mesa e chacoalhou a cabeça, soltando as tranças compridas. O chapéu servira somente como proteção parcial para o ar congelante lá fora. Fevereiro em Nova York era tão deprimente... Deveria estar melhor, não? O inverno já tinha quase acabado! Em vez disso, estava frio, sombrio e sem fim, apesar de ser o mês mais curto do ano.

Priya Gupta, sua amiga, acenou quando Izzy passou. Priya era outra assistente editorial — ela começara na TAQOT apenas alguns meses depois de Izzy e trabalhava para Holly Moore, outra das grandes editoras da casa. Durante a primeira semana de Priya, houvera uma reunião em que um dos editores tecera elogios sobre como a empresa estava cultivando a diversidade em seus títulos naquela temporada. Dos vinte e cinco livros em seu selo, havia o número impressionante de três autores racializados, dos quais nenhum era negro. Os olhares de Priya e Izzy se encontraram, mesmo ambas estando em lados opostos da sala. Ficaram amigas desde então.

— Mal posso esperar até estarmos na Califórnia na semana que vem, e você? — perguntou Priya.

Izzy fechou os olhos e se permitiu sorrir.

— Califórnia! Vai estar quente e vamos levar livros para a piscina, relaxar em espreguiçadeiras sob o sol e deixar que nossa pele fique mais escura. Não vamos?

Priya assentiu.

— Ah, vamos, sem dúvida.

Ambas sabiam que isso era, na maior parte, fantasia. Iriam para uma conferência, portanto ficariam correndo de um lado para o outro carregando caixas cheias de livros ou pilhas de etiquetas com nomes, ou acompanhando autores de um lugar para o outro sem parar. Mas era bom sonhar. Além disso, assistentes editoriais quase nunca conseguiam ir a conferências desse tipo. Izzy e Priya só haviam conseguido porque os autores mais exigentes de suas chefes estariam lá, os que basicamente precisavam de um acompanhante de porta a porta em todas as situações. Claro, ela lidaria com egos gigantes a semana toda — mais do que de costume —, mas estava agradecida pelas breves férias longe do escritório.

Izzy também precisava de uns dias longe dos pais, com quem estava exausta de morar. Ela os amava, de verdade! Mas eles sempre falavam com a filha logo de manhã e faziam tantas perguntas, a qualquer hora do dia, e ela sentia que precisava avisá-los por mensagens de texto quando ficava na rua até tarde. Tudo isso a fazia se sentir frustrada, sufocada.

Izzy chegou em sua mesa e suspirou. Outra pilha de livros havia surgido da noite para o dia. Fantástico, mais livros nos quais precisava dar um jeito. Colocou-os de lado.

Passou a primeira hora fazendo todo o trabalho que sempre fazia no início da semana: checando o próprio e-mail, dando uma olhada rápida nos e-mails da chefe em busca de algum manuscrito que tivesse chegado durante a noite ou de emergências que precisasse resolver, conferindo as vendas dos lançamentos da semana anterior, tranquilizando autores e agentes com um "sim, Marta vai entrar em contato logo, logo" (o que era... verdade, na maioria das vezes), o habitual.

Ah, ela também teve que enviar uma versão levemente diferente do e-mail que mandava a cada duas semanas para Beau Towers. Beau Towers: ex-astro infantil, filho de duas celebridades, a princípio famoso por ser um ídolo adolescente, depois pelo comportamento genérico de jovem rico e cafajeste — brigas em casas noturnas, acidentes com carros esportivos, destruição de câmeras de paparazzi etc. E aí vieram as múltiplas disputas escandalosas em que ele se metera durante e depois do funeral do pai; tinha aparecido em todos os tabloides.

Quase que de imediato após o funeral, Marta lhe dera um contrato extravagante para a publicação de seu livro de memórias. Mas, há mais de um ano, Beau Towers basicamente desaparecera. Sem qualquer sombra de dúvida ainda estava vivo; seu agente enviava e-mails periódicos jurando que Beau estava trabalhando no livro, embora o prazo de entrega já tivesse se esgotado há muito tempo. Marta, porém, dissera para Izzy lhe escrever com regularidade; para verificar, então, ela mandava um e-mail para ele segunda sim, segunda não, sempre às 9h45, como um reloginho. Ele nunca escrevera uma resposta, e ela já havia deixado de esperar por uma fazia tempo.

Releu o e-mail que enviara duas semanas antes. Quando começara a escrever as mensagens, elas eram sinceras, educadas, profissionais, pedindo-lhe que entrasse em contato com ela ou com Marta, ou que as procurasse caso tivesse dúvidas, ou ainda oferecendo marcar videochamadas com ghost-writers — em resumo, todas as formas de dizer: *Por favor, por favor, por favooor, me escreva de volta!!!* sem dizer de fato. Entretanto, depois de muitos meses enviando essas mensagens sem obter resposta e conforme tudo em seu trabalho ficava cada vez mais estressante, ela cedera.

Agora se divertia com os e-mails, uma vez que tinha certeza de que ninguém além dela mesma os lia — nem Beau Towers, nem o agente dele, nem Marta, a quem sempre copiava nas mensagens.

Para: Beau Towers
CC: Marta Wallace, John Moore
De: Isabelle Marlowe

Sr. Towers,
Feliz fevereiro! Fevereiro é o mês mais curto do ano, além de ser o Mês da História Negra, Mês Americano do Coração, Mês Nacional de Alimentar os Pássaros e Mês Nacional dos Petiscos! (Eu sabia dos dois primeiros, mas não dos outros dois... a gente aprende algo novo todo dia!) Espero que a transição para um novo mês esteja sendo gentil com você!

Escrevo novamente apenas para conferir como está e dizer que espero que a escrita esteja se desenvolvendo bem, e que, se precisar de qualquer tipo de assistência enquanto trabalha em suas memórias, não deve hesitar em me escrever um e-mail ou me telefonar.

Por favor, me avise se Marta ou eu pudermos ajudá-lo em alguma coisa.

Atenciosamente,
Isabelle Marlowe
Assistente editorial de Marta Wallace

Permitiu-se um sorriso diante do texto. Veja, Izzy precisava encontrar diversão onde fosse possível naquele emprego ingrato, estressante e opressivo, não é mesmo?

Voltou a vestir a persona falsamente alegre dos e-mails e digitou o endereço de e-mail de Beau Towers no espaço destacado como PARA.

Para: Beau Towers
CC: Marta Wallace, John Moore
De: Isabelle Marlowe

Sr. Towers,

Leu algum livro bom recentemente? Eu li vários livros de memórias de celebridades nos últimos meses — Michael J. Fox, Jessica Simpson e Gabrielle Union lançaram obras fantásticas! As pessoas insistem em me dar livros de Natal, embora eu trabalhe num lugar onde os livros de fato caem do céu, mas não tinha nenhum desses e fiquei ao mesmo tempo surpresa e fascinada em descobrir que fui sugada por eles.

Caso esteja com dificuldades em alguma parte de suas memórias, pensei que talvez pudesse ler um desses em busca de inspiração! Fico feliz em lhe recomendar mais livros a qualquer momento ou oferecer qualquer assistência de que possa precisar. (Só para constar, o de Barack Obama é longo demais, mas o de Michelle é ótimo! Contudo, convenhamos, quem gostaria de ser editor de um ex-presidente, não é?)

Fico no aguardo de podermos conversar em breve!

Atenciosamente,
Isabelle Marlowe
Assistente editorial de Marta Wallace

Quase riu alto com aquela última frase. Izzy achava que nunca falaria com Beau Towers, quanto mais em breve. Provavelmente enviaria e-mails cada vez mais transtornados a cada duas semanas por anos ainda.

Pensar nisso fez o sorriso deixar seu rosto. Por quanto tempo mais ela aguentaria aquilo?

Seu primeiro ano na TAQOT fora difícil, sim, mas ainda era uma novidade excitante e emocionante trabalhar todos os dias cercada por livros. Contudo, enquanto certas partes do emprego ficavam mais fáceis, outras ficavam mais difíceis e opressivas. Marta lhe dava cada vez mais coisas para fazer — mais detalhes para gerenciar, mais manuscritos para ler, mais autores com quem esmiuçar o trabalho deles, mais autores para animar ou tranquilizar. Todas essas responsabilidades novas eram ótimas; sentia que era competente na maioria delas, mas aquelas tarefas vinham se somar a seu trabalho regular, e às vezes tinha a impressão de que estava sendo soterrada. E, como era também uma das poucas funcionárias racializadas dali, além de todo o restante, era sempre convocada para dar conselhos sobre diversidade ou inclusão, ou para se encontrar com um autor negro que estivesse de visita naquele dia. Tinha que colocar um sorriso no rosto e fazer tudo, mas era exaustivo.

Além do mais, o que de fato importava era se Marta achava que ela era boa no que fazia — e, quanto a isso, Izzy não tinha a menor ideia. Ela tentava lembrar a si mesma todos os dias que Marta era brilhante, que aprendera muito observando e ouvindo sua chefe, que tinha sorte por ter aquele emprego. Porém, mesmo isso tudo sendo verdade, também era verdade que Marta era uma pessoa com a qual era difícil de trabalhar: quase sempre rude, nem um pouco amistosa, não particularmente encorajadora e era raro elogiar, se é que o fazia. O que Izzy queria era ser promovida a editora-assistente e, daí, em algum momento, a editora plena. Não de imediato, mas algum dia. Afinal, Gavin fora promovido depois de dois anos, e faltava pouco para o aniversário dela de dois anos no emprego. Marta, contudo, não dera nenhum indício de que haveria uma promoção disponível.

Muito de vez em quando, Marta jogava um "bom trabalho" em direção a Izzy, e a cada vez ela se emocionava. Trabalhava com mais afinco nas semanas seguintes, na esperança de que Marta a notasse e a elogiasse de novo, e, quando não vinha nenhum reconhecimento, ela desistia, sem esperanças. Certa ocasião, depois de um e-mail bem brusco de Marta sobre um trabalho de edição no qual Izzy se empenhara muito, Izzy chegara até a atualizar seu currículo. Mas nunca fizera nada com ele. E por que faria, quando não tinha ideia se estava fazendo qualquer coisa do modo correto? E essa era uma das partes mais deprimentes desse emprego — ela queria orientação, mentoria, um jeito de melhorar em seu trabalho, dicas para algum dia se tornar o tipo de editora que Marta era. Ela queria editar excelentes ficções literárias, ficções comerciais e memórias. Mas não fazia ideia se sequer estava aprendendo alguma coisa.

E, sim, ela também queria produzir ficção literária pelas próprias mãos. Mas não escrevia uma palavra há meses.

Começara a questionar se aquele de fato era seu lugar; se aquele emprego e aquela carreira eram mesmo para ela. Algo difícil de admitir para si mesma era que trabalhar na TAQOT havia estragado seu amor antes descomplicado por livros e leitura. Ler costumava ser seu maior passatempo, sua fonte de relaxamento, conforto, alegria. Sempre confiável, sempre ao seu lado. Agora, ler parecia dever de casa, de um modo como nunca havia sido, nem quando ela estava na escola. Sentia-se culpada agora quando lia por prazer, porque sabia que sempre havia outra coisa que deveria estar lendo, sempre outro manuscrito por aí, sempre algo pelo que Marta, um autor ou um agente estavam esperando. Isso tornava o ato de ler estressante, como nunca havia sido.

Izzy suspirou. Podia muito bem lidar com aquela pilha de livros que empurrara para o lado da mesa.

Alguns minutos depois, Marta chegou, papeando com Gavin. Conforme se aproximavam da mesa de Izzy, ficou evidente que tinham se encontrado e esquiado juntos durante o fim de semana. Ah, é por isso que os dois haviam saído mais cedo na sexta-feira.

Izzy não pôde evitar certa inveja do relacionamento descontraído e tranquilo entre Gavin e Marta, esta última alguém que ainda a intimidava por completo. Apesar de Marta estressá-la constantemente, Izzy queria muito impressioná-la. E desejava ter alguma ideia de como fazer isso.

Marta meneou a cabeça para Izzy a caminho de sua sala. Aquele tinha sido um cumprimento mais significativo do que em geral recebia;

com frequência, Marta parecia nem reparar que ela estava ali. Gavin parou na mesa dela a caminho da dele.

— Oi, Isabelle. Como foi seu fim de semana?

Izzy sorriu para ele.

— Foi bom, obrigada. E o seu? Ouvi dizer que você foi esquiar...

Izzy ouvira a conversa toda — eles não tinham sido discretos —, mas deixaria Gavin lhe contar a respeito. Ele sempre era um tanto pomposo e prolixo, mas também gentil com ela; dera-lhe muitos conselhos sobre como trabalhar com Marta e sempre fora algo próximo de um mentor para Izzy. Deus sabia que Marta não era.

Meses antes, Gavin a encontrara no escritório depois do horário de trabalho imprimindo o rascunho de seu manuscrito e pedira para vê-lo. Ela ficara nervosa em lhe mostrar o texto — não o mostrara para ninguém ainda àquela altura, apenas contara a Priya sobre os escritos, mas acabara entregando a cópia impressa para o colega. Ele lhe devolveu as páginas uma semana depois sem nenhuma anotação, apenas com um tapinha no ombro. Ela não deveria ter lhe perguntado o que achara; sabia pela expressão dele, mas não pôde se conter.

— É um primeiro esforço muito meigo, Isabelle — dissera Gavin. — Mas... não sei se este é o seu caminho. Eu... pude ver que você tentava ser literária, mas, bem... — Ele se interrompera. — Não quero magoá-la. Não deveria dizer mais nada.

Porém, como Izzy era masoquista, pediu a ele que dissesse mais, e ele disse. Longamente. Ela não escrevia uma palavra desde então.

Izzy balançou a cabeça para expulsar a lembrança e tentou prestar atenção no que Gavin dizia sobre Vermont ou fosse lá o lugar que ele e Marta haviam visitado.

— Ah — disse ele, depois de mais alguns minutos contando que subira em um elevador de esqui com Jonathan Franzen —, lembra que você estava se perguntando semana passada se seria promovida este ano? Quando vi Marta nas pistas, conversamos um pouco sobre isso e... não diga a ela que te contei, tá?

De repente, Izzy mal podia respirar.

— Claro que não, eu jamais diria — prometeu ela.

Ele sorriu para ela, mas Izzy podia ver pelo sorriso que a notícia não era boa.

— Este ano, não, Isabelle. Talvez em ano nenhum, pela maneira como Marta falou de você.

Lágrimas brotaram nos olhos dela de súbito. Por que aquilo doía tanto? Não tinha se dado conta de quanto ainda tinha esperanças até aquele momento.

— Mas você sabe como ela pode ser — disse ele. — Você tá bem?

Izzy se recusava a deixar que alguém a visse chorar. Colocou um sorriso no rosto. O sorriso alegre e luminoso que sempre usava no trabalho. Aquele que ela sabia que precisava usar.

— Ah, eu tô bem, sim. É, sei como Marta pode ser. Obrigada, Gavin, por me avisar.

Ele sorriu para ela mais uma vez e foi até sua mesa.

Izzy se virou para o computador e deixou o sorriso cair do rosto. Queria sair do escritório, ir lá fora para gritar ou chorar, mas estava frio demais e não podia chorar no banheiro, onde todos poderiam ouvir. Em vez disso, clicou no itinerário de sua viagem. Aquilo a fez sorrir de verdade. Precisava de um pouco de luz solar, precisava de uma aventura, precisava de uma fuga. Apesar de a viagem para a Califórnia ser de poucos dias, faria todo o possível para que valessem a pena.

CAPÍTULO DOIS

Izzy e Priya entraram no quarto do hotel e se viraram uma para a outra com um sorriso enorme no rosto. Havia palmeiras e sol, bem do lado de fora do quarto. Quando Izzy avistou o oceano Pacífico pela janela do avião ao aterrissar em Los Angeles, resolveu que aproveitaria aquela viagem, não importava o que tivesse pela frente.

Izzy abriu o zíper da mala e Priya riu.

— Você sabe que só vamos ficar quatro dias, não sabe? E eu que pensei que *eu* tinha trazido muita coisa!

Izzy deu de ombros.

— Gosto de estar preparada.

Tudo bem, ela definitivamente havia trazido coisas demais, mas, ainda assim, gostava de ter opções! Roupas para a conferência; todos os seus pijamas preferidos para poder mesmo desfrutar daquele quarto de hotel; as roupas de academia que sabia que não usaria, mas trouxera de qualquer maneira; alguns vestidos informais, por puro otimismo de que pudesse sair e ter a chance de sentir o clima de LA, e não apenas o ar-condicionado do salão do hotel; os cadernos que levava para todo canto por puro hábito; e... não, não ia dar mesmo para se exercitar: tinha esquecido de trazer os tênis. Poxa vida.

Izzy correu o olhar pelo quarto e deu um leve suspiro. Queria poder ter o próprio quarto. Amava Priya, mas, depois de morar com os pais pelos últimos três anos, só queria um lugar, ao menos por alguns dias, cujo espaço — ou o banheiro! — não precisasse dividir com ninguém.

Depois de uma tarde em que ambas correram de um lado para o outro e de trás para a frente por um centro de convenções, no mínimo, uma dúzia de vezes, Izzy e Priya retornaram ao quarto para se arrumarem para o coquetel da conferência.

Enquanto Izzy passava batom, Priya sorriu para ela.

— De minha parte, estou pronta para um pouco de vinho grátis e petisquinhos minúsculos. E você?

Aquilo soava absolutamente fantástico.

— Com certeza. — Conferiu a roupa de Priya: um vestido vermelho-escuro, brincos dourados e longos e sandálias douradas sem salto. — Alguém já te disse que você está devastadoramente linda?

Priya jogou o cabelo para trás, fazendo os brincos balançarem.

— Ia dizer o mesmo de você.

Ambas caíram na risada. Poucos meses antes, um cara muito bêbado em um bar disse às duas, em separado, que estavam devastadoramente lindas, e elas vinham trocando esse elogio desde então.

— Mas é sério, esse batom é incrível. Rosa-choque cai bem em você. E é óbvio que adorei o vestido.

Izzy sorriu ao se olhar no espelho. Ela também gostava daquele vestido. Priya a ajudara a comprá-lo no verão passado. Era *color blocked* em vermelho e rosa — uma combinação que ela não tinha muita certeza se lhe cairia bem, até que Priya ofegou de alegria quando a amiga saiu do provador. Mas Priya tinha razão: essas cores ficavam ótimas contra sua pele escura, especialmente o batom rosa-choque.

— Imaginei que, já que estamos na Califórnia, poderia muito bem usar algo além de preto. — Izzy colocou uma das tranças de volta ao coque volumoso no topo da cabeça e pendurou o crachá em torno do pescoço. Certo, estava pronta. — Vamos. Temos que chegar lá antes que o pessoal coma os melhores petiscos.

Foram direto para o bar assim que entraram na festa e conseguiram pegar sem demora taças do vinho branco barato que estava sendo servido. Izzy deu meia-volta para dizer a Priya que deveriam procurar alguns dos amigos da TAQOT — e também petiscos —, quando se viu frente a frente com Josephine Henry.

— Isabelle, olá — falou a mulher. — Tão bom ver você de novo.

— Oi, Josephine — disse Izzy.

O tom de voz tinha sido normal? Provavelmente não. Izzy se perguntara com frequência excessiva quanto as coisas talvez tivessem sido diferentes se houvesse conseguido aquele emprego de assistente editorial com Josephine, em vez de com Marta. Quanto Josephine teria sido uma mentora melhor, quanto mais ela poderia ter aprendido, quanto ela estaria mais confortável em empregar sua voz.

Talvez nada disso tivesse acontecido. Quem poderia saber? Talvez fosse apenas o caso de a grama do vizinho parecer mais verde. Entretanto, não acreditava nisso.

Izzy passou a taça de vinho para a outra mão e tentou parecer descontraída.

— É ótimo te ver — falou. — Como vai?

Josephine sorriu para ela.

— Definitivamente, estarei melhor quando tiver uma taça de vinho. Sabe como são os primeiros dias dessas coisas, tão corridos e ocupados. — Ela olhou para o crachá de Izzy. — Ah, é mesmo, você está na TAQOT agora. Para quem está trabalhando?

Priya tinha sumido. Ela conhecia o histórico de Izzy com Josephine.

— Marta Wallace. — Izzy gesticulou para o salão. — Ela está aqui, em algum lugar.

Josephine riu.

— Tenho certeza de que vou trombar com ela em algum momento hoje. São sempre tão engraçadas essas ocasiões... Todos trabalhamos a apenas quarteirões uns dos outros em Nova York e, no entanto, estamos do outro lado do país e me encontro com gente que não via há nove meses.

O bartender entregou a Josephine uma taça de vinho e ela agradeceu com um aceno de cabeça. Izzy começou a se afastar — ela presumia que Josephine precisasse conversar com gente mais importante. Em vez disso, a moça deu um passo para o lado e gesticulou para que Izzy a seguisse.

— Não te vejo há um tempo. Como vão as coisas para você, Isabelle?

Izzy sabia como deveria responder a esse tipo de pergunta, o que as pessoas queriam ouvir. Ela fazia isso o tempo todo.

— Ah, está tudo ótimo! Corrido, mas bastante divertido! Trabalhar numa editora é um sonho que se realizou, e é muito empolgante estar aqui!

Sempre que ela dizia isso, abria um sorriso brilhante, imprimia convicção ao tom de voz e sua plateia ficava satisfeita. De alguma forma, porém, desta vez seu coração não estava ali. Talvez tivesse feito isso vezes demais, talvez fosse porque ela conhecia Josephine, pelo menos um pouco, talvez fosse por causa do que Gavin lhe contara na semana anterior, mas suas palavras saíram sem expressão, quase zangadas.

Josephine fez uma careta.

— Uuuff, feio assim?

Ah, não! Ela tinha que se recompor. Não queria que Josephine a julgasse ingrata.

— Não era isso que eu queria dizer! É só que...

Josephine a interrompeu.

— Queria, sim. Vamos, é comigo que está falando.

Izzy se surpreendeu tanto que caiu na risada. Josephine sorriu também, mas, pela sua expressão, Izzy podia ver que ela queria mesmo saber a resposta.

— Eu tô bem — disse ela, depois de pensar um pouco a respeito. — Tem muita coisa que eu amo no trabalho do meio editorial. Mas pode ser duro às vezes. Por... muitos motivos.

Izzy podia perceber, pelo olhar de Josephine, que ela compreendia.

— É, pode, sim. — Josephine gesticulou, indicando o salão. — Quando eu comecei, era uma das poucas pessoas negras nestes salões. Agora, a quantidade deve ter dobrado. — Ela suspirou. — Pensava que as coisas estariam melhores a essa altura.

Ela se sentia muito mais confortável com Josephine do que com Marta. Se pelo menos... Não, não podia pensar assim.

Josephine tomou outro gole de vinho.

— Está recebendo trabalhos bons? Marta tem ótimos autores por lá.

Izzy assentiu de modo automático.

— Tem, sim. Mas...

Ela engoliu em seco. Precisava parar agora. O que estava fazendo, pensando em confessar seus sentimentos a respeito de Marta para alguém que não fosse Priya? Aquele meio era pequeno demais para isso.

— Estou aprendendo muito — acrescentou ela.

Josephine lançou-lhe um olhar de quem compreendia.

— Tenho certeza de que está — disse ela. — Aprendendo a fazer malabarismos, aposto.

Izzy riu.

— Com certeza!

Ela precisava mudar o rumo daquela conversa — era provável que já tivesse falado mais do que deveria.

— Mas, enfim, não quero me queixar. Tive oportunidades ótimas.

— Não precisa fingir comigo — disse Josephine. — Olha, os primeiros anos podem ser bem difíceis neste ramo, mas...

Alguém tocou no ombro de Josephine.

— Josephine, aí está você! Leah Jackson está aqui e está te procurando.

A expressão de Josephine se iluminou.

— Ela conseguiu vir! Fantástico! — Virou-se de novo para Izzy. — Isabelle, tenho que correr, mas depois continuamos essa conversa, tá? Se não for aqui, vamos tomar um café ou almoçar quando estivermos de volta a Nova York. Eu te mando um e-mail.

Izzy assentiu.

— Adoraria — disse ela.

No entanto, sabia que, por mais que Josephine estivesse sendo sincera naquele momento, considerando-se o quanto era ocupada, a probabilidade de que se lembrasse daquela conversa e de fato entrasse em contato era baixa, quase inexistente. Em contrapartida, Izzy não tinha certeza se conseguiria lidar com outra conversa motivacional sobre como só era preciso aguentar mais um pouquinho; como Marta jamais a teria contratado se não enxergasse como ela era talentosa e inteligente; como o meio editorial podia ser cruel, mas, se você mantivesse a cabeça baixa e trabalhasse bastante, seria bem-sucedida.

Izzy ia se virar para procurar Priya quando ouviu a voz de Marta:

— ... o fardo da minha existência, você quer dizer.

Izzy parou e tomou um gole de vinho para fingir que não tinha escutado nada. De que — ou quem — Marta estaria falando? Virou-se um pouquinho para ver com quem ela conversava. Hum, aquele era Will Victor, outro dos editores famosos da TAQOT. Izzy pegou o celular para disfarçar.

— Não posso crer que faz um ano inteiro desde que você teve notícia dele — falou Will.

Marta tomou um gole de vinho.

— *Bem* mais de um ano! O agente dele me falou um monte de mentiras, disse que ele está trabalhando duro, mas não ouvi nem um piu dele e não vi nem uma página sequer... nem uma palavra! Então, não acredito em nada.

Ah. Ela devia estar falando de Beau Towers. "Fardo da existência dela" parecia um tanto forçado — não que *Marta* enviasse e-mails para ele a cada duas semanas, só para ser ignorada. Embora ela fosse a pessoa que se comprometera com um contrato na faixa dos sete dígitos para o livro de Beau. Para ser justa, diria que Marta não ligava para isso. Só queria o livro.

— Minha pobre assistente deve estar cansada de enviar seus e-mailzinhos educados e alegres para conferir como ele e seu agente estão.

Izzy escondeu um sorriso quando Marta disse isso. Com certeza ela não lia nenhum dos e-mails de Izzy para Beau já há algum tempo.

— Não é nem o prazo estourado que me incomoda — prosseguiu Marta. — Convenhamos, eu já esperava isso dele. Para gente desse tipo, um prazo é mais como uma sugestão. Mas parece que não existe um caminho para tirar, de fato, um livro dele. Pensei que talvez estar aqui em LA equivaleria a poder pegá-lo em seu covil, levá-lo para tomar um drinque e dar um jeito, mas, segundo minha assistente, ele nem está em LA! Está escondido em uma casa lá em Santa Bárbara! Não quero cancelar o contrato. Isso só o faria devolver o dinheiro, e não estou nem aí para o dinheiro. Não é o *meu* dinheiro. Eu quero esse livro, Will! Só não sei como fazer para ele acontecer, e você sabe que eu raramente fico sem saber o que fazer.

Para ser honesta, Izzy nunca ouvira Marta admitir uma derrota antes. Era fascinante.

— A essa altura, talvez você tenha que ameaçar cancelar o contrato para fazer algo acontecer — disse Will. — Às vezes, pessoas assim só reagem a ameaças. Não entendo por que ele não usa um ghost-writer. É uma coisa de ego? Você disse a ele que ninguém vai saber que não foi ele quem escreveu, não disse?

Marta soltou um suspiro que era quase um sibilo.

— É claro que disse isso a ele. Tantas vezes. Eu disse, minha assistente disse, o agente dele disse. Sabe o que ele responde? Nada! Juro, preciso que alguém vá até a casa dele e bata na porta para perguntar o que está havendo de verdade com esse livro. — Os olhos dela se arregalaram. — Na realidade, eu sou brilhante. É, é exatamente do que eu preciso. O único jeito de resolvermos isso é se alguém for direto até a fonte.

Izzy não fazia ideia do que a fez agir como agiu. Uma explosão de coragem, um raio, um lapso momentâneo de juízo, os três goles de vinho que tomara enquanto ouvia a conversa às escondidas. Mas, de repente, deu meia-volta e se aproximou de Marta.

— Eu faço isso — disse ela. — Vou falar com Beau Towers.

CAPÍTULO TRÊS

— Eu não sei o que me deu, Priya! Do nada, estava falando sem controlar minha boca e, quando parei, pensei que Marta ia rir de mim; mas, em vez disso, ela me disse que era uma ótima ideia e que podia contar comigo sempre!

Izzy e Priya estavam de volta ao quarto no final da noite, comendo uma pizza que tinham pedido para entregar no hotel e tomando vodca com tônica. Haviam estreado o minibar, apesar dos preços astronômicos. Era uma emergência.

Priya balançou a cabeça.

— Marta disse que podia contar com você sempre? Será que um alienígena assumiu o controle do corpo dela?

Izzy pegou sua bebida. Também não podia acreditar.

— Parece improvável, mas eu não teria inventado isso nem nos meus sonhos mais loucos, então ela deve ter dito mesmo. Falou até que eu era a pessoa perfeita para fazer isso!

Os olhos de Priya se arregalaram.

— Tá, agora eu tô preocupada. Ou Marta foi dominada por um alienígena, ou isso é alguma armadilha. Você vai sair dessa viva? Beau Towers não é um pesadelo?

Izzy apanhou outra fatia de pizza.

— Claro que é! Por que você acha que ele recebeu um contrato pelas memórias dele, afinal de contas? O rapaz é a típica celebridade idiota: brigas de bar, acidentes de carro etc., uma atriz ou modelo diferente enganchada no braço semana sim, semana não... Você conhece o tipo. A última notícia dele foi quando a imprensa o flagrou em um vídeo gritando com a própria mãe no funeral do pai. Classudo, né? Os pais de Beau Towers tiveram um divórcio atribulado, mas, ainda assim...

Por que, exatamente, Izzy havia se oferecido para aquela tarefa mesmo?

Priya procurou o celular.

— Ah, é verdade. A mãe dele não é aquela modelo negra lindíssima?

— É, Nina Russell.

Izzy sabia demais sobre Beau Towers a essa altura do campeonato.

Priya tomou um gole do drinque enquanto analisava os resultados de sua busca no Google.

— Essas fotos dos pais dele juntos são tão estranhas. Eles não combinam nem um pouco. O pai dele era aquele diretor...

— Jim Towers, diretor e roteirista. — Izzy pegou sua bebida. — Mas, enfim, a única resposta que obtive para qualquer um dentro das minhas dúzias de e-mails veio de um que enviei ao agente dele, pedindo o endereço de Beau para que pudéssemos enviar uma cesta de guloseimas no fim do ano. É só por isso que sabemos onde ele está.

Priya ainda olhava para o celular.

— Ai, meu Deus. Isabelle Marlowe, não posso acreditar que me contou toda essa baboseira sobre Beau Towers antes de me dizer como ele é lindo! Bem, isso se você gostar de caras fortes e grandões, e eu adoro de verdade. Quem liga para uma ou outra briga de bar se ele tem essa aparência aqui?

Izzy riu para Priya, que levantava o telefone para mostrar.

— Você me conhece, Priya. Eu gosto mais do tipo poeta magricela.

Priya se levantou e voltou para o minibar.

— É, infelizmente eu sei disso, e olha aonde é que ISSO te levou.

Ela tinha razão nesse ponto. Aquele poeta magricela que Izzy namorara por alguns meses no verão anterior gastava a maior parte do tempo jogando videogames e não parecia escrever muita poesia... nem passar muito tempo com Izzy.

Priya pegou mais duas garrafinhas nanicas de vodca e entregou uma para Izzy.

— Não posso acreditar que vai mesmo fazer isso. — Ela despejou o líquido no copo e acrescentou água tônica. — Você vai ter que me contar como é Santa Bárbara; eu vou para lá para o casamento do meu primo no mês que vem. — Priya meneou a cabeça. — Não consigo acreditar que na quarta-feira, quando todos voarmos de volta para Nova York, você vai simplesmente dirigir até a casa de Beau Towers e bater à porta dele.

Izzy deu risada.

— Soa ridículo, né? O cara não respondeu a um único e-mail entre os vinte e nove que enviei, e eu contei. Nem a nenhum dos que Marta enviou. Então, por que ele atenderia à porta quando eu bater, se é que ele está lá mesmo? Mas, sendo franca, não dou a mínima. Vou ficar um dia inteiro a mais na Califórnia. Talvez eu *até* consiga um tempinho ao lado da piscina com um livro.

E outro dia longe do escritório. A simples ideia já a deixava feliz.

— Exatamente — ponderou Priya. — E mais, Marta pode estar só procurando munição para fazer com que ele enfim contrate um ghost-writer. Se Beau Towers te ignorar ou, pior ainda, gritar com você, vai sair dessa história como um monstro. Talvez seja bem isso o que ela quer.

— Bem pensado — disse Izzy. — Esse é o tipo de coisa que Marta faria. Quer dizer, é óbvio, ainda quero surpreender a todos e voltar para Nova York balançando um manuscrito nas mãos. Sabe, o manuscrito que Beau Towers vinha escondendo e decidiu entregar só porque consegui convencê-lo.

Priya riu e levantou seu copo.

— Um brinde a isso — disse ela.

Portanto, na quarta de manhã, Izzy deixou o hotel para ir de carro até Santa Bárbara. No começo, a viagem foi entediante: rodovias, tráfego etc. Tanto fazia, ela não ligava; tinha sua playlist preferida para lhe fazer companhia, e no carro alugado havia um teto solar do qual ela desfrutou plenamente. Porém, de súbito, a rodovia fez uma curva e o mar estava bem *ali*, na frente dela. Olhou para o oceano cintilando ao sol e sorriu. Essa era a Califórnia que torcera para conhecer.

Saiu da rodovia e seguiu as instruções um tanto confusas do GPS até o endereço de Beau Towers. Havia palmeiras por todo lado, montanhas imensas à distância, e todas as construções tinham tetos com telhas de terracota, até as lojas de conveniência. Conforme dirigia colinas adentro, as casas ficavam maiores e exibiam muitos cactos e suculentas enormes nos quintais. Mais tarde, ela se certificaria de tirar fotos para Priya, que estava obcecada com as três suculentas ínfimas que mantivera vivas em sua mesa durante o último ano.

Por fim, seu celular alertou: VOCÊ CHEGOU AO SEU DESTINO. Ela estacionou em frente a uma grande casa com estuque cor-de-rosa.

Conferiu o endereço, só para ter certeza de que estava no lugar correto. Era ali mesmo. Não se parecia com nada do que ela esperava, embora, naquele instante, não soubesse dizer o que esperava de fato. Talvez algo um pouco ameaçador e assustador, com um portão rangendo e arbustos secos ou algo assim. Mas não, aquela casa se parecia com todas as outras pelas quais passara no caminho: enorme e espaçosa, com telhado de terracota, uma trepadeira verde com flores em vermelho-vivo crescendo por cima do portão e palmeiras e suculentas no quintal da frente. Era até meio que... charmosa.

Agora ela tinha que se aproximar da casa, bater à porta e simplesmente... perguntar por Beau Towers? De repente, sentiu uma onda de nervosismo. Estava bem até então.

Respirou fundo. Certo. Ia fazer isso.

Saiu do carro e subiu a trilha em direção à casa e os degraus de piso vermelho, até a grande porta principal de madeira, apertando a campainha. Quando a porta se abriu, Izzy se preparou para ouvir os gritos de Beau Towers.

Porém, foi uma mulher quem abriu a porta. Ela tinha cabelos compridos, um sorriso no rosto e aparentava estar em torno dos trinta anos. Seria a namorada de Beau ou algo assim? Parecia normal e amistosa demais para isso, em especial se fosse considerar as modelos que Beau costumava namorar, mas nunca se sabia ao certo o que esperar de caras como ele.

— Oi — disse ela. Deu uma olhada rápida para a rua, depois de novo para Izzy. — É uma entrega?

Izzy sabia que tinha apenas alguns segundos antes que a mulher fechasse a porta na cara dela, então falou depressa:

— Oi! Não, não é uma entrega. Eu me chamo Isabelle Marlowe, sou assistente editorial da Tão Antiga Quanto o Tempo e estou aqui para falar com Beau Towers.

O sorriso da mulher se desvaneceu, mas ela pegou o cartão de visitas que Izzy lhe entregou. Graças aos céus, ela os trouxera para a conferência.

— Trabalho para Marta Wallace; ela é a editora responsável pelo livro de memórias dele, a ser publicado. Ele está um pouco... atrasado com o material, e minha chefe me pediu que viesse aqui conversar com Beau a respeito, descobrir qual é o problema, entender como podemos ajudar.

A mulher balançou a cabeça.

— Oi, Isabelle. Lamento muito que tenha vindo até aqui, mas acho que Beau não vai falar com você.

Izzy já esperava por isso.

— Se pudesse só dar uma conferida, ver se existe algum jeito de eu poder falar com ele por alguns minutinhos... Só quero garantir que ele saiba quanto nos importamos em trazer este livro ao mundo e que estamos dispostos a auxiliá-lo da maneira que ele precisar. Faremos todo o possível para ajudá-lo a ser bem-sucedido nesse projeto.

A mulher olhou para ela com atenção, um leve sorriso ainda no rosto. Izzy não podia decifrar o que ela estava pensando. Por algum motivo, embora achasse que aquela missão fosse inútil, agora que estava ali, queria vencer. Claro, não achava que fosse sair dali com um manuscrito de fato, como havia gracejado para Priya, mas, ainda assim, queria *alguma* vitória. Não tivera nenhuma em muito tempo. Queria entrar na casa, conversar com Beau, convencê-lo a deixar que contratassem um ghost-writer para terminar o livro. Se ela pudesse apenas convencê-lo a responder a um dos e-mails, já seria algo muito significativo. Então poderia voltar para Nova York triunfante e com *algo* para mostrar a Marta.

Por fim, a mulher assentiu.

— Espere aqui — disse ela, antes de dar meia-volta e avançar pelo longo corredor.

Ela não fechara a porta por completo; por isso, menos de um minuto depois, Izzy ouviu um MAS DE JEITO NENHUM bem alto vindo de algum lugar no interior da casa. Ah, bom, eis aí o lendário Beau Towers. Tão encantador quanto esperava que fosse.

A mulher voltou para a porta principal poucos segundos depois.

— Eu tentei, mas ele diz que não quer falar com você — avisou ela. — Desculpe.

Izzy sorriu. Fosse lá quem fosse aquela mulher, parecia ser bacana. Se estava namorando Beau Towers, Izzy lamentava por ela.

— Muito obrigada por tentar — falou. — Agradeço muito, mesmo. E não precisa se desculpar, foi um tiro no escuro, mas valia a pena tentar. Pelo menos, consegui miniférias em Santa Bárbara pelo esforço.

A mulher lhe sorriu.

— Ah, isso é bom. Por quanto tempo vai ficar na cidade?

Izzy riu.

— Quando disse míni, é míni mesmo. Acabei de chegar aqui de uma conferência em LA e vou voar de volta a Nova York. Mas vou aproveitar ao máximo. Talvez comer uns tacos, ir à praia... está fazendo dois graus negativos em Nova York no momento, então, quero desfrutar desse clima enquanto posso.

O sorriso dela se ampliou.

— Posso te dizer aonde ir. Tem uma taqueria ótima, não na praia, mas não muito longe daqui. Diga que foi a Michaela que recomendou, e vão tratá-la bem.

Izzy sacou o celular para anotar o nome da taqueria que Michaela lhe deu.

— Obrigada, Michaela — respondeu. — Agradeço muito.

Ela respirou fundo.

— E você poderia só dizer para Beau que ele pode me mandar um e-mail quando quiser falar sobre o livro de memórias? Não sou especialista nem nada, talvez ele prefira conversar com a Marta, mas, se precisar de incentivo, uma palavra de conforto ou algo do tipo, fico feliz em ajudar.

Por que dissera isso tudo? Bom, não que tivesse algo a perder ali.

Michaela lançou-lhe aquele olhar outra vez. Como se pudesse vê-la por dentro.

— Claro, Isabelle — concordou. — Eu o avisarei.

A moça calçou os chinelos que estavam junto à porta da frente. Chinelos, em fevereiro! Incrível.

— Vamos, eu te acompanho até o carro. Preciso verificar a correspondência mesmo.

E era provável que quisesse se certificar também de que Izzy fora embora de verdade.

Desceram a trilha juntas, e Michaela se virou para a caixa de correspondência ao final do caminho. E então escorregou ou tropeçou em algo tão rápido, que Izzy não conseguiu estender a mão a tempo, e a moça caiu, bem aos pés de Izzy.

— Ah, não! — Izzy se abaixou. — Você tá bem?

Michaela ergueu a cabeça.

— Acho que torci o tornozelo.

Izzy se ajoelhou.

— Posso te ajudar a se levantar? Vamos ver como você se sente.

Michaela se segurou em Izzy enquanto se levantava e fez uma careta ao tentar colocar peso no tornozelo esquerdo.

— Acha que dá para caminhar até a porta? — perguntou Izzy.

Michaela tentou dar um passo e parou.

— Pode me ajudar a chegar lá dentro?

Izzy passou o braço em torno de Michaela enquanto as duas se voltavam para a porta.

— Claro que posso. Você precisa colocar gelo no tornozelo.

Elas se moveram bem devagar, rumo à porta da frente.

— Muito obrigada pela ajuda — disse Michaela. — Não quero atrapalhar suas miniférias.

— O que poderia fazer: deixar você sentada no chão? — ironizou Izzy. — Os tacos podem esperar.

Quando enfim chegaram aos degraus de entrada, Izzy ajudou Michaela a subir e passar pela porta.

— Odeio ter que pedir — assumiu Michaela —, mas pode me ajudar a ir até a cozinha?

Izzy abriu a porta.

— Sem problemas.

Seguiram lentamente pelo longo corredor. Izzy aproveitou a oportunidade para lançar olhares de esguelha ao redor para ver como era a casa de Beau Towers. O chão era de piso frio, as portas eram todas enormes e de madeira — e, em sua maioria, fechadas —, e havia muita arte pelas paredes. Hum, aquele não era o tipo de casa em que esperava que Beau Towers morasse. Era muito mais acolhedora do que tinha imaginado.

Chegaram à cozinha. O cômodo era ensolarado e quente, com eletrodomésticos elegantes e um cantinho confortável, com uma mesa redonda sob uma grande janela. Izzy ajudou Michaela a se sentar à mesa.

— Isso, sente-se e coloque o pé para cima. Vou pegar um pouco de gelo para você.

Izzy tirou um pano de pratos de um gancho no caminho até a geladeira. Abriu o freezer e pegou um saco de ervilhas congeladas. Era meio que reconfortante ver que até aquele ricaço tinha ervilhas congeladas no freezer.

— Aqui. — Ela embrulhou o saco no pano de pratos e o entregou a Michaela. — Coloque isso no tornozelo, mas me dê um segundinho, que vou encher outro saco com gelo para você ter mais um à mão.

Michaela colocou o saco de ervilhas no tornozelo e soltou um suspiro antes de levantar o olhar para Izzy.

— Devia dizer que não precisa fazer tudo isso, mas imagino que não vá adiantar muito, né?

Izzy fez que não com a cabeça.

— Nadinha, então fico contente por nem se dar ao trabalho de tentar. Mas me diga: você tem aqueles sacos plásticos para congelamento, aqueles com vedação?

Michaela apontou.

— Naquela gaveta, à direita da lavadora de louças.

Izzy pegou um saco e analisou a máquina de gelo do refrigerador.

— Ah, uau, tem vários tipos de gelo! Perfeito. — Ela apertou um botão e o gelo picado saiu voando da máquina direto para dentro do saco plástico. — Agora, coloque um por cima e outro por baixo. Mas, primeiro, embrulhe o tornozelo no pano de prato, senão vai ficar gelado demais. E lembre-se de que essas ervilhas congeladas foram usadas como bolsa térmica.

Michaela riu.

— Deveria colocar uma etiqueta nelas, só para identificar.

Certo, Izzy *tinha* que perguntar.

— Você mora aqui? Tipo, você e Beau são...?

Michaela a encarou por um momento, depois riu muito.

— Ah, não, não. Sou assistente dele. — Ela apontou para a cozinha. — E cozinheira também. Faço um pouco de tudo por aqui. Mas não, não moro aqui. E não, não temos nada um com o outro.

Ah, então tá. Embora por qual motivo Beau Towers precisava de uma assistente, em seus longos dias de não responder a e-mails nem entregar seu livro, Izzy não fazia ideia. Mas gente rica levava uma vida bem diferente da de pessoas como ela.

— Entendi. — Izzy estava constrangida. — Desculpe, só estava... me perguntando.

Deveria sair da casa de Beau Towers agora e parar de fazer questionamentos à assistente dele.

— Acho que devo ir agora. Ah, espera, você devia tomar um ibuprofeno. Tem por aqui?

Michaela hesitou, depois balançou a cabeça em negação.

— Tá, espera um pouquinho — disse Izzy. — Acho que eu tenho na bolsa.

Ela se virou para apanhar a bolsa que havia deixado no balcão e a esquadrinhou por um minuto. Por fim, encontrou o remédio.

— Quem diabos é você e o que está fazendo na minha casa?

Izzy ergueu a cabeça devagar. E foi aí que o viu. Recostado na porta da cozinha e olhando fixamente para ela.

Ele era grande; essa foi a primeira impressão que teve de Beau Towers. Alto, musculoso, sólido. Como não o tinha ouvido entrar na cozinha?

Parecia uma versão desgrenhada, sem estilo e bastante infeliz de suas fotos publicitárias. Pele marrom-clara, cabelo encaracolado, barba descuidada. Vestia calças de moletom cinza que pareciam ter visto dias melhores, uma camiseta preta e um blusão com capuz que provavelmente custava mais do que toda a roupa no corpo de Izzy.

E parecia furioso. Zangado e maldoso. Antes de trabalhar para Marta, poderia ter ficado com medo daquela expressão. Agora, porém, apenas sorriu e se aproximou dele. O que importava se esse sujeito fosse maldoso com ela? Izzy podia muito bem se apresentar a ele, já que estava ali. E era melhor fazer isso antes que ele começasse a gritar com ela.

— Olá, senhor Towers! Meu nome é Isabelle Marlowe, assistente editorial de Marta Wallace. Eu lhe enviei alguns e-mails, talvez reconheça o meu nome. Vim para cá para...

— Eu disse que não queria falar com você. Você invadiu minha casa para me perguntar de um livro? Deve se retirar. — Ele levantou a voz. — Agora mesmo.

Izzy havia imaginado que ele gritaria com ela, e ele tinha gritado mesmo. Esperava que Marta, pelo menos, ficasse feliz.

— Ela não invadiu — explicou Michaela. — Ela me ajudou a entrar depois que eu fiz isso aqui.

Beau olhou por cima da cabeça de Izzy para Michaela, e sua expressão mudou. Ele se apressou para junto de sua assistente.

— Ah, não, Bule, o que houve? Você está bem?

Michaela apontou para o tornozelo.

— Vou ficar bem, mas só por causa da Isabelle. Saí para pegar a correspondência e escorreguei. Graças aos céus, ela estava por perto. Ela me viu cair, me trouxe para dentro e pegou gelo para mim. Não fosse isso, era provável que ainda estaria sentada lá fora, gritando para alguém me ajudar a entrar.

Izzy fez um aceno com a mão, gesticulando que não tinha sido nada.

— Fiquei feliz em ajudar.

— Tomou alguma coisa? — Beau perguntou para Michaela. — Devia tomar um ibuprofeno.

Ele olhou ao redor, como se o remédio fosse aparecer na frente dele de alguma maneira.

Izzy suspirou.

— Acabei de dizer isso. Tenho um bem aqui.

Beau sorriu para ela por meio segundo, antes de aparentemente se lembrar de quem era ela e voltar a fechar a cara.

— Vou pegar água — disse ele para Michaela e foi até o gabinete pisando duro.

Quando Izzy entregou a cartela de comprimidos para Michaela, a outra lhe lançou um olhar muito decidido na direção de Beau. Será que ela estava tentando dizer o que Izzy achava que estava? Michaela assentiu. Pelo visto, ela era capaz de ler mentes. Izzy podia tentar, certo?

Deu meia-volta para ficar de frente para ele.

— Senhor Towers, adoraria conversar com o senhor sobre seu livro de memórias. Tudo bem estar atrasado na entrega do manuscrito, sério mesmo. Só queremos abrir as linhas de comunicação e ajudá-lo com a obra do modo que pudermos. Podemos contratar um ghost-writer para o senhor, de maneira totalmente confidencial, é claro. Ou Marta ou eu poderíamos repassar com o senhor um esboço, ou páginas, ou algum capítulo específico, seja lá qual for a questão. Sou ótima em conversas motivacionais, então estou sempre disponível para uma delas, se for disso de que precisa. Não há por que ter vergonha!

Beau colocou o copo de água na frente de Michaela, aquela expressão furiosa de volta ao rosto.

— Agora está na hora de você ir embora.

Michaela chamou a atenção de Izzy e gesticulou para ela prosseguir. Por algum motivo, ela prosseguiu:

— Senhor Towers, entendemos que pode ser assustador para um escritor admitir qual é o problema, mas nós já vimos de tudo, de verdade. Ficamos felizes em ajudar, da maneira que for preciso.

Ela já havia dado uma versão desse discurso — fosse por e-mail ou telefone — para vários autores de Marta, aqueles que pareciam empacados, ou estavam atrasados, ou tinham lhe enviado um daqueles e-mails em que dava para sentir o pânico nas entrelinhas. Sua chefe nunca dizia nada assim para os autores — era encorajador demais para ela —, mas Izzy começara a dar discursos motivacionais como esse depois de ouvir às escondidas outros editores e seus assistentes ao telefone com os autores. Sempre parecia ajudar; esse discurso costumava fazer as pessoas se sentirem melhor, mais seguras. Beau, contudo, parecia mais zangado do que quando entrara na cozinha. Ele soltou uma risada áspera.

— Você? *Você* já viu de tudo? Você tem o quê, vinte e dois anos?

Izzy se forçou a não revirar os olhos. Ela tinha genes bons, tá?

— Tenho vinte e cinco. — Não que isso fosse da conta dele. Além do mais, ela, por acaso, sabia que ele tinha exatamente um ano a mais que ela. — Mas, quando digo "nós", não estou falando apenas de mim; falo sobre o conhecimento coletivo da equipe da TAQOT.

Ele ainda a encarava com aquela expressão superior e incrédula no rosto, e de repente Izzy ficou farta daquilo tudo. Em vez de ser gentil, disse o que lhe passava pela cabeça:

— Você pode ter se dado conta de que um livro de memórias é algo grande demais para lidar sozinho. Tudo bem, entendemos isso! Nem todo mundo foi feito para escrever suas memórias! Podemos lhe indicar um ghost-writer, que fará o serviço pesado. Você não terá que se preocupar com nada.

Certo, isso foi meio rude, mas ele estava pedindo. Izzy podia sorrir para ele, o mesmo sorriso que usava no trabalho, mas recusava-se a fingir que estava tudo bem ele falar com ela como se ela fosse a poeira debaixo de seu sapato.

Beau olhou para Izzy com fúria nos olhos. Ela apenas sorriu ainda mais.

— Não preciso de um ghost-writer! — ele quase cuspiu. — Acham que sou burro, não acham?

Izzy imprimiu tanta animação à voz quanto lhe foi possível.

— Ah, claro que não! — disse ela. — Não estamos julgando você! Sabemos como... sua agenda é lotada. É apenas uma oferta. Queremos explorar todos os caminhos aqui.

Beau expôs os dentes para ela no que, possivelmente, imaginava ser um sorriso.

— Ótimo. Quer me ajudar da maneira que puder? — perguntou ele, em uma óbvia imitação da voz dela. — Quer me dar discursos motivacionais? Que tal isto: quero que me faça um discurso motivacional todos os dias. Hein?

Esse cara estava achando que ia fazer uma armadilha para ela? Depois de todas as solicitações irracionais de Marta?

— Qualquer coisa que eu possa fazer para ajudar, senhor Towers. Quer que eu lhe mande por e-mail ou telefone, em um horário específico ou...?

Ele riu outra vez.

— Não, você não está entendendo. Pode ficar aqui e me dar seus discursinhos motivacionais pessoalmente. — Ele abriu os braços em um gesto que abrangia o corredor. — Temos espaço de sobra, como tenho certeza de que percebeu.

Izzy sabia que esse babaca esperava que ela fosse recuar, mas desafiaria seu blefe.

— Ficaria feliz em fazer isso, senhor Towers. Minha bagagem está logo ali fora, no carro.

Ele a encarou de novo, carrancudo.

— Dê as chaves, vou pegar sua bagagem agora mesmo — disse ele.

Espera, mas... Tá, Beau Towers não podia estar falando sério.

No entanto, não poderia ser Izzy quem daria para trás. Revirou a sacola de algodão e entregou a ele as chaves do carro alugado. Ele não agradeceu.

— Michaela, parece que terei uma convidada para o jantar. — Ele se voltou para ela outra vez. — Encontre-me na escada, vou levá-la até seu quarto. E pare de me chamar de senhor Towers. É só Beau.

Depois, ele se virou e saiu da cozinha pisando duro, enquanto Izzy o fitava.

CAPÍTULO QUATRO

Como Izzy tinha se metido nessa?

Beau não estava falando sério, estava?

— Tem alguma restrição alimentar? — perguntou Michaela, sorrindo para ela. — Alergias alimentares que eu deva saber? Para o jantar de hoje e para a sua estadia por aqui, quero dizer.

Izzy a encarou. Michaela não achava mesmo que ela ia *ficar* — para o jantar ou qualquer outra coisa —, achava? Entretanto, Michaela a olhava cheia de expectativa. Então, após alguns segundos, Izzy balançou a cabeça.

— Hã... não, nenhuma alergia.

Ela deveria estar na praia àquela hora, lendo um livro e comendo tacos! Por que Michaela tinha que cair? Por que Izzy se dera ao trabalho de ajudá-la a voltar para casa? Por que se demorara para oferecer gelo, ibuprofeno e compaixão? Por que não fugira da casa assim que possível?

— Tá, mas tem alguma coisa que você deteste? — perguntou Michaela. — Cogumelos, berinjela, gorgonzola? Você é vegetariana? Sou eu quem cozinha por aqui, na maior parte do tempo, por isso quero me certificar de que sejam coisas de que você gosta.

Ela deveria estar em um voo naquela noite, saindo do LAX! Um aeroporto a duas horas dali! Por que estava conversando sobre suas preferências alimentares com a assistente de Beau Towers?

— Ah, hã, eu gosto de tudo. E não, não sou vegetariana. O principal é que odeio qualquer coisa que trema.

Michaela lançou-lhe um olhar estranho.

— Qualquer coisa que trema? Como assim?

As pessoas sempre achavam isso esquisito nela.

— Sabe como é: cremes, pudins, gelatina... qualquer coisa que, se cutucada, trema. É a textura, não suporto aquilo.

Michaela riu por um tempinho; Izzy não achava que fosse tão engraçado. Também não sabia por que falava de comidas trêmulas quando havia acabado de entregar as chaves do carro alugado para Beau Towers poder buscar sua bagagem. O que estava acontecendo?

— Isso não será problema, não se preocupe. E, se pensar em mais alguma coisa, é só me avisar, tá bom?

Izzy queria perguntar como uma pessoa tão gentil e competente quanto Michaela podia trabalhar para alguém como Beau, mas sabia que não era possível. Mas ai, meu Deus, Beau devia estar furioso com sua assistente por deixar que Izzy entrasse na casa.

— Desculpe, Michaela. Eu te coloquei numa situação ruim aqui, me deixando entrar depois de seu chefe dizer que não queria.

Michaela dispensou a preocupação com um aceno de mão.

— Ah, tudo bem. Beau late, mas não morde.

Izzy não tinha tanta certeza disso. Sua dúvida devia ter transparecido no rosto, porque Michaela riu.

— Não, é sério, não se preocupe. Beau e eu nos conhecemos há muito tempo. — Ela indicou a porta com o queixo. — Falando nisso, é provável que ele esteja à espera para levar você até seu quarto.

— Ah, é verdade. — Izzy apanhou sua bolsa de algodão. — Tá bem. Eu vou... procurá-lo, então.

Michaela sorriu para ela.

— Fico feliz em recebê-la aqui.

Pelo menos alguém estava.

Izzy saiu da cozinha e seguiu o longo corredor de piso frio. Mal podia acreditar que se deixara afetar por Beau Towers e fora, por sua vez, grossa com ele. Nunca fazia esse tipo de coisa — ficava com raiva, claro, mas mantinha a escondida, desabafando com Priya ou outra de suas amigas depois. No entanto, havia contrariado Beau Towers de propósito. E a parte mais estranha é que tinha meio que gostado.

E agora ele estava prestes a conduzi-la até um quarto de hóspedes em sua casa...

Marta teria uma síncope assim que Izzy lhe contasse sobre isso, o que ela faria assim que chegasse ao quarto. O lado positivo: pelo menos teria mais a dizer à chefe sobre Beau Towers. O lado negativo: absolutamente todo o resto.

Izzy parou na entrada para esperar e olhou para cima, observando a escadaria enorme e sinuosa. Parecia saída de uma revista elegante, com seus degraus amplos, balaustrada grande e brilhante e um lustre no topo. Não era uma escadaria que alguém poderia simplesmente descer; a pessoa *desfilava* degraus abaixo. De preferência, em um vestido de gala longo e com cauda.

Poucos segundos depois, Beau abriu a porta da entrada com um estrondo e acabou com aquele instante. Viu? Era por isso que as pessoas lhe diziam que ela lia demais — tudo o que tinha precisado era ver uma escadaria, e já se inserira em um conto de fadas.

— Siga-me — ele vociferou para ela, começando a subir os degraus.

Não pôde evitar notar que ele segurava a mala lotada como se não pesasse mais do que uma pena.

Subiram a escadaria, depois seguiram por um longo corredor. Izzy se perguntou o que haveria por trás de todas as portas pelas quais passavam. Será que ele morava mesmo sozinho nessa casa imensa? Sim, o que ela tinha visto de Santa Bárbara era lindo, mas ainda se questionava sobre o que ele estaria fazendo ali.

— Aqui. — Beau escancarou a porta no final do corredor e soltou a mala dela. — Vejo você no jantar. É às seis. Não se atrase.

E, com isso, ele saiu pisando duro.

Izzy esperou até ele estar do outro lado do corredor para puxar a mala para dentro do quarto, fechando a porta.

Em seguida, apoiou-se na porta, fechou os olhos e, por fim, deu uma risada alta. O que mais poderia fazer? Em que se transformara sua vida agora? Será que estava lançando um torpedo em sua carreira editorial? Estranhamente, nem se importava — Marta nunca lhe daria uma promoção mesmo, já sabia disso. Pelo menos, tiraria uma boa história disso tudo. *Já te contei sobre quando invadi a casa de Beau Towers?*

Era óbvio que ia enfeitar um pouquinho.

Izzy não achava que houvesse qualquer possibilidade de passar, de fato, a noite ali — teria que descobrir um jeito de ir embora quando o jantar terminasse —, mas tinha que ao menos dar uma olhada no quarto, em nome das histórias que viria a contar no futuro. Torcia para que Beau carregasse a mala de volta por todos aqueles degraus quando estivesse de saída.

Priya *morreria* quando ficasse sabendo.

— Uau!

Izzy foi até a imensa janela na extremidade oposta do quarto. Ela dava para o oeste, de modo que podia ver o sol já descendo no horizonte, a colina verde logo abaixo da casa, o restante da cidade lá embaixo e o mar à distância. Sentia que poderia olhar por aquela janela para sempre. Não se incomodaria em ter que lidar com Beau Towers se pudesse ter aquela paisagem por um pouco mais de tempo. Ele era bem mais fácil de lidar do que a maioria das pessoas que trabalhavam no mundo editorial; a agressão descarada parecia quase revigorante depois daquele ano pelo qual passara. Ao menos sabia em que pé estava com ele.

Falando nisso... tinha que enviar um e-mail para Marta a respeito da situação.

Desmoronou na cama e tirou o celular da bolsa.

Para: Marta Wallace
De: Isabelle Marlowe
Assunto: Beau Towers

Oi, Marta!
Conversei com Beau Towers há um tempinho. Ele ainda está resistente em discutir o livro de memórias, mas vamos jantar esta noite aqui na casa dele e, espero, conversar um pouco mais sobre isso. Não tenho certeza de conseguir pegar o voo desta noite, então pedirei ao agente

de viagens que altere a data para amanhã, se estiver de
acordo.

Isabelle

Izzy mordeu o lábio e apertou ENVIAR. Marta respondeu quase
de imediato.

Para: Isabelle Marlowe
De: Marta Wallace

Sabia que você era a pessoa certa para lidar com ele.
Mantenha-me informada.

Vindo de Marta, aquela mensagem era quase efusiva. Izzy balançou a cabeça e se levantou para dar uma olhada no banheiro. Abriu a porta e seu queixo caiu. Aquele era o banheiro de seus sonhos.

O piso era de azulejos azuis, as paredes eram azul-claras, e, combinados com a grande janela acima da banheira que dava para o mundo lá fora, a sensação era quase de estar ao ar livre, parte do céu e da água.

E aquela banheira... Izzy aproximou-se dela. Era enorme, funda, com pés em forma de garra, com pequenas manchas douradas neles. Será que tinham sido inteiramente dourados antes? A janela ficava logo acima da banheira, portanto dava para desfrutar da paisagem enquanto se tomava um banho de imersão. Mal podia esperar até mais tarde naquela noite, depois do jantar, quando mergulharia em uma banheira quente com seu livro e...

Izzy se arrancou de seu devaneio. Tinha se esquecido. Não estaria ali após o jantar. Parte dela queria tomar um banho agora mesmo, só para poder experimentar aquela banheira incrível, mas parecia esquisito tomar um banho de imersão em plena tarde, na casa de Beau Towers. Além disso, não queria abrir sua mala abarrotadíssima para desenterrar os itens de higiene pessoal, sua touca e o restante.

Por fim, resolveu fazer xixi, lavou as mãos, admirou a excelente iluminação (por causa daquela janela grande) no espelho, conferiu o chuveiro — que era perfeitamente bom, mas nada que se comparasse à banheira — e voltou ao quarto. Antes do jantar, precisava mandar uma mensagem para Priya.

> Aimeudeus, Priya! Conheci Beau Towers. Ele é terrível. Mas... tô na casa dele neste instante! E devo jantar com esse cara, aqui, esta noite! E fazer um "discurso motivacional" para ele!
> Não me pergunte como é que me meti nessa, não faço a menor ideia. Na verdade, não; ACHO que meio que, tipo, eu o desafiei. Não sei o que me deu... Marta está contentíssima (por si mesma, claro). Vou te atualizando.

A resposta de Priya foi mais satisfatória do que a de Marta.

> AIMEUDEUS, como assim???
> Mal posso esperar para ouvir TUDINHO!!!

Algumas horas depois, Izzy desceu a grande escadaria a caminho do jantar. Deixou a mão deslizar pelo corrimão e suspirou. Deveria ter colocado aquele vestido maxi que estava na mala. Quantas oportunidades teria de desfilar por uma escadaria em um vestido longo? Aquela era a primeira vez em sua vida, na verdade. Deveria ter aproveitado!

Riu consigo mesma enquanto caminhava pelo corredor em direção à cozinha. Parou na porta e viu Michaela tirando pratos de um armário.

— Oi, Isabelle — disse ela. — O jantar será na porta ao lado, na sala de jantar.

Izzy preferiria ficar ali na cozinha com Michaela a ir para a sala de jantar com Beau.

— Tá, mas posso pegar esses pratos para você? Não devia estar repousando por causa do tornozelo?

Michaela a dispensou com um aceno de mão.

— Não se preocupe comigo. Coloquei gelo nele por um tempo; Beau encontrou uma faixa de compressão para mim, e já me sinto muito melhor. Vá se sentar. Posso servir um vinho para você? — Vinho. Era exatamente disso que Izzy precisava depois daquele dia mais que estranho. — Posso ver na sua cara que a resposta é sim — disse Michaela.

Izzy riu.

— É, a resposta é sim. Muito obrigada.

Ela acompanhou Michaela até a sala de jantar e se sentou. Michaela colocou os pratos sobre a mesa e depois sumiu na cozinha.

Izzy ficou aliviada por ter chegado ali antes de Beau. Cogitara descer atrasada, só porque ele lhe dissera para não fazer isso, mas aquilo lhe pareceu infantil. E, tá bom, ela estava um pouco apreensiva sobre aquele jantar — tá, *muito* apreensiva —, mas podia se comportar de modo profissional. Com sorte, poderia bebericar um vinho e respirar fundo antes de ter que dar algo que lembrasse uma palestra motivacional a Beau Towers. Parte dela queria fazer um discurso sarcástico sobre perseverança, já que o cara tinha detonado um contrato de dois milhões de dólares para um livro, mas era provável que houvesse esgotado sua cota diária de sarcasmo.

Michaela voltou com duas garrafas de vinho nas mãos.

— Tinto ou branco? Também tem cerveja, se quiser, e posso preparar uma margarita se preferir...

Beau Towers simplesmente... vivia assim, o tempo todo. Com alguém se oferecendo para preparar uma margarita às 17h55, toda tarde. Inacreditável.

— Vinho branco está ótimo, obrigada. — Izzy fungou. — Ai, minha nossa, o que é que está cheirando tão gostoso assim?

Michaela lhe sorriu.

— Pensei que, já que fiz você perder os tacos hoje, era isso o que eu devia preparar para o jantar. — Ela serviu uma taça bem cheia de vinho para Izzy. — Tacos de peixe, já que eram os ingredientes que tínhamos aqui. Espero que esteja bom para você...

De súbito, Izzy se deu conta de que não comia nada desde a barrinha de granola no caminho de LA. Deus, estava morrendo de fome!

— Tenho certeza de que vai estar ótimo, muito obrigada.

Izzy tomou um gole de vinho enquanto Michaela voltava para a cozinha. Fosse porque ela precisava desesperadamente de vinho ou porque aquele vinho era de qualidade muito superior ao que costumava tomar, o sabor era incrível.

— Tortillas, peixe, salada, arroz e molho — anunciou Michaela, colocando duas travessas grandes na mesa. — Estarei na cozinha pelos próximos minutos se precisar de alguma coisa, mas tenho que ir embora logo para buscar meu filho.

Será que Michaela de fato a deixaria ali, sozinha na casa com Beau Towers? Acabara se esquecendo de que Michaela não morava ali. Por que repentinamente queria se agarrar a essa mulher, a quem conhecera apenas algumas horas antes? Pegou sua taça e tomou outro gole generoso.

— Hã... obrigada pelo jantar — disse Izzy. — A comida parece ótima.

Michaela sorriu para ela.

— Espero que goste. Vejo você amanhã, Isabelle.

Hum... disso, Izzy duvidava.

Enquanto esperava por Beau, Izzy bebericava seu vinho e olhava pela janela. O sol havia se posto, mas agora ela podia ver as luzes da cidade brilhando colina abaixo e a escuridão do mar distante. Sentia-se subitamente contente por ter se oferecido para aquele plano ridículo e por ter contrariado Beau Towers, só pela oportunidade de ver aquela casa e aquela paisagem maravilhosa. E para beber aquele vinho maravilhoso.

— Não vai comer?

Izzy mal conseguiu conter o pulo ao som da voz de Beau Towers. Por que ele não fazia barulho ao caminhar pela casa? Teria sido bom algum tipo de aviso.

Virou-se para olhar para ele, de pé junto à porta, encarando-a, carrancudo. Claro.

— Estava esperando por você — disse ela. — Não quis ser rude.

Beau fungou ao ouvir aquilo e gesticulou para a comida enquanto se sentava de frente para ela.

— Fique à vontade.

Izzy supôs que esse fosse um convite para se servir, então foi o que fez. Colocou até um pouco mais de vinho. Por que não? Deu uma mordida em um taco e quase soltou um gemido. Aqueles deviam ser os melhores tacos que já provara. Será que Michaela tinha feito tudo aquilo assim, espontaneamente? E com um tornozelo torcido? Provou a salada e arregalou os olhos. Uau, os ricos de fato levavam uma vida ótima! Preparara apenas dois tacos para si, mas já estava ansiosa pelo terceiro. Talvez até um quarto. Era bom aproveitar isso tudo enquanto ainda podia.

Tomou outro gole de vinho e olhou de esguelha para Beau. Por que ele a encarava daquele jeito? Como se, só de vê-la, já lhe desse raiva? Tinha sido ele quem a convidara para jantar, ou será que ele não se lembrava mais disso? Bem, se é que aquilo contava como um convite.

Ele desviou o olhar por um segundo e, em seguida, tornou a fitá-la.

— Certo, comece.

Izzy inclinou a cabeça e o encarou. Uau, aquele tom na voz dele a deixava enfurecida.

— Desculpe, como é? — Será que ninguém nunca ensinara esse sujeito a dizer por favor ou obrigado? — Comece?

Ele assentiu.

— É, comece. Você disse que dava ótimos discursos motivacionais. E então? Mostre o que sabe fazer.

Izzy o encarou por um instante por cima da taça de vinho. Tá, tudo bem. Ela mostraria a ele o que sabia fazer.

— Certo, você quer ir direto ao assunto. — Ela colocou a taça sobre a mesa. — Ótimo. Por que não me diz quais têm sido suas dificuldades com o livro até aqui? Se souber com que você está lidando, poderei ajudar e aconselhar melhor.

Beau apanhou um taco.

— Não — disse ele, dando uma mordida.

Izzy respirou fundo.

— Não?

Ele terminou de mastigar.

— Não. Não vou te contar minhas "dificuldades".

Aquele tom irônico na voz de Beau fazia Izzy ter vontade de jogar sua taça de vinho na cara dele. Tomou um gole, só como lembrete para não desperdiçar um vinho tão bom. — Não tenho que te contar nada. Isso não fazia parte do trato. O trato era que você me daria um discurso motivacional. Como eu disse... comece.

Pelo visto, ele a convidara para jantar apenas para fazer com que atuasse para ele. Por sorte, ela era boa nisso. Na faculdade, trabalhara como tutora de escrita, e, embora muito desse trabalho acontecesse nas páginas, também havia muito a ser feito conversando com os escritores, incentivando-os, ouvindo os problemas deles e ajudando-os a descobrir soluções. Era uma das coisas que faziam com que ela fosse boa naquela parte do trabalho. Izzy tomou outro longo gole de vinho e depositou a taça sobre a mesa.

— Tá bem. Uma coisa que sempre digo aos escritores é para apenas colocar palavras na página. É impossível trabalhar com uma página em branco, mas, desde que tenha um primeiro rascunho do manuscrito, não importa quanto você o ache ruim ou quanto trabalho você ache que ainda precisa ser feito no texto, isso por si só já é uma vitória. Sei que pode parecer devastador pensar em escrever um livro todo... mas não pense dessa forma. Pense apenas no passo a passo, página a página.

Ele olhava diretamente para ela e parecia estar... ouvindo? Prestando atenção? Ela de fato não esperava por isso. Sorveu todo o vinho de sua taça e continuou:

— Dê a si mesmo uma hora por dia, para começar: você pode até quebrá-la em duas porções de trinta minutos ou até de quinze minutos, se estiver se sentindo inquieto. Apenas escreva o máximo que puder durante esse período e comprometa-se a não editar o texto nem se estressar a respeito dele; só siga em frente.

Izzy estava se deixando envolver naquilo. Talvez, apesar de tudo, pudesse mesmo conversar com Beau Towers.

— Também não precisa escrever em ordem cronológica! Sei que isso atrapalha muita gente. A pessoa chega a um trecho difícil ou, em um livro de memórias, a um período difícil de sua vida e simplesmente empaca. Em vez disso, você pode dar um salto no tempo. Vá escrevendo do seu modo, até chegar lá. Comece com suas lembranças preferidas da infância ou um momento crucial na sua vida, uma conversa que ouviu sem querer certa vez, mas na qual sempre pensa, uma ocasião em que ficou acordado a noite toda, seja lá o que o fizer...

Beau começou a gargalhar. Era aquela risada maldosa de novo. Direcionada a ela.

Não era de espantar que aquele panaca morasse sozinho naquela casa. Estava óbvio que ele tinha sido expulso da sociedade.

— Isso é tudo o que tem para oferecer? — disse ele, ainda com aquela expressão maldosa no rosto. — Comece com um momento crucial da sua vida. Uau, que visão! Mais alguma coisa?

Izzy o fitou por um longo momento. Forçou-se a piscar para segurar as lágrimas de raiva que lhe subiram aos olhos.

Estava furiosa consigo mesma por quase chorar por causa de algo que Beau Towers, ora veja, tinha lhe dito. Mas estava ainda mais furiosa com Beau Towers por ter dito aquelas palavras.

Ela não precisava daquilo. Já estava de saco cheio de seu emprego e já fizera muito mais do que era necessário ali. Não queria nem precisava sorrir para aquele imbecil.

Ou sequer ficar aqui sentada e comer com ele.

Levantou-se e jogou o guardanapo na mesa.

— Espere, aonde você vai? — perguntou ele, enquanto ela caminhava para a porta. — Não vai comer?

Ela deu meia-volta e o encarou.

— Isso não fazia parte do acordo — respondeu.

E andou porta afora.

CAPÍTULO CINCO

Izzy subiu a escada correndo até seu quarto. Não podia acreditar que desperdiçara um bom discurso motivacional de verdade com Beau Towers. Sabia que ele era um cretino; devia era ter disparado uma bobagem qualquer na linha do "nós acreditamos em você" e depois o ignorado e comido quantos tacos de peixe deliciosos feitos por Michaela pudesse aguentar, antes que ele a mandasse ir embora.

A pior parte era que, por um breve instante, enquanto ela falava com Beau, Izzy pensara ter visto uma pessoa real por trás daquela besta-fera sentada à sua frente. Pensara, por poucos segundos, que ele a ouvia, que queria escutar o que ela tinha a dizer. Pareceu, apenas por um instante, que aquele era o trabalho que Izzy não apenas fazia, mas o que tinha nascido para fazer. Ela havia tentado ajudá-lo de verdade. Tentado lhe dar bons conselhos.

Izzy deveria saber que era tudo um truque.

Sentia-se boba por ter sido enganada, mas, acima de tudo, sentia-se assim por estar tão desapontada. Uma parte sua achara que ela podia realmente ser a pessoa a conseguir sensibilizar Beau Towers. Dem, isso a fazia se sentir ridícula.

Mas, que droga, tinha sido ótimo lhe virar as costas. Izzy nunca se permitia fazer esse tipo de coisa. Apenas sorria, sempre, e tomava notas, fazendo o que fosse preciso e se empenhando ao máximo, sem deixar que as pessoas a vissem zangada. Com frequência, nem ela se permitia ficar zangada de verdade. Sabia que ficar com raiva, quanto mais demonstrá-la, era perigoso para alguém como ela, que trabalhava nessa área. Não importava como se sentisse, tinha sempre que agir como se estivesse alegre, calma, sem que nada a afetasse, e, isso era certo, nunca poderia deixar ninguém vê-la zangada. Agora, contudo, estava furiosa e deixara que Beau Towers soubesse disso. E tinha sido maravilhoso.

Entrou no quarto pronta para agarrar a bolsa de algodão e a mala, e ir embora. Iria de carro até LA, talvez visse se ainda podia pegar o voo original no LAX ou talvez apenas ficasse em um hotel do aeroporto naquela noite até o voo no dia seguinte, tanto fazia. Só tinha que dar no pé, agora mesmo.

Pegou sua mala e então tropeçou. Depois se sentou com tudo na cama.

Ah, não! O vinho! Havia tomado duas taças — duas taças grandes — na última hora. Em menos de uma hora, para ser mais exata. E tudo o que comera naquele dia tinha sido o café da manhã no hotel, uma barra de cereais no caminho e três mordidas de taco de peixe. Embora não estivesse *exatamente* embriagada, com certeza estava "alegrinha". Não podia dirigir a lugar nenhum agora, menos ainda por todo o caminho até Los Angeles. Quis dar um chute em si mesma por ter pedido vinho a Michaela.

O que precisava agora era ficar ali sentada, naquele quarto perfeito e idiota, com uma paisagem incrível, uma cama confortável e uma banheira gloriosa, e esperar até estar sóbria o bastante para pegar a estrada.

Desejou poder descer nas pontas dos pés e pegar um pouco de comida. Mais alguns tacos por certo a ajudariam a absorver todo aquele vinho. Entretanto, era provável que Beau estivesse lá na sala de jantar, comendo a travessa toda como o senhor da mansão que era; ela não podia estragar sua saída dramática voltando para pegar o prato.

Revirou a bolsa para ver se havia algum petisco lá dentro. Nada.

Ficou ali sentada, fervilhando, por dez minutos. Estava zangada consigo mesma por não ter preparado a bolsa com mais guloseimas... Não, espere, estava zangada consigo mesma por já ter comido todos eles, estava zangada com Beau Towers por ser tão babaca e estava zangada com a Califórnia por ser tão idiota e grande, a ponto de ter de alugar um carro para chegar até aquela casa, em vez de simplesmente chamar um carro de aplicativo, como se faz em lugares civilizados.

Aquilo tinha sido uma batida na porta?

A Izzy normal teria ido até a porta, sorrido para aquele panaca do Beau Towers e lhe falado que sim, ela sabia que ele a queria fora de sua casa e estava a caminho de fazê-lo. Porém, a Izzy zangada, alegrinha e alterada ignorou a batida. Ainda que, por um segundo, tivesse pensado que poderia ser Michaela, que talvez não houvesse ido embora ainda, que talvez tivesse subido a escadaria toda com o tornozelo torcido, Izzy não se moveu. Não importava quem estava na porta agora, ela não queria lidar com ninguém. Graças aos céus, seja lá quem fosse foi embora depois de apenas duas batidas.

Alguns minutos depois, ela se levantou. Definitivamente ainda não estava bem para dirigir, mas iria para o carro com suas coisas mesmo assim, ficaria sentada ali e deixaria o pilequinho passar, em vez de esperar no quarto. Além do mais, estava certa de que ainda tinha um saco de batatas fritas; talvez ele tivesse caído da bolsa.

Passou a alça da mochila no ombro e agarrou a mala. Abriu a porta e parou. Ali, deixada na frente de sua porta, havia uma bandeja cheia de comida. Um prato de tacos de peixe — aquele que começara a comer, mais três —, uma tigela cheia de salada e uma pilha de cookies com gotas de chocolate. E outra taça de vinho.

De onde tinha vindo tudo isso?

Ela pôs a cabeça para fora da porta e olhou de um lado para o outro. Não havia ninguém. Então, apanhou a bandeja e a levou para dentro do quarto, fechando a porta.

Devia ter sido Michaela, no fim das contas. Agora Izzy se sentia mal por não ter atendido. Michaela tinha subido todos aqueles degraus com o tornozelo torcido, carregando aquele tanto de comida. Izzy torcia para que Beau lhe pagasse um belo salário.

Provavelmente deveria se recusar a comer aquilo, por princípio ou algo assim, mas estava com fome demais e ainda alegrinha demais para se preocupar com princípios. Pegou seu taco semimordido e terminou de comê-lo. Ainda estava tão bom quanto antes, mesmo morno.

Foi só quando estendeu a mão para o segundo taco que viu o pedaço de papel rasgado debaixo da tigela de salada. Ela o puxou.

Desculpe — B.

Espere aí.

Aquele bilhete era... de Beau Towers? Será que a comida também tinha vindo dele? Isso queria dizer que Beau Towers havia enchido uma bandeja de comida, subido as escadas e deixado tudo na frente da porta de Izzy? Será que isso queria dizer que aquilo era um *pedido de desculpas*? Dele?

Aquilo parecia tão improvável, a ponto de ser impossível. Sim, era um pedido de desculpas com uma palavra só, assinado por uma inicial, mas mesmo assim... Ele não parecia o tipo que pedia desculpas a ninguém, quanto mais para alguém como ela.

Estava com fome demais e já tinha tomado vinho demais para decifrar esse enigma. Pegou outro taco.

Depois de terminar os quatro tacos, relaxou e se deu conta de quanto estava cansada.

Bocejou. Acordara às seis da manhã naquele dia sem motivo algum, passara o dia à base de adrenalina, tomara duas taças de vinho e fizera uma refeição enorme, e tudo o que queria agora era tomar um banho quente de imersão naquela bela e imensa banheira, e depois deitar naquela cama gigantesca e macia e dormir.

Não, não; não podia. Levantou-se e foi até o banheiro jogar água fria no rosto. Só precisava se recompor, apenas isso.

Todavia, quando entrou no banheiro, viu a banheira de novo. E podia jurar — *de pé junto* — que ouvira uma vozinha dizer: *Um banho de imersão é exatamente o que você precisa no momento, não acha?*

— Acho, acho isso mesmo! — Izzy disse para a banheira. — Mas...

Espere aí. Mas o quê? Beau Towers não havia lhe dito para ir embora, na verdade. Seu novo voo sairia apenas no dia seguinte à noite. Ela não precisava ir a lugar nenhum hoje. Podia apenas trancar a porta do quarto, encher a banheira, comer um ou talvez todos aqueles cookies com gotas de chocolate, que pareciam *incríveis*, ler um dos livros de mistério em seu e-reader e só... relaxar. Sem sua mãe ou seu pai batendo na porta do banheiro para perguntar *Tudo bem por aí?*, ou pedir que passasse no mercado no dia seguinte, ou dizer o que a tia Georgia havia contado ao telefone naquele dia. Ai, Deus, parecia estupendo.

Antes que pudesse se convencer a não fazer, abriu o registro da banheira.

Pronto. Agora estava comprometida. Pelo resto da noite, fingiria que Beau Towers não existia.

— Está feliz agora? — disse ela para a banheira.

Era óbvio que Izzy tinha perdido a noção. Acabara de ter uma conversa com uma banheira e estava esperando que ela respondesse. Era nítido agora que ela precisava de férias de verdade. Não que pudesse bancar uma, mas mesmo assim... Talvez *devesse* ficar ali na Califórnia. Podia ficar na casa e gritar com Beau Towers de tempos em tempos, sentar ao sol e tomar banhos de imersão e beber vinho, além de ler e escrever, e ficar bem longe dos pais e lidar com Marta apenas à distância. Que sonho inacreditável.

Olhou para o quarto ao seu redor e respirou longa e profundamente. Ainda tinha os cookies. E aquela taça de vinho na bandeja. Agora que se comprometera a passar a noite ali, podia beber. Izzy abriu o zíper da mala e tirou de lá seu pijama favorito.

Assim que havia água suficiente, entrou na banheira e afundou ali. A temperatura estava perfeita, quase quente demais — mas ainda não, e a água a cobria até os ombros. Podia sentir a tensão se esvaindo de seu corpo como se ela fosse um balão com o ar escapando aos poucos. E a banheira era daquele tipo antigo, sem um ralo extra para evitar vazamentos. Isso queria dizer que a água ficaria bem ali, pelo tempo que desejasse. Incrível. Pegou a taça de vinho da prateleira muito convenientemente próxima da banheira e tomou um gole. Sim, a decisão de ficar estava absolutamente correta.

Izzy acordou na manhã seguinte com o som do telefone tocando. Espremeu os olhos, que ainda ardiam, e observou o quarto e a cama muito confortável e totalmente desconhecida.

— Ah, certo. A casa de Beau Towers.

Rolou na cama e estendeu a mão para o celular. Ai, céus... era Marta. Por que Marta estava ligando para ela às sete da manhã?

Tá bom, eram dez da manhã em Nova York, mas sua chefe sabia da existência de fusos horários.

Será que Marta se importava com a existência de fusos horários? Obviamente, não.

— Alô?

— Você tem até segunda-feira — disse Marta, sem preâmbulos.

Izzy se sentou.

— Até segunda-feira? — repetiu ela. Por sorte, trabalhara com Marta por tempo suficiente para não dizer *Até segunda-feira para quê?*, que foi sua primeira reação.

— Para colocar Beau Towers nos trilhos com esse livro de memórias. Ele me enviou um e-mail ontem à noite, disse que você o ajudou muito no jantar e me agradeceu por mandá-la até aí.

Beau Towers havia *agradecido* a Marta? Pelo quê? Por quê? Ele não a queria ali! E enviara um e-mail para Marta? Ela não tinha certeza se ele sabia enviar e-mails.

— Nossa, isso é... surpreendente — disse Izzy.

— De fato — concordou Marta. — E eu não poderia deixar passar essa oportunidade, então o informei de que você ficará até segunda, para ajudar ainda mais.

Izzy quase gargalhou. *Ajudar ainda mais...* O que estava acontecendo?

— E ele... concordou com isso?

— Ele sabe que não dá para discutir comigo — disse Marta. — Tudo bem para você, Isabelle?

Izzy tinha ímpetos de cair na risada. Tudo bem para ela ficar ali na Califórnia até segunda-feira, com aquele clima perfeito, naquela casa gigantesca, com seu lindo quarto e uma banheira gloriosa, além de comida excelente? Claro, ela teria que conviver com Beau Towers, mas em Nova York teria que conviver com Marta. E ainda era fevereiro por lá.

Supostamente, na Califórnia também era fevereiro, mas não de verdade.

— Claro que está tudo bem para mim — disse ela. — Tudo o que for preciso para que o livro seja finalizado, certo?

— Exatamente. — Izzy reparou que Marta, ao contrário de Beau, não lhe dissera "obrigada". — Trabalhe com ele após o expediente, já que, é claro, você também terá que fazer todas as suas outras tarefas.

— É claro. — Que ótima ideia foi enviar você para conversar com Beau Towers — disse Marta.

Valia a pena relembrar Marta de que a ideia tinha sido *dela*?

— É — concordou Izzy. — Ótima ideia.

— Espero atualizações.

Marta desligou de modo abrupto, como sempre fazia, e Izzy largou o celular sobre a cama. Fitou pela janela o céu azul e iluminado, as palmeiras oscilando com a brisa, e sorriu.

Podia ficar ali até segunda-feira. Isso significava mais quatro dias do clima californiano, da culinária de Michaela e daquela banheira, e não estar nem perto do escritório. Tudo isso e, em troca, só precisava dar alguns discursos motivacionais para Beau Towers?

Incrível.

Esse tipo de oportunidade seria o retiro de escrita perfeito, na realidade.

Espantou essa ideia. Não escrevia uma palavra há meses. Havia desistido daquilo.

Pegou o celular para escrever para Priya.

Vou ficar aqui até segunda-feira!!? Para… ajudar Beau Towers com o livro!? Tá, ele é um cretino, mas mencionei que o tempo está perfeito e ele tem uma cozinheira em tempo integral e meu quarto tem uma vista incrível??? Não sei o que tá rolando, Priya, mas vou desfrutar enquanto posso.

Priya respondeu de imediato.

Gostei de quase tudo isso aí, menos que você tem que ficar com um cretino até segunda-feira. São só vocês dois? Tudo bem aí? Pisque uma vez se for sim, duas se for não.

Izzy riu e pensou naquilo. Apesar de quanto Beau Towers a deixara zangada no dia anterior, sentia-se perfeitamente a salvo perto dele. Mesmo quando o vira na cozinha pela primeira vez e ele estava tão enfurecido por ela estar ali, Izzy não sentira medo. Talvez por causa do quanto Michaela se sentia confortável com ele?

Pisquei.

Riu consigo mesma imaginando a reação de Priya se ela parasse por aí.

É sério, tá tudo bem, não se preocupe. Ele é terrível, mas não nesse sentido. Isto, sendo bem honesta, é a coisa mais próxima de umas férias que vou conseguir ter por um bom tempo, então vou aproveitar.

Era melhor escrever também para os pais. Eles achavam que ela tinha pegado um voo noturno na noite passada e ido direto para o trabalho.

Oi, gente! Parece que vou ficar na Califórnia mais alguns dias — minha chefe me colocou para trabalhar com um autor que mora aqui. Estou voltando na segunda-feira. Bom fim de semana para vocês!

Enquanto olhava os e-mails de trabalho, seu pai respondeu.

Parece uma ótima oportunidade, docinho! Divirta-se.

Ela ainda não entendia por que Beau Towers mandara um e-mail para sua chefe. Por que faria isso? Imaginou quanto ele devia estar furioso por Marta tê-lo forçado a deixar que Izzy continuasse ali.

Bem, só havia um jeito de descobrir.

Ela entrou debaixo do chuveiro — que não era tão bom quanto a banheira, claro, mas ainda assim era excelente —, vestiu-se e desceu para o térreo.

Michaela estava na mesa da cozinha quando Izzy chegou. Ela colocou a xícara na mesa e se levantou.

— Bom dia — disse Michaela. — Café ou chá? E o que você acha de um cookie como desjejum?

Izzy lhe sorriu.

— Eu acho ótima a ideia de cookie para o desjejum. E café, por favor, se tiver.

Michaela foi até a cafeteira e serviu a bebida em uma xícara.

— Leite? Açúcar?

— Só leite, obrigada, mas pode deixar que eu coloco — disse Izzy. — Como está o tornozelo?

Michaela olhou para baixo.

— Ah, está muito melhor hoje, obrigada de novo. — Ela colocou um cookie em um pratinho e o entregou para Izzy. — Então vai ficar aqui até a semana que vem?

Beau contara a Michaela. Aquilo devia realmente estar acontecendo.

— Parece que sim — disse Izzy. — Espero que não seja muito incômodo para você.

— Incômodo nenhum — respondeu Michaela. — Avise-me se tiver qualquer dúvida; conheço essa casa muito bem. — Ela correu os olhos pela cozinha. — Tem sempre algo aqui para o desjejum; eu preparo o almoço e o jantar. Mas fique à vontade para vir em busca de petiscos ou guloseimas sempre que quiser.

Izzy riu.

— Obrigada, eu sou muito de ficar beliscando. Agradeço bastante.

Michaela sorriu.

— Beau também é assim, por isso tenho um bom estoque. Avise--me se houver qualquer coisa específica de que esteja com vontade.

Ela abriu um armário grande e o queixo de Izzy caiu. Era o País das Maravilhas dos petiscos. Localizou de imediato uma caixa de seus biscoitinhos preferidos, aqueles chiques que serviam nos eventos do trabalho com frutas e nozes por cima. Também havia três tipos de biscoitos de queijo, um apimentado, um com ervas e outro simples. Havia ainda uma prateleira cheia de batatas fritas de vários sabores e marcas, algumas das quais nunca tinha visto. E ainda havia cereais, granola, pipoca, carne-seca, docinhos... Izzy teve que dar as costas para o armário; sentia-se zonza.

— Essa casa é mágica? — perguntou ela.

Michaela apenas riu.

— Ah, e deixe eu te passar meu telefone, caso haja algo que queira e não consiga me encontrar.

Izzy pegou o celular do bolso e digitou o número de Michaela.

— Ótimo, obrigada! Ah, e estava me perguntando... Você bateu na minha porta ontem à noite?

Michaela meneou a cabeça.

— Não, coloquei a louça suja na lavadora e saí.

Então tinha sido Beau mesmo.

Naquele momento, Michaela olhou por cima do ombro de Izzy.

— Bom dia, Beau.

Izzy tomou um gole de café antes de se virar.

— Bom dia — resmungou ele ao entrar na cozinha. Nem olhou para Izzy.

— Beau, você devia levar Isabelle numa visita guiada pela casa — sugeriu sua assistente. — Eu faria isso, mas não posso, por causa do tornozelo.

Ela foi mancando até a mesa da cozinha e se sentou.

— Uma visita guiada?

Beau encarou Michaela. Parecia tão horrorizado com a perspectiva de servir de guia para Izzy quanto ela mesma se sentia com a ideia. A noite anterior tinha sido desastre suficiente — aquela parecia uma ideia terrível.

— Sabe como é, mostre a casa e os jardins, certifique-se de que ela conhece a disposição dos cômodos, essas coisas.

Izzy quase riu alto. A casa e os jardins? Aquilo era algum palácio, por acaso?

Mas, por outro lado, um passeio guiado talvez obrigasse Beau a falar com ela. Talvez até sobre o livro de memórias...

Será que ele realmente a deixaria ajudar com o livro? Improvável. Será que ele a guiaria mesmo naquela visita? Era quase certo que não.

— Tá bom — disse ele. — Vamos lá. — Aquilo foi surpreendente.

— Você primeiro — disse Beau, gesticulando para que ela saísse da cozinha antes dele.

Ah, a visita já havia começado? Tudo bem.

Izzy engoliu o resto do café antes de passar por ele e ir para o corredor. Ainda bem que colocara o telefone do trabalho no bolso antes de ir — se Marta enviava um e-mail ao qual Izzy não respondia de imediato, ela surtava.

Beau se juntou a ela no corredor e apontou para o local de onde tinham vindo.

— Cozinha — disse ele. Apontou para a porta ao lado. — Sala de jantar.

Ah, a visita guiada era só uma desculpa para ele ser um babaca de novo. Entendido.

Ele apontou para trás e à esquerda.

— O escritório de Michaela. — Ele a contemplou pela primeira vez naquela manhã. — É proibido o acesso ao restante deste corredor.

Em seguida, Beau saiu em direção oposta.

— Uau, uma frase completa — disse Izzy, baixinho.

Ela o seguiu pelo corredor. Será que ele tocaria no assunto da noite passada? Ou lhe diria por que tinha mandado um e-mail para Marta? Ou sequer mencionaria que ela ficaria com ele pelos próximos quatro dias?

Ele se virou para a direita quando chegaram à escadaria e apontou outra vez.

— Sala de estar.

Pelo visto, não.

Izzy seguiu Beau para a sala de estar. Era um cômodo amplo e bem iluminado, com uma lareira grande, sofás que pareciam muito confortáveis, fotografias nas paredes e a mesma vista estupenda que havia no quarto de Izzy. Hum. Ela presumira que Beau tivesse comprado aquela casa um ano atrás ou que era um aluguel de luxo, mas a tal sala de estar fazia o local se parecer mais com um lar de verdade, no qual pessoas reais moravam. Agora se sentia confusa.

Ele se virou e apontou para uma porta semiaberta alguns passos depois, no mesmo corredor.

— Sala de TV.

Ele assistia à TV ali? Ela podia visualizá-lo ali.à noite, assistindo a lutas, *Reino Animal* ou qualquer outra coisa.

— Certo — disse ela.

Ele olhou de relance para ela e desviou o olhar com rapidez. Por que desviara os olhos tão depressa? Será que ela estava com alguma coisa presa nos dentes? Chocolate na camisa? Inspecionou a si mesma: usava calça jeans, uma regata e um cardigã, já que quase tudo o mais que trouxera consigo para a Califórnia eram roupas adequadas para a conferência ou pijamas. Graças aos céus ela trouxera dois vestidos, em um impulso de otimismo. Com certeza os usaria muito nos dias seguintes.

Viraram-se em direção à porta principal, passando por duas grandes portas de madeira fechadas que lembravam portas de igreja. Beau não disse nada enquanto passavam por elas, mas Izzy ficou curiosa. Deu de ombros; podia muito bem perguntar.

— O que tem aqui? — indagou.

Beau balançou a cabeça em uma negativa.

— Não. — Ah, que ótimo, ele estava vociferando mais uma vez. — Acesso proibido.

Quantos cômodos estranhos e amaldiçoados havia naquela casa?

— Tá bom.

O que mais ela poderia dizer?

Ele apontou para a escadaria quando passaram por ela.

— Andar superior.

Desta vez, não pôde se conter.

— É, eu já imaginava. Por causa da escadaria e tal.

Aquilo seria um sorriso? Lampejou pelo rosto de Beau por meio segundo, mas já tinha sumido antes que Izzy pudesse ter certeza.

— Certo. — Ele deu uma olhada rápida para ela. — O acesso ao andar superior é proibido para mim. Enquanto estiver por aqui, quero dizer. Não quero que se sinta... Enfim, o andar superior é todo seu. Vá para onde quiser, eu não ligo.

Seria uma tentativa... de deixá-la confortável? Meio que funcionou, na verdade, se era a intenção. Mas agora ela não tinha escolha: precisava mencionar a noite anterior.

— Mas você, hum... foi até o andar superior ontem à noite — disse ela.

Ele desviou o olhar outra vez.

— Eu sei. Eu... Você não jantou. — Ele a encarou. — Não farei isso outra vez.

Ela assentiu.

— Tudo bem. E obrigada por me levar o jantar.

Ele deu de ombros.

— Era o mínimo que eu podia fazer.

Izzy fez menção de responder, mas ele se virou com rapidez para a porta principal. Então, tá. Ela o seguiu para fora.

Ele dobrou à direita quando saíram e contornou a lateral da casa.

— A horta. — Beau apontou de novo. Ele conseguira compor frases completas por algum tempo dentro de casa e agora voltava a apontar, o semblante inexpressivo.

Ela fitou a horta. Vegetais crescendo ao ar livre em fevereiro. Incrível.

Beau se virou e caminhou para os fundos da casa, fazendo um gesto na direção de uma fileira de árvores.

— Pomar.

Ao ouvir aquilo, Izzy soltou uma risada ruidosa. Não conseguiu evitar.

— Você tem um pomar *de verdade* no quintal?

Beau a olhou de esguelha.

— Qual é o problema com isso?

Ela revirou os olhos.

— Não tem nenhum *problema* em si. É só... — Gente riça de fato vivia em um mundo totalmente diferente, não? — Certo, que tipo de árvores? Que frutas?

Ele olhou para as árvores.

— Laranjas, limões, acho que toranja, talvez... figos, com certeza. Ah, e avocado, é claro.

— Ah, sim, claro, avocado — concordou Izzy.

Sim, obviamente fazia sentido haver um pé de avocado ali. Izzy nem tinha certeza se sabia, antes daquele momento, que avocados davam em árvore.

Ali estava aquele sorriso momentâneo outra vez, tão rápido que não sabia se o havia imaginado. Ele se virou para as árvores.

— Deveria apanhar alguns para Michaela, na verdade. Ela sempre precisa de limão.

Beau ergueu o braço e apanhou alguns limões-sicilianos maduros em uma das árvores.

Agora Izzy queria rir de novo, por puro espanto. Conseguira arranjar uma "viagem a trabalho" para si mesma naquela casa que era tão grande e desconhecida, a ponto de ser quase um castelo, onde os jardins eram tão extensos que não ficaria surpresa se atravessassem um fosso; onde podia simplesmente sair e apanhar limões e laranjas no pomar; onde ela já passava um pouco de calor com uma regata e um cardigã em pleno inverno; e onde alguém cozinharia todas as refeições para ela? Era como um daqueles contos de fadas sobre garotas mantidas em cativeiro por monstros. Só que ao contrário.

Olhou de relance para Beau. Bem... talvez não a parte do monstro.

Atravessaram o pomar, viraram-se e ficaram frente a frente com o fosso.

— Piscina — disse Beau, sem necessidade.

— Uau — falou Izzy.

Não pôde se conter enquanto olhava para a colossal piscina de azulejos azuis diante deles, cintilando ao sol. Viu? Ela sabia que devia ter trazido o maiô. Teria que voltar mais tarde para poder mandar uma foto para Priya; ela ia enlouquecer.

— É uma ótima piscina — disse Beau.

Outra frase completa. Izzy estreitou os olhos para ele. Seria algum truque?

Passaram pela piscina e Beau apontou outra vez.

— O jardim de rosas.

As roseiras estavam quase secas, sem nenhuma rosa, e havia cactos crescendo em torno delas.

Beau se virou para a casa.

— Porta dos fundos. — Ele apontou enquanto caminhava para a porta. Um sorriso minúsculo dançava ao redor de seus lábios. Será que ele estava gostando daquela visita guiada fajuta? Era bem provável. Bem, agora que estavam voltando lá para dentro, ela devia estar no fim.

O celular vibrou e Izzy o fitou. Um e-mail de Marta.

Envie uma atualização sobre BT.

Certo. Ela tinha que fazer aquilo.

— Hã... Será que podemos... — Ela recomeçou. — Já que estou aqui durante os próximos dias para ajudar você com o livro de memórias, provavelmente deveríamos conversar a esse respeito.

O sorriso sumiu do rosto de Beau e seus olhos se nublaram de novo. Ela sentiu uma pontada de remorso — bem quando tinham quase começado a se entender, ela tinha que fazer aquilo? Mas endureceu o coração. Tinha, sim, era para isso que estava ali.

— Ontem você disse que queria que eu fizesse discursos motivacionais. Isso ainda é o que quer, ou prefere...

— Tanto faz — disse ele. — Pode ser. Que tal agora mesmo?

Ah, não. Agora? Por que ela não tivera a prudência de pensar em outro discurso nos últimos vinte minutos? Tinha que fazer isso espontaneamente? Respirou fundo.

— Hã... Não tenho muita certeza sobre qual é o problema que tem encontrado no momento... — Ele desviou o olhar quando ela disse isso. Certo, ela só precisava seguir adiante. — Se algum dia quiser conversar a respeito disso... mas, olha, sendo franca, existem muitos motivos pelos quais escritores têm dificuldades com seus livros, e, juro, todo mundo tem. Há milhões de dicas e truques para superar isso, mas, pelo menos em minha experiência, a única coisa que funciona é botar as mãos na massa. Sentar-se todos os dias e escrever. Mesmo que seja dia sim, dia não ou a cada poucos dias. Não se trata da quantidade de horas, é só a consistência. É muito difícil no começo, mas vai ficando mais fácil, aos poucos, toda vez que se senta para isso. E, se achar que não vai conseguir, juro que vai. Não fique desanimado se achar que seu trabalho está ruim; desde que consiga botar alguma coisa na página, já é uma vitória.

O rosto de Beau manteve-se impassível o tempo todo enquanto Izzy falava. Será que ao menos a ouvia? Ela achava que sim, mas ele não estava olhando para ela exatamente, e não fazia ideia se algo do que dissera era útil de alguma forma para ele.

— Ok — Beau respondeu, assim que ela parou de falar. — Obrigado.

E, com isso, abriu a porta lateral e entrou na casa.

Bom. Ele não tinha gritado com ela. Isso era um avanço real.

O telefone de Izzy vibrou de novo enquanto ela fitava a porta, que ainda tremia com o impacto.

Oi, aqui é a Michaela, com alguns detalhes que você talvez venha a precisar!
A senha do Wi-Fi é Lum1ere!
O almoço será salada Cobb e estará pronto depois das 12h30, é só descer para a cozinha.
O jantar é às 18h30 hoje. Estou fazendo ragu de carne bovina. Pensei em fazer um suflê de queijo para acompanhar, mas será que suflê é trêmulo demais para você?

Izzy teve que rir.

Não é trêmulo demais, obrigada por conferir! Estou ansiosa para provar.

Suflê caseiro de queijo? Podia lidar com os olhares feios de Beau Towers em troca de algo assim.

CAPÍTULO SEIS

Era uma da manhã de sexta-feira — ou melhor, já era sábado. Izzy se revirava na cama. Não conseguia dormir.

Estava de pé desde as 5h45, lidando com Beau Towers e Marta, com várias outras pessoas estressantes o dia todo, e tudo o que queria era dormir. Infelizmente, seu cérebro não recebera esse memorando. Chegou até a tomar um belo e longo banho de imersão naquela linda banheira enquanto lia algo tranquilizador, mas isso não ajudou.

As coisas com Beau Towers andavam mais ou menos civilizadas nos últimos dois dias. Ele lhe oferecera aquela visita guiada, ouvira dois discursos motivacionais sem fazer nenhum comentário sarcástico e ambos decidiram, de modo tácito, fazer todas as refeições de modo individual. Mas Izzy não achava que tinha, de fato, feito nenhum progresso com ele. Ele não lhe contara nada sobre sua dificuldade, não lhe fizera nenhuma pergunta nem pedira conselhos; não havia dito absolutamente nada sobre o livro de memórias, na verdade. E era isso o que a frustrava tanto. Ela fracassara. De novo.

Durante as últimas horas, repassara em pensamento as mensagens que havia recebido de Gavin naquele dia e chegara a no mínimo quatro formas diferentes — e melhores — de responder a elas.

Oi! Como vão as coisas por aí? Você tá bem?

Por que ele acharia que ela não estava bem? Será que Marta havia comentado algo sobre Izzy e como as coisas estavam?

AMOR ENTRE LIVROS

Tudo bem, obrigada! Como está tudo no escritório?

Ele respondeu de imediato.

Ah, tudo bem, tudo normal. Não se sinta mal se não estiver dando certo por aí. Sei que Beau Towers pode ser um osso duro de roer. Esse pode ser um caso que precise de alguém com mais experiência, sem querer ofender.

Ninguém terminava uma frase com "sem querer ofender", a menos que pretendesse especificamente ofender a pessoa. E olha só, as coisas não estavam ÓTIMAS com Beau Towers. Mas Izzy tinha se saído melhor com ele do que qualquer outra pessoa no último ano.

Obrigada pela preocupação, mas está tudo ótimo aqui! Acho que Beau está progredindo, de verdade!

Aquilo, claro, era uma mentira — não devia ter dito isso, mas se sentira de repente tomada por um impulso de provar que todas as pessoas que duvidavam dela estavam enganadas. A todos os que achavam que ela não era inteligente o bastante, que não se empenhava o bastante, que não tinha realizado nada, que não poderia ascender em sua carreira.

Será que todos tinham razão a seu respeito? Talvez ela não tivesse sido feita para aquele emprego, como as pessoas julgavam. Talvez devesse desistir e virar bibliotecária, professora ou, Deus me livre, cursar Direito ou algo assim. O mundo editorial era tão diferente do que Izzy pensava que seria... Parecia que as pessoas só se importavam com status, lucros e rentabilidade, e não com aquela sensação de quando se lê um livro que tem um significado para você, aquele assombro e esperança, aquele calor no peito, a sensação de que existe um lugar para si no mundo, e que ele está por aí, só esperando para você encontrá-lo.

Argh. Sentou-se. Ficar repensando aquilo não estava ajudando.

Um petisco. Precisava de algo para comer. Até aquele momento, tinha sido tímida demais para investigar a fundo o armário de petiscos, apesar de Michaela ter lhe dito que poderia fazê-lo. Tinha razoável certeza de que Beau Towers não a queria ali de verdade, apesar de essa coisa toda ter sido ideia *dele* mesmo, tendo sido ele sarcástico ou não. Porém, era uma da manhã e ela precisava de um petisco. De repente se lembrou daquelas batatinhas sabor queijo que vira na cozinha e teve certeza absoluta de que não conseguiria pegar no sono a menos que as comesse. Qualquer coisa com sabor de queijo seria a solução para todos os problemas.

Saiu da cama e colocou o cardigã grande por cima do pijama. Já tinha descoberto que, a despeito do clima de dezoito graus lá fora, a casa era gelada na maior parte do dia. Beau provavelmente mantinha a temperatura baixa para poder ficar confortável em sua caverna ou fosse lá onde dormisse.

Izzy seguiu o corredor longo e escuro e desceu as escadas na pontinha dos pés, em direção à cozinha. Por que na ponta dos pés, ela não sabia — não estava invadindo nada; Beau Towers era a única outra pessoa na casa, e ele sabia que ela estava ali. Mas era impossível evitar.

Assim que chegou ao patamar no final da escadaria, deu-se conta de duas coisas: 1: que ela deveria ter calçado as meias, pois o piso era gelado no meio da noite; e 2: ela não era a única a estar acordada. Ficou paralisada ao ouvir murmúrios e música baixa vindo da direção da sala de TV. Não havia lhe ocorrido que Beau Towers também podia estar acordado.

No entanto, sabia que, se voltasse para a cama, apenas ficaria lá deitada, desperta, pensando nas batatinhas sabor queijo, tão próximas e tão distantes ao mesmo tempo. Além do mais, era bem provável que Beau tivesse pegado no sono na frente da TV. Podia se esgueirar cozinha adentro, pegar as batatinhas e voltar lá para cima sem que ele ouvisse nada.

Ela foi, pé ante pé, em direção à cozinha. Enquanto caminhava, mantinha um ouvido atento à sala de TV, mas não escutou nenhum outro movimento além dos sons contínuos e baixos do aparelho.

Izzy parou junto à porta da cozinha para acender a luz, mas percebeu que não fazia ideia de onde ficava o interruptor naquele cômodo. Bem, não importava; havia luz suficiente vindo da janela enorme para que pudesse enxergar.

Foi direto para o armário de guloseimas, alcançou a terceira prateleira e sorriu. Ali estavam elas. Nunca vira tantos sabores de batata frita: jalapeño, molho ranch, pepperoni... azeitona? Bem, isso talvez já passasse um pouco dos limites. Agora, onde estava a de queijo...?

— Não seria mais fácil se acendesse a luz?

Izzy se virou. Ele estava lá de pé, uma silhueta grande à porta.

— É, acho que sim — respondeu ela.

Beau apertou o interruptor — ah, ficava logo ao lado da porta da cozinha; nem tinha pensado em procurar ali —, e Izzy piscou com a súbita explosão de luz.

Ele vestia outra calça chique de moletom — essa era cinza-escuro, a anterior era cinza-claro — e uma camiseta branca. Todas as outras vezes em que vira Beau, ele estava com um blusão de capuz. A camiseta ficava justa nos bíceps dele. E no peitoral.

Podia ouvir a voz de Priya em sua mente. *Se você gostar de caras fortes e grandões, e eu adoro de verdade.*

Izzy desviou o olhar de imediato. E, de repente, deu-se conta de que estava com uma calça larga de pijama, uma regata fininha e sem sutiã. Graças a Deus, tinha colocado o cardigã antes de descer.

— O que está fazendo acordada? — perguntou ele.

Ela deu de ombros.

— Não conseguia dormir. Aí, depois de um tempo, pensei que talvez beliscar alguma coisa ajudasse.

Izzy olhou para os três pacotes de batatinhas nas mãos e lentamente soltou dois.

— Em geral, ajuda — disse ele. — Além disso, é o Mês Nacional do Petisco, afinal de contas.

Os olhos de Izzy se ergueram de pronto para os de Beau.

— Como sabe disso? — perguntou ela, no que devia ser uma voz áspera demais.

Ele não lia seus e-mails de verdade. Lia? Não podia ser. Beau não exibira nenhum sinal de que percebia a existência de Isabelle Marlowe, e muito menos que sabia quem ela era.

Ele pareceu confuso.

— Ah, hã, sei lá. — Balançou a cabeça. — Acho que estava na parte de trás de algum pacote de salgadinhos ou algo assim.

Fazia sentido. Beau parecia mais o tipo de cara que lia a parte de trás da embalagem de um salgadinho do que o tipo que lia um e-mail dela. Ou dos que escreviam um livro de memórias, falando nisso.

— Ah. Tá bom. Hum, desculpe se te incomodei. Ou... — Ela largou o salgadinho. — Se não quiser que eu...

Ele meneou a cabeça em uma negativa, dando um passo em sua direção.

— Você não me incomodou. E pegue as batatas, eu não ligo. Quero dizer, tá tudo bem. — Ele sorriu para ela. Um sorriso real, prolongado, e não aquele sorriso rápido e quase secreto que Izzy vira no outro dia. — Você tem bons instintos. Essas batatinhas de queijo são as minhas preferidas. Perfeitas para beliscar tarde da noite.

Ela riu.

— Foi o que pensei. Eu as vi quando Michaela estava me mostrando o armário de guloseimas e andei pensando nelas desde então.

Beau ainda sorria.

— Todos nós precisamos beliscar no meio da noite de vez em quando.

Ela sorriu em resposta.

— É, precisamos, sim. Especialmente depois...

Izzy se interrompeu. Estava mesmo tão cansada e frustrada que se sentira tentada a desabafar com Beau Towers?

— Especialmente depois do quê? — perguntou ele.

Ela balançou a cabeça.

— Nada, não. Foi um dia longo, só isso. — Ele ainda a olhava como se esperasse que ela dissesse mais; então, ela acrescentou: — Ainda tenho que fazer todo o meu serviço enquanto estou aqui, o que significa que tenho que estar de pé e trabalhando desde as seis da manhã. No fuso de Nova York. E alguém do trabalho hoje disse um negócio que... ainda está me aborrecendo. — Ela não podia contar a Beau o que Gavin dissera sobre ele, claro. — Foi só um dia... frustrante. Apenas isso.

— Posso te fazer uma pergunta?

AMOR ENTRE LIVROS

Ele ainda parecia... quase agradável. Não estava sorrindo, exatamente, mas também não estava carrancudo. Não era o Beau Towers monstruoso ao qual se habituara.

— Claro — disse ela.

— O que é que você leva nisso? Nesse emprego, quero dizer. Você lida com babacas no trabalho e, pelo que posso ver do restante do seu emprego, é só uma porção de tarefas chatas e sem sentido. Você age como se acreditasse nessas historinhas alegres que me conta uma vez por dia e parece tão comprometida com essa rotina de discurso motivacional, mas não é possível que acredite, de verdade, nessa bobagem de "um livro mudou a minha vida", não é? Por que você faz isso, no fim das contas?

Toda essa coisa sorridente e amistosa dele tinha sido apenas outro jeito de zombar dela. Como Izzy permitira que ele a enganasse assim? De súbito, ficou furiosa.

— Sei que esse conceito é totalmente desconhecido para você, mas algumas pessoas precisam trabalhar para viver. — A expressão no rosto dele mudou quando ela disse isso. Ele parecia zangado. Muito bom. Ela continuou: — Mas, além de um pagamento, alguns de nós realmente gostam de seus empregos. Eu me esforço bastante no meu porque amo livros. Amo tudo a respeito deles. Amo o jeito como você pode ir para outro mundo quando lê, o jeito como os livros podem ajudá-lo a se esquecer das dificuldades em sua vida ou ajudá-lo a lidar com elas. Amo todos os formatos possíveis de livros e a sensação deles na minha mão. Amo ver autores desenvolverem suas ideias de algumas poucas frases até um manuscrito, chegando a um livro real nas prateleiras, e amo a cara que fazem quando veem o nome deles na capa pela primeira vez. Amo quando leitores descobrem títulos que parecem ter sido feitos especialmente para eles e ficam tão felizes, gratos e emocionados, que todos ao redor têm vontade de chorar, e às vezes choram mesmo. Os livros mudam a vida das pessoas, sim. Espero que isso responda à sua pergunta.

Izzy saiu furiosa da cozinha, passou por Beau e subiu a escada correndo. Quando chegou ao quarto, rasgou o saquinho de batatas fritas. Por que tinha acreditado naquele sorriso? Por que tinha pensado que estavam talvez estabelecendo uma conexão na cozinha, falando de salgadinhos e de pé no meio da noite e tudo o mais? Por que se sentia quase desapontada com ele agora?

Enquanto comia o salgadinho, repassava na mente tudo o que dissera a ele. Andava frustrada com seu emprego há tanto tempo, quase a ponto de desistir dele. Entretanto, acabara de fazer uma defesa irrestrita do mundo editorial diante de Beau Towers. E o mais louco era que tudo o que lhe dissera era a pura verdade.

Essas coisas que ela amava... eram as coisas às quais se apegava nos momentos difíceis, nos momentos em que Marta dizia algo displicente e ríspido, nos momentos em que Izzy tentava se manifestar sobre algo importante e todos a ignoravam, nos momentos em que perdia a esperança no próprio talento e nas suas habilidades como escritora.

Era por isso que ela fazia tudo aquilo. Porque queria levar os tipos de histórias nas quais acreditava de verdade ao processo editorial; queria defender o tipo de autor que importava para ela; queria trabalhar realmente com os autores nos livros deles e torná-los o melhor que podiam ser.

Estava pronta para abrir mão desse sonho? Estava pronta para abrir mão do sonho de ser, ela mesma, uma escritora? Não havia se perguntado isso de verdade ainda.

Aquilo tudo valia a pena?

Não fazia ideia de como responder a essa pergunta.

Encarou o saco de batatinhas (incrivelmente deliciosas). Graças aos céus, pelo menos as agarrara antes de voltar ao quarto.

CAPÍTULO SETE

Izzy acordou na manhã seguinte um tanto zonza e coberta de migalhas. Virou-se e pegou o celular. Sempre tinha e-mails de trabalho chegando mais ou menos às cinco da manhã ali na Califórnia — como é que as pessoas viviam assim o tempo todo?

Sentou-se de supetão quando viu que eram dez da manhã. Como podia ter dormido até tão tarde? Por que não tinha nenhum e-mail? Ah, é, era sábado. O bom do mundo editorial era que nem mesmo sua chefe enviava e-mails antes do meio-dia aos sábados — na maioria dos sábados, não enviava e-mail algum.

A casa parecia parada demais. Tão silenciosa. Tinha sido bacana aquela semana, longe dos pais, do escritório, onde havia gente ao redor dela o dia inteiro. Mas Michaela era a única pessoa com quem Izzy conversara de fato a semana toda; suas interações breves e esquisitas com Beau Towers mal contavam. E agora já era sábado, e Michaela não estaria ali nem naquele dia nem no dia seguinte. Isso significava que estaria totalmente a sós com Beau Towers. Teria que passar dois dias inteiros de fim de semana naquela casa com ele e sem o trabalho para mantê-la ocupada, e também sem Michaela para conversar.

Que coisa mais deprimente ficar triste porque Michaela não estaria ali! Por mais gentil que ela fosse com Izzy, não era sua amiga na realidade; trabalhava para Beau Towers, afinal de contas.

De súbito, sentiu saudade dos pais, de Priya, de casa. Tudo o que queria em casa era um espaço e, agora que o tinha, sentia que era demais. Sentia-se... solitária.

Café. Precisava de café. Não queria descer de novo para a cozinha, mas também não acreditava que houvesse como se esconder de Beau Towers no segundo andar pelos próximos dias, então podia muito bem terminar com o suspense agora mesmo.

Desta vez, porém, colocou um sutiã antes.

Por sorte, a cozinha estava vazia, embora houvesse muffins de abobrinha com gotas de chocolate no balcão. Michaela devia tê-los deixado para o fim de semana. Izzy levou dois para o quarto, junto com duas xícaras de café — não queria ir para o térreo outra vez, a menos que fosse necessário.

Quando chegou ao quarto, comeu um dos bolinhos enquanto tomava a primeira xícara de café e olhava o celular. Priya mandou uma mensagem quando ia pegar o segundo bolinho. Graças a Deus!

Ainda tá viva?
Se responder com "pisquei", vou até aí e acabo com você.

Izzy riu. Começou a escrever a resposta, mas estava cansada de mensagens de texto. Vinha se comunicando quase exclusivamente por e-mail e mensagens a semana toda.

— Ela tá viva! — disse Priya ao atender ao telefone.

Só de ouvir a voz de Priya, Izzy já se sentia melhor.

— Mas é claro que estou — respondeu ela. — Eu te mandei uma mensagem ontem mesmo.

Priya fez um ruído de zombaria.

— Nem dá pra falar que mandou. Preciso de detalhes. QUE NÃO SEJAM sobre a banheira e a piscina.

Izzy riu. Enviara muitas fotos da banheira, de fato.

— Infelizmente, a banheira e a piscina são tudo o que tenho. — Suspirou. — Acho que não realizei nada aqui, na verdade. Beau Towers não ouve uma palavra sequer do que eu falo; estou certa de que ele não vai entregar seu livro de memórias nunca.

Argh, só de pensar no olhar de dó que Gavin lhe lançaria na volta ao escritório, Izzy já tinha vontade de se encolher.

— Mas você já conseguiu realizar algo! — corrigiu Priya. — Abriu uma linha de comunicação! Ele enviou um e-mail para a Marta, de verdade! Isso é muito mais do que ela tinha na semana passada, e você sabe disso. Com certeza, sua chefe não achava que você voltaria para Nova York com o manuscrito de Beau Towers na mão. Pare de se estressar com isso! Desfrute do clima aí enquanto pode. Mas, antes de mais nada, você não me contou nem uma coisinha sequer sobre como Beau Towers é, além de um gostoso que te olha de cara feia o tempo todo. Quero saber muito mais.

— *Não* falei que ele era um gostoso! — disse Izzy.

— Nem precisava — retrucou Priya.

Izzy ia simplesmente ignorar essa parte.

— Certo, eis o lado bom e o lado ruim de morar na casa de Beau Towers. Primeiro, é enorme. É tão grande que tenho o segundo andar só para mim. Segundo, a assistente dele é bacana e ao menos gosta de mim, além de fazer pratos fantásticos. Terceiro, a vista da minha janela, da qual eu já te enviei várias fotos. Quarto, e pare de revirar os olhos, minha banheira: acho que nós duas estabelecemos um elo; conto a ela sobre meu dia todas as noites durante o banho de imersão cotidiano e acho que ela se solidariza comigo. Quinto, tem um armário de guloseimas, Priya. Tipo, um armário todinho, da minha altura, dedicado por completo a petiscos. Sexto, há jardins, no plural. Vou dar uma volta neles toda tarde, feito uma heroína de romances históricos. E posso fazer isso porque, sétimo, o clima aqui é inacreditável. Está nublado agora, mas fica nublado com frequência de manhã, só que toda tarde é ensolarada e perfeita. — Ela tomou um gole generoso de café. — Além disso, e provavelmente era o que devia estar em destaque, é muito gostoso estar do lado oposto do país ao que estão Marta e meus pais. Parece maldade juntar meus pais e Marta; não estou falando nesse sentido, mas é revigorante demais estar sozinha, não ter ninguém me fazendo perguntas o tempo todo ou invadindo meu espaço. Essa parte é bem relaxante, na verdade.

— Está me parecendo feliz demais — disse Priya. — É melhor não ficar mais muito por aí.

Izzy riu alto.

— Ainda não cheguei ao lado ruim. Ficaria perfeitamente feliz em continuar por aqui se pudesse estar com você, e não com Beau Towers! Este fim de semana estou presa aqui sozinha com ele, e esse cara mal fala comigo nem olha para mim. — Ela suspirou. — Acabo de perceber que, desde que cheguei, na quarta, não falei com ninguém pessoalmente além dele e de Michaela. Eu trabalho e olho para as paredes e, de vez em quando, dou uma voltinha lá fora nos jardins; falo com objetos inanimados como minha xícara de chá e o candelabro, porque Beau Towers não fala comigo, e sinto que a qualquer momento a xícara e o candelabro vão começar a, tipo, cantar e dançar para mim.

— Você tem um candelabro? — perguntou Priya.

— Você não está entendendo! — disse Izzy. — Desde que cheguei aqui, não dei um passo para fora desta propriedade. Não é ridículo?

— Você está... presa aí? — indagou Priya.

Izzy deu risada.

— Claro que não! Tenho certeza de que posso sair quando quiser, mas para onde iria? Michaela devolveu meu carro alugado, e não existe nenhum motivo para sair, na verdade. Tenho muita comida, lavei minha roupa aqui mesmo, então tenho roupas limpas e...

— Isabelle — falou Priya em um tom severo —, vá fazer uma caminhada. Uma caminhada de verdade, não *nos jardins*, seja lá o que isso signifique. Vá lá fora, para o mundo real. É o quê, quase meio-dia agora? Vá para uma livraria, um café, sei lá, um mercado, e compre comida que não foi feita nessa casa esquisita e encantada. Vá para o mundo lá fora, longe da banheira da qual você fala demais e dos candelabros que estão cantando para você, só para que eu não tema por sua sanidade.

Hum. Isso não havia lhe ocorrido.

— É uma ótima ideia — concordou Izzy.

Estar em algum outro lugar além daquele, mesmo que apenas por algumas horas, parecia incrível.

— Claro que é uma ótima ideia — disse Priya. — Vá. Agora. Tire uma foto da praia ou de californianos esquisitos, ou da arte no seu latte ou de qualquer outra coisa, e me mande para provar que saiu mesmo.

Priya desligou. Izzy ficou olhando para o celular por um instante, depois levantou em um salto. Tomou um banho rápido, colocou calças jeans e um suéter, largou o celular, o fone de ouvido e o e-reader na bolsa, e se esgueirou escada abaixo.

Abriu a porta principal e a fechou depois de passar tão silenciosamente quanto pôde. Não sabia muito bem por que estava saindo da casa às escondidas. Não que estivesse proibida de sair. Talvez fosse só porque não queria encontrar Beau Towers e ter outra interação terrível com ele. Agora que decidira sair dali, mesmo que por poucas horas, não via a hora de SAIR.

Foi só quando começou a descer a colina que se deu conta de que não sabia para onde ia. Pareceu-lhe tão urgente escapar logo da casa que não procurara no Google uma livraria, um café ou qualquer outro destino. Parou algumas casas depois e tirou o fone do bolso. Perfeito! Havia uma livraria a cerca de dois quilômetros dali. Em geral, ela andava muito mais do que isso em um dia normal em Nova York. Ainda estava nublado, mas o sol deveria sair em breve. E seria bom esticar as pernas e expandir seus horizontes para além do que conseguia enxergar da banheira.

Sem querer ofender a banheira, sua única amiga de verdade naquela casa.

Conforme Izzy partia colina abaixo, percebeu outra coisa: não existia calçada. Ela tinha que se manter o mais próximo possível de cercas altas, portões e sebes de outros casarões para ficar longe dos carros que desciam a rua zunindo. Porém, assim que colocou os fones de ouvido e deu PLAY em seu podcast preferido, suspirou aliviada. Parecia o seu normal, pela primeira vez em dias.

Quando encontrou a livraria, entrou, depois parou e respirou fundo, feliz. Deus do céu, ela adorava o momento em que entrava em uma livraria. Havia livros empilhados por todo lado, com plaquinhas amistosas guiando o leitor a autores locais, exemplares autografados ou best-sellers.

Uma funcionária sorriu para ela.

— Oi — falou. — Está procurando algo específico hoje?

Izzy abriu um sorriso radiante para ela, olhando ao redor.

— Nada específico, não. Estou só olhando... Esta livraria é fantástica!

Izzy vagou pelos corredores por mais de uma hora. Espiou os agradecimentos de um dos livros de Marta que havia acabado de ser lançado, procurando seu nome, e buscou nas prateleiras outros livros com os quais havia trabalhado ou que tinha lido recentemente e adorado. Era delicioso vê-los ali. Ela se sentia meio que em casa; era como se tivesse algo em comum com as pessoas que moravam ali, naquele lugar estranho do outro lado do país, se elas compravam, liam e amavam os mesmos livros que ela.

A certa altura, viu um livro pelo qual vinha procurando no alto de uma estante, pelo menos a trinta centímetros fora de seu alcance. Mas, logo ao lado dele, havia uma escada com rodinhas, que deslizava pela parede toda. Sempre quisera subir em uma dessas. Olhou para a esquerda, depois para a direita.

— Eu não conto para ninguém — disse a mulher atrás dela.

Izzy sorriu para ela e subiu na escada. Pegou seu livro e depois se virou para olhar a livraria lá embaixo. Era divertido ali em cima. Deveria ter feito isso há anos!

Quando enfim deixou a livraria, foi com dois livros na sacola, um sorriso no rosto e uma sensação feliz e calorosa no peito.

Um dos funcionários da livraria recomendara um café próximo, por isso caminhou alguns quarteirões até encontrá-lo. Izzy pediu um latte e um pãozinho doce e os levou para uma mesa do lado de fora. Ainda estava nublado, mas não importava. Tirou uma foto da arte em seu latte e enviou-a para Priya como prova de que saíra de casa, depois ficou sentada ali por algum tempo, observando as pessoas e saudando os vários cães que passavam. Por que Beau Towers não tinha um cachorro? Se tivesse, pelo menos ela ficaria na companhia de um bichinho naquele fim de semana.

Ele devia ser ruim demais para ter um cão.

AMOR ENTRE LIVROS

Quando terminou o café e o pãozinho, suspirou e se levantou. Não queria ir embora, mas não podia ficar ali para sempre. Já se sentia melhor do que de manhã. A caminhada fora uma ótima ideia.

Colocou o podcast para tocar enquanto voltava pela movimentada rua comercial, rindo para si mesma do jeito como os californianos se embrulhavam em jaquetas acolchoadas naquele clima de quinze graus — mas ainda calçavam chinelos. Depois de um tempo, o comércio foi rareando, as calçadas sumiram de novo e ela passou a subir a colina em direção à casa. Para cima. E mais para cima.

Por que, *por que* não se dera conta, quando descera no caminho para a livraria, que teria de subir tudo aquilo na volta para casa? Não que estivesse fora de forma — ela caminhava bastante! —, mas subir aquelas colinas não era igual a caminhar pela cidade de Nova York. E as colinas simplesmente... não paravam de levá-la para cima!

Quando sentiu água no rosto pela primeira vez, presumiu que fosse apenas suor, já que, àquela altura, transpirava em profusão. Mas aí aconteceu mais uma vez. E outra. Ah, não! Olhou para o céu. A Califórnia a traíra. O tempo não estava mais apenas nublado; começara a chover continuamente.

Sabia onde estava o guarda-chuva: dentro da mala, debaixo da cama, dentro da casa que ainda estava a um quilômetro e meio de distância colina acima. E ela estava de calças jeans, uma camiseta de algodão, cardigã e sapatilhas. Fantástico.

Izzy conferiu os aplicativos de carona no celular para pedir um carro, mas todos os motoristas estavam a, no mínimo, vinte minutos de distância. Não queria esperar vinte minutos no meio da rua ou enrolando do lado de fora da casa de um desconhecido, na chuva, porque, era bom repetir, não havia calçada.

Suspirou, olhou para a estrada à frente e continuou andando. Primeiro, torceu para que fosse uma chuva rápida e parasse logo, mas a chuva só engrossava. Arrastou-se colina acima, meio na rua, meio no gramado das casas dos outros. Não se afastou rápido o bastante quando um carro passou por uma poça, espirrando água por todo lado. Izzy queria chorar, mas estava exausta demais.

Por fim, avistou a casa lá adiante, no alto. Ah, graças a Deus! Mal podia esperar para entrar, tirar as roupas molhadas, tomar um banho quente e esquentar a refeição deliciosa que Michaela deixara para o jantar. Estava cedo, mas ela não ligava; estava com frio, molhada e morrendo de fome. E daí, depois de comer, tomaria um banho de imersão longo e quente, com alguns dos sais de banho chiques que encontrara naquela loja ao lado da livraria.

Deu a volta até a porta lateral e a puxou para abrir. A porta não se moveu.

A porta lateral estava trancada? Tinha saído e entrado por aquela porta pelo menos duas vezes por dia a semana toda, sem nunca pegá-la trancada. Não tinha a chave da casa — Michaela não lhe dera, mas isso não parecera necessário, já que ela não havia saído de lá até agora.

O que devia fazer? Lágrimas de frustração pinicaram seus olhos, mas forçou-as a recuar.

Podia ligar ou mandar uma mensagem para Michaela, mas ela devia estar em casa com o filho, desfrutando de seus dois dias de folga, durante os quais não precisava lidar com Beau Towers. E, mesmo que Izzy lhe mandasse uma mensagem, teria de ficar ali sentada na chuva por quanto tempo até que chegasse?

Suspirou e fechou os olhos por um longo instante. Por fim, deu a volta até a porta da frente e levou o dedo à campainha. Assim que se dera conta de que a porta lateral estava fechada, sabia o que teria de fazer. Mas ficara ali na chuva por mais cinco minutos, adiando o inevitável, tentando pensar em alguma coisa, qualquer outra coisa, porque não queria que Beau Towers a colocasse para dentro e soubesse que ela tinha ficado presa lá fora na chuva, vendo-a toda molhada e enlameada, trêmula e sem fôlego. Não havia outro jeito. Pressionou a campainha.

Por um tempo, nada aconteceu. Será que devia tocar de novo? Ou bater na porta? Não podia fazer isso. Simplesmente não podia. Alcançara os limites de suas habilidades pelo dia todo. Tudo o que podia fazer era ficar ali de pé e esperar que, em algum momento, ele...

A porta se abriu de supetão. Beau Towers ficou ali parado, encarando-a com um semblante inexpressivo. E então, devagar, começou a sorrir. E daí fez algo que deixou Izzy se sentindo realmente dentro de um pesadelo.

Ele riu.

Dela.

Se Izzy pudesse disparar raios laser dos olhos naquele momento, teria feito com alegria, deixando-o, no mínimo, semidilacerado. Mas, como não possuía essa habilidade, apenas passou por ele, empurrando-o ao entrar.

— O que você fez, tentou fugir? — perguntou Beau Towers, enquanto ela caminhava para a escadaria.

Ela deu meia-volta.

— Fugir? Sou uma prisioneira aqui? Fui dar uma volta, ou não tenho permissão para isso?

Ele ainda ria enquanto ela se postava ali, respingando água no piso.

— Claro que não, mas aonde você foi? Parece ter caído no mar.

Izzy respirou fundo para não gritar com ele.

— Fui caminhando até a livraria. E, caso não tenha notado, está chovendo lá fora. Quando a chuva cai do céu e se está a céu aberto, você se molha. Então, se me der licença...

— Você andou até lá embaixo? Por que faria algo assim?

Tudo o que Izzy queria era ir até o segundo andar, tirar a roupa molhada e entrar em um banho quente, mas aquele babaca ainda estava ali, rindo dela e fazendo perguntas.

— Tenho que pedir permissão sua para andar até algum lugar?

Ele riu disso também. Ótimo.

— Claro que não, mas fica bem longe colina abaixo. É por isso que a gente tem carro na Califórnia. Temos guarda-chuvas aqui também, sabe — disse ele, indicando o porta-guarda-chuvas ao lado da porta principal.

Foi nesse ponto que ela perdeu a paciência.

— Ah, sei que essas coisas existem, *carros*, *guarda-chuvas* e tudo o mais, obrigada por explicar. Mas não tenho um carro aqui, lembra? Também não tenho a chave desta casa sem qualquer livro nela, onde fiquei presa a semana toda com você, uma pessoa que me tortura por diversão, que zomba de mim e revira os olhos enquanto me esforço ao máximo para fazer meu trabalho, droga, e que agora ri quando estou com frio, molhada e me sentindo miserável. Já fiz muita coisa esquisita pelo meu emprego até hoje, mas bancar a babá de um cara rico que nunca precisou trabalhar um dia sequer na vida está no topo da lista. Passei quase uma semana tentando fazer você me entender, uma pessoa que está quase jogando fora um contrato milionário que caiu no seu colo em troca de um livro, sem o menor esforço de sua parte. E estava feliz em lhe dar seus discursinhos motivacionais de merda, mas me recuso a deixar que um moleque mimado e cheio de privilégios que não dá a mínima para os outros fique aí zombando de mim porque não tem nada melhor para fazer. Agora, se me dá licença, eu gostaria de tomar um banho quente e botar roupas secas, já que, como você observou com tanta astúcia, eu pareço ter caído no mar.

Ela girou sobre os calcanhares e subiu a escadaria correndo, antes que ele pudesse dizer qualquer coisa.

CAPÍTULO OITO

Izzy tomou a melhor ducha que já tomara na vida toda. Foi demorada e quente, e, no final, tinha vapor saindo do corpo. Quando saiu do chuveiro, pediu desculpas a ele por não o ter recebido da mesma forma que recebera a banheira.

Deus do céu, tinha sido maravilhoso gritar com Beau Towers daquele jeito. Ela fora meio grossa com ele naquele primeiro dia, depois de novo quando ele havia zombado de seu emprego, mas desta vez simplesmente perdera a paciência... e a sensação foi incrível.

Era provável que aquele cara estivesse ao telefone reclamando de Izzy para Marta agora mesmo. A qualquer minuto, sua chefe ligaria e gritaria com ela, talvez até a despedisse por causa daquilo. Tudo bem. Que fosse. Passara a noite toda ruminando sobre seu trabalho — e ali estava a resposta. Marta a demitiria e Izzy iria para a faculdade de Direito ou algo assim, como suas amigas mais espertas tinham feito. E daí nunca mais teria de se preocupar com o mundo editorial, Marta, Gavin ou Beau Towers.

Tirou da mala sua legging mais confortável, a camiseta favorita e o cardigã mais quentinho. Apesar de o banho tê-la aquecido, tudo o que queria eram as roupas mais aconchegantes possíveis naquele momento. Não sentia nenhum desejo de ir ao térreo e arriscar trombar com Beau Towers de novo, mas estava faminta demais para se importar tanto assim com ele.

Não o ouviu na sala de TV, e ele não estava na cozinha, graças a Deus. Era provável que estivesse em um dos vários cômodos de "acesso restrito" daquela casa idiota, grande demais para um homem morar sozinho.

Havia dois potes no refrigerador etiquetados como SOPA DE ABÓBORA. Sopa era exatamente o que ela precisava naquela noite. Será que Michaela sabia que iria chover naquele dia? Certeza que sim. Ela tinha poderes mágicos. Ou, sabe como é, tinha conferido a previsão do tempo, ao contrário de Izzy. Fosse como fosse, Izzy estava grata. Colocou um pouco da sopa em uma tigela, enfiou-a no micro-ondas e conferiu o bilhetinho que Michaela deixara em um post-it no pote.

Tem pão de alho no freezer; esquente no forno, a 200°C, por 5 minutos.

Que Deus abençoasse aquela mulher. Como alguém tão terrível quanto Beau Towers poderia convencer alguém tão fantástico quanto Michaela a vir trabalhar para ele? Izzy deslizou o pão embrulhado em papel-alumínio para dentro do forno elétrico e o ligou.

— Tem razão.

Izzy deu um pulo e se virou, encontrando Beau Towers à porta. Outra vez. Será que ele tinha vindo para expulsá-la de sua casa, finalmente?

— Desculpe — disse ele. — Não queria assustar você. Acho que criei o hábito de fazer isso.

— Acho que sim — respondeu ela, voltando-se para o forno. Depois, virou-se para ele outra vez. — Tenho razão em quê?

Beau deu outro passo para dentro da cozinha.

— A meu respeito. Você está certa a meu respeito. Que sou mimado, egoísta e não penso o bastante nos outros, e todas aquelas coisas que você disse.

Tudo o que ela fez foi olhar. Aquela era a última coisa que esperava ouvir de Beau Towers.

Ele continuou falando:

— Bem, exceto por aquela parte sobre torturar você por diversão... Não estava fazendo isso de propósito. Desculpe. Não tive a intenção de zombar de você hoje. Nem na noite passada. Acho que me esqueci de como é conversar com as pessoas. Já faz um tempo.

Só ri hoje porque nem sabia que havia saído de casa, e lá estava você, ensopada, e parecia tão... Só ri pelo inesperado da coisa. Mas, enfim, não era isso o que eu queria dizer. O que eu queria dizer é que você estava certa a meu respeito. Por que acha que estou com tanta dificuldade para escrever esse livro?

Izzy ficou de frente para ele, fitando-o diretamente.

— Sei lá — disse ela. — Você não me fala.

Ele encolheu os ombros.

— Eu sei. Bom, é por causa disso. E, acho, por outras coisinhas também. Mas como você pode escrever um livro de memórias sobre sua vida, quando sabe que sua vida toda foi uma mentira e está condenado a ser um idiota privilegiado para sempre? O que devo escrever? Não tenho nada de bom, de animador nem de profundo a dizer. Li aqueles livros que você recomendou, e todos eles tinham alguma mensagem de esperança no final, mas eu não tenho. Eu tentei... Ouvi tudo o que você disse no outro dia e me forcei a sentar e escrever algo, e tudo pareceu tão errado. Não sei como fazer isso de um jeito que pareça certo.

Beau Towers realmente tinha escutado os discursos motivacionais dela? E fizera o que Izzy havia sugerido? Não esperava aquilo, de forma alguma.

Espere aí. Outra coisa que ele dissera lhe deu um estalo.

— Você leu os livros de memórias que recomendei? O Mês dos Petiscos! Você *leu* meus e-mails!

Ele lhe sorriu por um segundo.

— É, eu li todos eles. Eles foram ficando meio engraçados, sabe. Quase comecei a esperar por eles. Quase disse isso ontem à noite, mas aí... — Ele se interrompeu e meneou a cabeça. — Desculpe por nunca ter respondido. Eu só... não conseguia.

Aquela conversa estava desmentindo com bastante rapidez a maioria das coisas que julgava saber sobre Beau Towers.

— Sei que todos vocês querem que eu use um ghost-writer — disse ele. — Se eu fosse mais inteligente e menos teimoso, provavelmente faria isso e acabaria logo com esse negócio do livro. Mas quero fazer eu mesmo e contar a verdade sobre tudo, e, para isso, tenho que... — Ele parou e abaixou a cabeça. — Seria bem difícil. E estou empacado. É... por isso que não há livro.

Havia tanta dor na voz ao falar do assunto... Ele estava genuinamente aborrecido. Queria mesmo escrever. Ela não fazia ideia disso.

O micro-ondas apitou, mas Izzy mal o ouviu.

Ela abriu a boca e tornou a fechá-la.

Beau riu.

— Certo, vá logo com isso. Pode falar, seja lá o que ia dizer.

Izzy sorriu.

— Eu... ia perguntar um negócio, mas é uma pergunta um pouco delicada... — Beau fez um gesto impaciente para que ela prosseguisse. — Só estava me perguntando, talvez você esteja deprimido? Porque...

Beau soltou uma risada tão repentina e alta que Izzy deu um passo para trás.

— É claro que estou deprimido! Estou nesta casa sem ninguém com quem conversar, além da Michaela, e nem sei como ela me aguenta, já faz mais de um ano! Seria um milagre eu não estar deprimido. Mas isso não torna menos verdadeiro nada do que acabo de dizer. — Ele parou e olhou para Izzy. — Espere, desculpe, eu fiz de novo. Isso soou maldoso. Está vendo? Não sei mais como conversar com os outros, se é que algum dia soube. Estou sendo um babaca mais uma vez.

Aquela conversa toda era muito inesperada.

— Tudo bem — disse Izzy. — Eu... não tinha me dado conta de que você se importava de verdade com o livro, só isso.

Ele deu outro passo para dentro da cozinha.

— Só não sei como escrever. Não queria desistir dele, mas talvez seja preciso. Não sei o que fazer, e é tão assustador. Já estou tão atrasado que, toda vez que penso nisso, parece mais difícil, e eu travo.

Ele se importava mesmo com o livro.

E precisava realmente de ajuda.

O timer do forno apitou. Ele foi até o armário, tirou um prato e colocou o pão nele.

— Bom... — Ele colocou o prato na frente de Izzy, depois se virou e foi até a porta da cozinha. — Você precisa comer. Só queria dizer isso. E pedir desculpas. De novo. Vou dizer a Marta que você tentou ao máximo comigo, mas que não havia nada que pudesse fazer.

Ele deu um passo para o corredor. De súbito, Izzy não queria que ele fosse embora.

— Beau.

Ele se virou.

— Sim?

Izzy respirou fundo.

— Você me deixaria ajudá-lo? Com o livro. Ajudar de verdade, quero dizer.

Beau olhou para ela.

— Por que faria isso por mim? Tenho sido terrível com você.

Ela não sabia, na realidade, como responder a essa pergunta. Pensou por um segundo.

— Você parece querer mesmo escrever. Eu não tinha me dado conta disso antes. Quero que chegue lá. Eu posso ficar, se Marta permitir, e trabalhar com você, se estiver disposto a botar a mão na massa. Não sou especialista nem nada disso. Mas... gostaria de ajudar.

— Tá — Beau disse por fim. — Eu gostaria disso.

Ele sorriu para ela. Parecia um pouco nervoso. Quase amigável. De repente, Izzy... quase gostou dele?

Sorriu em resposta.

— Posso fazer mais uma pergunta? — pediu ela.

O sorriso se apagou do rosto dele, mas, após um instante, Beau assentiu.

— Pode, claro.

— Pode, por favor, por favooor, me dizer onde fica o vinho nesta casa? Sei que ele existe, na primeira noite tomamos um pouco, mas não vi nenhum desde então e, depois do dia que eu tive, preciso desesperadamente de um pouco de vinho.

Ele riu alto. Uma risada real.

— Vinho é uma ótima ideia. E, sim, temos vinho de sobra. Espere um pouco, vou pegar uma coisinha na adega. — Beau Towers se virou para sair do cômodo, depois parou. — Na verdade... você não precisa aceitar. Se quiser jantar sozinha em seu quarto, eu entendo, você teve

um dia longo. Mas... quer jantar comigo? Vou buscar o vinho e assisti-
mos a um filme ou algo assim, e juro que não vou te fazer me dar um
discurso motivacional nem falar comigo sobre escrita ou trabalho,
nada do tipo. Mas tudo bem se não...

— Tá — disse ela. — Eu quero, sim.

CAPÍTULO NOVE

Beau desapareceu a caminho da "adega", sabe-se lá onde ficava isso. A casa tinha uma adega, jardins, um fosso e uma cozinha aparentemente mágica, e era provável que tivesse também um calabouço que ainda não vira. Colocou outra porção de pão de alho no forno elétrico para ele, despejou o restante de sopa em uma tigela e colocou-a no micro-ondas para aquecer. Aquele havia sido o dia mais esquisito de todos.

Izzy mal podia acreditar que tinha se oferecido para ficar mais tempo ali e trabalhar com Beau Towers no livro dele. Por que fizera isso?

Por causa daquela expressão no rosto de Beau. Aquela expressão de vergonha, dor e anseio quando ele falou sobre o livro, quão difícil era para ele e como não acreditava que pudesse fazer isso. Aquela expressão e tudo o mais que ele dissera a tinham feito pensar que aquele cara se importava de verdade e que havia algo que ele desejava dizer. E, de modo surpreendente, queria ajudá-lo a dizer esse algo. Quando chegara ali, Izzy estava tão concentrada em fugir do escritório e provar — para si mesma e para Marta — que podia fazer aquele trabalho, que não se importara com o livro em si. Agora, porém, era diferente.

Bem, vinha buscando uma resposta à questão de o que fazer a respeito do trabalho, se deveria ficar e lutar ou desistir e ir embora. Beau Towers acabara de lhe dar um modo de descobrir a resposta, de uma vez por todas. Se ela realmente conseguisse fazer aquilo — orientá-lo ao longo do processo de escrita, até o momento em que precisasse voltar a Nova York —, continuaria na TAQOT e seguiria lutando por aquele sonho. Mas, se não conseguisse ou se desistisse, ou se ele desistisse, então seria assim: lavaria as mãos disso tudo. Beau Towers e seu livro tomariam essa decisão por ela.

Beau retornou à cozinha, uma garrafa de vinho em uma das mãos e um chaveiro na outra.

— Peguei o vinho. — Ele entregou-lhe as chaves. — E estas são para você.

Uma parecia ser da porta de uma casa, mas a outra... Ela o encarou, sem saber o que aquilo queria dizer.

— O carro está estacionado na garagem; use quando quiser — falou ele. — Deveria ter te entregado as chaves no seu primeiro dia aqui. Lamento muito ter tido que subir a colina toda na chuva; foi culpa minha.

Ela não esperava que ele fosse fazer isso.

— Obrigada, mas tem certeza...?

Ele assentiu.

— Tenho, claro. Não uso muito o carro mesmo. E não quero que se sinta como uma prisioneira aqui. Se vai ficar e me ajudar com isso, quero que se sinta livre para ir e vir, e que vá para a praia, o café e seja lá onde você foi hoje...

— A livraria — acrescentou Izzy.

— A livraria, claro, lá também. Quero dizer, já que está presa bancando a babá para mim, pode muito bem aproveitar o fato de estar na Califórnia, não é?

Ela o fitou, um pedido de desculpas nos lábios sobre aquele comentário irônico de ser a babá dele, mas Beau tinha um sorriso no rosto. O sorriso o deixava diferente — mais novo, mais relaxado, com um quê de divertimento. Além de muito atraente.

Empurrou aquele último pensamento para fora de sua mente.

— Sem dúvida alguma, tem sido ótimo o tempo ensolarado e a média de dezessete graus a semana toda, enquanto em Nova York a temperatura está abaixo de zero. — Izzy olhou para fora. — Acho que é por isso que nem me ocorreu que pudesse chover aqui.

Beau puxou uma bandeja da lateral do refrigerador e colocou as tigelas de sopa de ambos nela.

— Temos um clima do sul da Califórnia — disse ele. — Ele só tem uma gama bem menor de variações do que o que vocês têm em Nova York. — Pegou a bandeja e apontou para a garrafa de vinho com o queixo. — Pode levar o vinho e as taças?

Izzy tirou um saca-rolhas de uma gaveta e apanhou a garrafa e as taças. Ela o seguiu pelo corredor até a sala de TV, um cômodo no qual nunca entrara até então. Quando Beau abriu a porta com o ombro, Izzy estacou e ficou olhando fixamente.

A TV dessa sala era maior do que qualquer outra que já tivesse visto por si mesma. Talvez fosse por isso que não encontrara nenhum outro aparelho na casa; a princípio, devia haver uns cinco ou seis, mas aquela TV simplesmente engolira todas as outras.

Beau colocou a bandeja na mesinha de centro na frente do sofá e depois se virou, encontrando Izzy ainda fixada na televisão.

— Eu sei, é meio absurda. — Ele pareceu envergonhado. — Quando me mudei para cá, foi meio que repentino. Eu planejava ficar apenas por um fim de semana prolongado, para dar um tempo... espairecer a cabeça. E daí apenas fui ficando. Esta era a casa dos meus avós.

Ah. Algumas coisas faziam mais sentido agora.

Izzy se sentou no sofá e pegou sua tigela de sopa. O sabor era tão bom quanto o aroma. Ficou contente por haver mais na cozinha, já que tinha a impressão de que comeria a tigela inteira e mais um pouco.

Beau apanhou o saca-rolhas e a garrafa de vinho.

— Boa parte da mobília e das coisas aqui ainda é deles, mas a televisão era bem velha, a imagem era terrível e mal recebia o sinal da TV a cabo. Soube que ia precisar de outra. — Ele riu. — Falei para Michaela que precisava de uma nova e, quando ela perguntou o que eu queria, disse que não ligava, só queria o maior aparelho que tivessem. E, bom, foi isso o que ela comprou para mim.

Izzy riu, em parte pela história, mas também por ver Beau tão tagarela. Era como se ele tivesse guardado toda a conversa por meses e estivesse soltando tudo de uma vez só.

— Michaela parece ser de muita confiança.

Izzy aceitou a taça que Beau lhe entregou.

Ele riu outra vez.

— Definitivamente, ela é. Também foi meio assim que o armário de guloseimas ganhou vida: ela ficava me perguntando o que eu queria que ela trouxesse para mim do mercado, e acabei dizendo para me trazer todos os petiscos em que pudesse pensar. Ela decidiu levar o que eu disse ao pé da letra.

É, parecia bem algo que Michaela faria.

— Bom, eu me apaixonei pelo armário de guloseimas de imediato, ele é o amor da minha vida, e vamos nos casar daqui a algumas semanas — falou Izzy.

Beau partiu um pedaço do pão e o mergulhou na sopa.

— Desculpe, mas não, não posso permitir isso. Não vai tirar o armário de mim. — Riram um para o outro. — Acho que Michaela se diverte mesmo com ele — disse Beau. — No começo, eram só salgadinhos, pretzels, bolachinhas, carne-seca e coisas assim, mas daí ela começou a recheá-lo com coisas da lojinha mexicana, e depois com coisas de vários mercados asiáticos, e agora tem tanta coisa gostosa lá dentro... Sou obcecado com uns palitinhos de vegetais apimentados, e nem sei como é o nome deles ou de onde vieram, mas eu adoro.

Beau estendeu a mão para o controle remoto, mas Izzy sabia que havia algo que precisava dizer antes que ele ligasse a TV.

— Hum, eu também queria pedir desculpas — falou. Ele se recostou e olhou para ela. — Eu meio que... bom, eu presumi que você estivesse sendo um babaca ontem à noite e hoje. Acho que o que disse acabou mexendo comigo e fiquei brava. Desculpe.

Ele balançou a cabeça.

— Não foi nada. Fui um cretino quando você chegou aqui, é claro que levaria tudo o que eu dissesse para o outro lado. — Ele apanhou o controle. — Tem algo a que esteja a fim de assistir?

Como deveria responder? Esse tipo de pergunta sempre parecia um teste, especialmente vindo de um cara — como se você devesse responder algo "inteligente" e contar sobre o documentário que estava louca para ver, ou a série sobre o cara enforcido que você adora, ou aquele filme de super-herói que mal pode esperar para ver de novo. Mas tinha sido um dia longo. Podia muito bem ser honesta.

AMOR ENTRE LIVROS

— Obviamente, com a chuva lá fora e essa tigela de sopinha muito reconfortante, tudo o que quero é assistir a algum drama de época bem luxuoso, com várias panorâmicas do interior da Inglaterra ou da Itália, ou algo assim, e gente tomando chá e comendo sanduíches minúsculos e bolinhos. Sabe do que eu tô falando?

Para sua surpresa, Beau assentiu.

— Boa ideia. — Ele zapeou pelos diversos serviços de streaming e chegou a um título. — Que tal este aqui?

— *Uma vida provinciana* — Izzy leu na tela. — Não preciso nem ler a descrição, o título já basta para mim. Topo.

Assim, pelo restante da noite eles ficaram ali, em lados opostos do sofá, tomando sopa, comendo pão, bebendo vinho e assistindo a um drama de época. A certa altura, Izzy esquentou mais sopa para ambos; em outro ponto, Beau fez pipoca, e, bem quando Izzy estava pensando em ir para a cama, Beau apareceu com uma travessa de cookies com gotas de chocolate quentinhos, de modo que Izzy não teve escolha senão ficar por mais um episódio.

Não conversaram muito, mas tudo bem. Izzy ficou surpresa ao notar quanto estava confortável, junto de Beau Towers. Não sentia que precisava preencher o silêncio com conversa. Não ficou desconfortável sentada ali com ele.

Ainda não tinha ideia de por que ele se isolara do resto do mundo durante o último ano nem por que estava lutando tanto com seu livro. Beau fizera alusão a algumas descobertas a respeito de si mesmo, mas ela não queria perguntar sobre aquilo, pelo menos, não ainda. Entretanto, se fossem de fato trabalhar juntos, Izzy teria de pressioná--lo a escrever sobre essas coisas, quisesse ele compartilhá-las ou não.

Será que ela podia mesmo fazer isso? Oferecera-se para auxiliá-lo porque a dor na voz e a expressão no rosto de Beau tinham lhe dado vontade de estender a mão, de fazer algo para ajudar. Mas será que sabia como fazer isso? Será que tinha conhecimento suficiente, experiência suficiente, para conduzi-lo na escrita de um livro de memórias?

Não fazia a menor ideia, mas sabia que teria de fazer o melhor que podia. Se aquele era um teste para decidir se permaneceria ou não no mundo editorial, daria tudo de si, e, se esse tudo não fosse o bastante, essa seria sua resposta.

Percebeu, porém, que também queria isso pelo bem de Beau.

O episódio terminou, e Beau se virou para ela.

— Está ficando tarde. Quer retomar isso outra noite?

Izzy concordou.

— Quero, claro — disse ela. — E, sobre o livro...

Beau se recostou no sofá, mudando de ideia a meio caminho de pegar o prato de cookies.

— Sim?

Ele desviou o olhar. Fazia isso quando estava ansioso, ela se deu conta.

— Talvez devêssemos começar a trabalhar na segunda? Tenho que fazer minhas outras tarefas das nove às seis, no horário de Nova York, então termino por volta das três da tarde. O que acha de nos reunirmos nesse horário, só para discutir algumas coisas? Nada muito grande por enquanto, só para ir com calma, se estiver bom para você.

Ele mordeu o lábio, depois aquiesceu.

— Tá bom. Isso... faz sentido. — Ele lhe sorriu. — Três da tarde parece um horário ótimo para beliscar. Podemos nos encontrar na cozinha, atacar o armário de guloseimas e partir daí. Que tal?

Ela riu.

— Perfeito. Vejo você no horário de beliscar, na segunda-feira. Boa noite.

Ela se virou para sair da sala.

— Boa noite, Isabelle. E... obrigado.

Izzy deu meia-volta e sorriu para Beau.

— Por nada.

CAPÍTULO DEZ

Izzy respirou fundo no domingo antes de pegar o telefone.

Eu posso ficar, se Marta permitir — era o que tinha dito a Beau na noite de sábado, como se não fosse nada de mais, como se fosse uma conclusão lógica o fato de sua chefe deixá-la ali por mais tempo para trabalhar com ele no livro. E, agora, tinha de convencê-la.

Ela queria — Deus do céu, como queria — enviar um e-mail a respeito disso. Em um e-mail, poderia gastar minutos ou horas elaborando cada frase, certificando-se de usar as palavras exatas e perfeitas. Em um telefonema, quem sabia o que seria dito? Mas Marta fazia tudo o que era importante pelo telefone. Izzy discou o número dela.

— Isabelle.

Marta sempre atendia ao telefone assim, apenas com o nome da pessoa que ligava. No começo, tinha sido desconcertante.

— Oi, Marta — falou Izzy. — Desculpe ligar num domingo, mas, hã, acho que tive algum progresso com Beau Towers. A parte complicada é que ele quer que eu fique aqui por mais um tempo. Por um período, quero dizer, para ajudá-lo com o livro. Acho que está com muita dificuldade mesmo, e parece que discutir os problemas comigo tem ajudado.

Argh, ela estava tagarelando. Já tinha dito *ajudar* duas vezes. Devia ter escrito um roteiro.

Marta fungou. Estaria correndo? Ou esquiando? Conhecendo Marta, provavelmente estaria, tipo, correndo na neve.

— Talvez esteja na hora de minimizar nossas perdas com esse projeto — disse Marta. — Ficar investindo dinheiro nisso não vai magicamente extrair um livro desse cara. Fico contente que o tenha persuadido a responder aos meus e-mails, pelo menos, mas não quero forçar você a ficar numa cidadezinha insignificante da Califórnia por causa disso. Vou dizer a ele que não dá mais.

Izzy pensou rápido. Tinha que convencer Marta a deixá-la ficar. Não tinha percebido quanto se importava em fazer isso até que Marta houvesse chegado ao ponto de lhe tirar a chance.

— Na verdade — disse ela —, estou surpresa com quanto Beau Towers está comprometido com o livro. Você ter me enviado para cá foi exatamente o empurrãozinho de que ele precisava. — Isso, tinha de fazer sua chefe se lembrar de que fora ideia "dela" enviar Izzy para lá. — Não fosse isso, acho que ele jamais teria feito algum progresso. Não posso garantir que vá funcionar, é claro, mas tenho uma certeza razoável de que, se eu *não* ficar, não vai sair nunca um livro dele. E tenho sido capaz de cumprir muito bem todas as minhas outras tarefas remotamente durante minha permanência. O isolamento é bom para ler manuscritos.

Assim como a banheira, a luz do sol e a redução do estresse por não ter que entrar naquele prédio todos os dias, mas ela não precisava contar essa parte.

— Humm. — Fez-se um longo silêncio ao telefone, e Izzy se forçou a não o preencher. Uma técnica que aprendera com a própria Marta. — Certo. Você tem um mês. Não me decepcione.

Em seguida, Marta desligou o telefone.

Izzy soltou um profundo suspiro. Tinha conseguido. Agora, precisava fazer algo quase tão difícil quanto falar com Marta: contar aos pais que ficaria na Califórnia por um mês. Torcia para que não tivessem um surto, mas, mesmo que isso acontecesse, já estava do outro lado do país.

Parece que vou ficar por aqui mais algumas semanas, talvez até mais! Está sendo uma experiência ótima e o trabalho é muito bom, mas estou com saudades de vocês!

Claro, eles não sabiam que ela estava morando sozinha em uma casa com Beau Towers. Sim, ela era uma adulta, mas isso não queria dizer que seu pai não teria um surto com a notícia. Não que estivesse mentindo para eles, apenas... sugerira a coisa toda como uma hospedagem corporativa.

Parece ótimo, docinho! Fico feliz que eles tenham tanta fé em você. Não podemos falar agora, mas ligamos mais tarde!

Bem, isso era... anormalmente tranquilo vindo do pai dela. Então, tá. Ela de fato ficaria por ali.

Assim, às três da tarde de segunda, Izzy entrou na cozinha, os cadernos e as canetas que comprara na papelaria na tarde de domingo nas mãos, o celular no bolso e o estômago saltitante. Esperava que aquilo funcionasse.

Michaela despejava água quente em uma caneca.

— Oi, Izzy. Quer chá? Ouvi falar que você vai ficar aqui mais um tempo.

Ela parecia contente com isso. Que bom — Izzy estava preocupada que fosse representar mais trabalho para ela.

— É, parece que vou. E, quanto ao chá, não, obrigada, talvez mais tarde, caso ainda esteja por aqui quando terminarmos.

Michaela lhe sorriu enquanto saía da cozinha.

— Combinado. Vejo você mais tarde, então.

Depois de alguns minutos, Izzy virou e olhou para o relógio do forno: 15h05. Talvez ele não viesse... Talvez tivesse mudado de ideia. Aquele "não me decepcione" de Marta ressoava nos seus ouvidos.

— Sem pressão — resmungou Izzy.

— Como é? — perguntou Beau, entrando na cozinha.

— Ah! Nada, não.

Izzy se forçou a conter um suspiro de alívio, mas, pelo visto, não se saíra tão bem nisso.

— Achou que eu não viria?

Beau não a encarou diretamente.

Ela meneou a cabeça, depois assentiu. Qual era o sentido de fingir?

— Pensei que talvez tivesse mudado de ideia.

Ele foi até o armário de petiscos.

— E deixar a ideia de acabar com o armário de guloseimas para lá? Jamais. — Ele abriu as portas. — Está com vontade de que hoje? Algo com queijo, algo apimentado...?

Izzy analisou as opções.

— Por que não as duas coisas?

O rosto dele relaxou em um sorriso.

— Você é das minhas.

Antes que ela pudesse resolver como reagir a isso, ele caminhou até a geladeira e pegou a mesma bandeja outra vez.

— Vou pegar vários para nós.

Izzy se perguntou aonde iriam levar todos aqueles petiscos. Presumira que trabalhariam na cozinha. Provavelmente iriam para a sala de TV. Não seria a escolha dela como o melhor lugar para se trabalhar — distrações demais, e a mesa de centro tinha uma altura esquisita para se usar um notebook, mas deixaria Beau no comando desta vez.

Ele empilhou os salgadinhos na bandeja, junto com uma pilha de guardanapos e algumas bebidas da geladeira.

— Essas bebidas estão boas pra você? — ele perguntou.

Izzy olhou para a bandeja. Ele tinha pegado duas latas de água com gás, duas Cocas diet e duas garrafas daquele "suco" verde que estava sempre na geladeira. Era mais de um verde-acinzentado, na verdade. Ela não sabia o que era e não queria descobrir.

— Tá, pode despejar — falou ele, antes que Izzy pudesse dizer qualquer coisa. — Por que está fazendo essa cara?

Ops! De modo geral, era melhor em disfarçar expressões faciais.

— Se essas duas garrafas de suco são para você, tudo bem, mas, por favor, não me faça beber isso.

Beau riu.

— Ah, tenha dó, não é tão ruim assim! Já experimentou?

Izzy fez uma careta.

— Não, e não planejo experimentar. Parece nojento. Eu tenho dentes, posso mastigar meus vegetais sem problema.

Beau apanhou a bandeja e caminhou até a porta da cozinha.

— Claro que pode, mas você comeu aquela sopa na outra noite e gostou, não foi? E não precisou mastigar nada.

— Aquilo foi diferente — disse Izzy, acompanhando-o. — Em primeiro lugar, é sopa! Todo mundo ama sopa. Era uma noite fria e chuvosa, a sopa estava quente e gostosinha. Em segundo lugar...

— Tudo bem, hoje é um dia claro e ensolarado, o suco está gelado e refrescante — falou Beau.

— *Em segundo lugar* — repetiu Izzy —, os vegetais na sopa foram cozidos antes de passar pelo liquidificador. Esses vegetais aí são o que, colocados no liquidificador crus? Parece bem indigesto.

Beau se virou e olhou para ela.

— Você leu aquele livro sobre ovos verdes com presunto quando era pequena? É assim que está parecendo no momento. Está só falando de como *acha* que o suco verde é, e não como ele é de fato. Experimente, daí você vai ver.

Izzy fechou a cara.

— É muito cruel de sua parte citar um de meus livros infantis preferidos para tentar me convencer a fazer algo que não quero.

Beau riu enquanto passava direto pela porta da sala de TV. Aonde estariam indo?

— A gente não vai...? — Izzy indicou a sala de TV.

Beau seguiu em frente.

— Ah, não. Pensei que teríamos mais espaço e menos distrações na biblioteca.

É claro. A biblioteca. Era óbvio que uma casa que tinha jardins e uma adega também teria uma biblioteca.

Izzy seguiu Beau pelo corredor em direção àquelas portas enormes de madeira que ele dissera serem proibidas para ela durante o passeio guiado. Ele transferiu a bandeja para uma das mãos e escancarou as portas. Izzy entrou.

— Ah. A biblioteca — foi tudo o que pôde dizer.

Ela tinha ido à biblioteca com os pais uma vez por semana, todas as semanas, quando era pequena. Aquele sempre lhe parecera um lugar mágico, cheio de livros só esperando para serem lidos — nas prateleiras, em pilhas, em todo canto. Fantasiara em ter um lugar como aquele em seu lar imaginário no futuro, com prateleiras e mais prateleiras de livros, para todo lugar que se olhasse.

A biblioteca era a realização de todos os seus sonhos. Uma sala imensa, que ainda assim parecia aconchegante e calorosa. Havia uma mesa redonda do lado oposto a onde estavam, com cadeiras agrupadas em torno dela, um confortável sofá de dois lugares e duas poltronas bem estofadas em um círculo pequeno junto à lareira, além de assentos acolchoados perto da janela, que pareciam recantos perfeitos de leitura. Havia também uma mesa comprida de madeira escura diante dela e uma escrivaninha em estilo antigo no canto. A sala era bem iluminada, com luminárias em todo lugar e o sol entrando pelas janelas.

Entretanto, o que tornava essa sala tão incrível eram os livros. Estantes repletas que se estendiam do piso até o teto lotavam as paredes, com aquelas escadas de rodinhas para que se pudesse alcançar todos eles.

Izzy deu a volta lentamente pela sala, deslizando os dedos pelas lombadas dos livros e parando de vez em quando para pegar um deles e folheá-lo. Havia títulos de ficção, história, ciência, culinária, política, e muitas prateleiras repletas de títulos infantis. E o melhor: os livros pareciam ter sido lidos. Dava para perceber. Não eram exemplares novinhos em folha, que algum decorador de interiores comprara no atacado e arranjara com cuidado em uma estante em determinada ordem, para deixar o local bonito. Na verdade, muitos não obedeciam ordem alguma — sentiu o impulso de organizá-los. Mas isso também lhe dizia que todos aqueles eram livros que tinham sido manuseados, lidos, talvez até relidos. As lombadas estavam marcadas, as sobrecapas tinham sido retiradas em alguns casos ou mostravam rasgos pequenos, as páginas haviam sido dobradas para marcar o lugar. Aqueles livros não tinham sido apenas lidos; também tinham sido amados.

Queria tocar cada um, descobrir mais sobre eles e de onde tinham vindo, estudar as capas, sentar-se no chão com uma pilha no colo e decidir em qual mergulhar primeiro.

Lembrou-se do que dissera a Beau outro dia, sobre como não havia livros naquela casa. Fez uma careta. Em contrapartida, não podia acreditar que estivesse morando ali com aqueles livros esse tempo todo, totalmente inconsciente desse fato.

— Isto estava aqui o tempo todo? — Izzy perguntou olhando para uma das estantes, repleta com alguns de seus favoritos.

Beau riu baixinho. Ela nem se dera conta de que havia falado em voz alta.

— Acha que eles apareceram agora, num passe de mágica? — perguntou ele.

Se ele tivesse dito aquilo naquele mesmo tom alguns dias atrás, Izzy teria se irritado e saído pisando duro. Agora, apenas sorriu.

— Olha... mais ou menos. Esta sala parece um pouquinho mágica. — Ela prescreveu um círculo com o corpo, olhando ao redor. — É uma biblioteca excelente. Estava morrendo de saudade de estar cercada por livros.

— Fique à vontade para pegar emprestado qualquer um deles, se quiser — disse Beau.

Foi muito atencioso da parte dele.

— Ai, obrigada!

Será que Izzy se sentiria confortável o bastante para fazer isso? Não tinha certeza.

Ele depositou a bandeja na mesa comprida de madeira e sorriu.

— Estou contente por tê-la trazido para cá, então. Adoro este lugar. Fico feliz que também goste.

Ela lhe sorriu.

— É incrível.

Izzy foi até a mesa, inspecionou os salgadinhos e pegou um deles. Hesitou.

— O que foi?

Beau se sentou diante dela e abriu um de seus sucos repugnantes.

— Ah... — Estava envergonhada. — Nada, não. Não foi nada.

Beau abriu um sorriso.

— Você tem permissão para comer nesta biblioteca, sabe?

Ela riu, surpresa por ele ter lido sua mente daquela maneira.

— Tá, mas esse salgadinho faz uma bagunça! Não quero sujar os livros.

Beau apanhou outra coisa na bandeja e jogou para ela.

— Não reparou que Michaela guarda pacotes de lenços ume-decidos junto dos salgadinhos que fazem mais sujeira? Ela pensa em tudo. Trouxe alguns para cá exatamente por isso.

Izzy tornou a rir e abriu o saco.

— Tá, então abriremos a sessão.

Em vários sentidos. Estava na hora de parar de conversar sobre a biblioteca e os petiscos para começar a falar sobre as memórias de Beau. Tinha de fazê-lo escrever o suficiente naquele mês para pro-var-lhe que ele podia escrever o livro todo, para provar a Marta que ela era boa no que fazia e para provar a si mesma que ela queria — ou não — continuar trabalhando na área editorial.

Sem pressão.

Izzy abriu o caderno e apanhou uma caneta.

— Certo. — Ela olhou para a lista que fizera no dia anterior. — Quanto você já tem? Vamos começar por aí.

Ele desviou o olhar.

— Nada.

— Como assim? — Não foi capaz de evitar essa reação. — Você disse que vem trabalhando nele há um tempo já.

Ele abaixou a cabeça, olhando para o notebook fechado diante dele na mesa.

— E venho. Mas deletei tudo.

— *Tudinho?* — indagou ela. Aquilo seria muito mais difícil do que imaginara.

Beau se levantou.

— Isso mesmo! Deletei tudinho, sim. Nada estava funcionando. E isso também não vai funcionar. Não sei por que concordei em tentar.

Izzy respirou fundo e ficou onde estava.

— Beau.

Ele olhou para ela, carrancudo.

— O que foi?

Ela o encarou diretamente.

— Por que não recomeçamos do zero?

Ele a encarou por um segundo, engoliu em seco e depois tornou a se sentar.

— Tá bom. Desculpe. Eu só... estou meio ansioso com isso.

Izzy sorriu para ele.

— É mesmo? Nem dá pra perceber.

Ele riu, graças a Deus. Se não tivesse rido — se tivesse se ofendido com isso também —, ela teria certeza de que a parceria deles estaria condenada desde o princípio.

— Acho que está acostumada a gente estressada, lidando com escritores o dia inteiro — disse ele. — Ou a gente cabeça quente, como pode ser o meu caso... Mas não tenho nada que me leve a me considerar um escritor.

Quando ele disse isso, parecia apenas triste, em vez de zangado. Certo, agora era a hora de usar toda a sua habilidade para discursos motivacionais.

— Em primeiro lugar, eu também sou meio cabeça quente de vez em quando, não sei se já notou... — Ele riu de novo. Ela prosseguiu: — Em segundo, se você escreve, é um escritor. Não precisa ter escrito um livro nem se sentir bem sobre sua escrita para receber esse título. E você andou escrevendo, você mesmo me disse. Todo esse trabalho que já fez? Nada foi à toa. Foi um tijolinho; mesmo que não consiga enxergar, ele está lá. Tudo vai contribuir com o trabalho que fará em seguida.

Agora que Izzy sabia que ele estava ouvindo, que realmente prestava atenção a seus conselhos, conversar com Beau sobre o ato de escrever era mais fácil. E talvez agora fosse mais fácil também porque o coração dela estava mesmo dedicado a isso. Ela se importava mesmo com o fato de poder ajudá-lo.

— Além disso — continuou —, vários escritores são só muito ansiosos. Todo mundo deleta coisas quando entra em pânico, às vezes. Que tal se, da próxima vez que sentir o ímpeto de deletar tudo, apenas abrir um novo documento em vez disso? Chame de Cenas Cortadas, ou de Palavras Ruins, ou de Coisas Que Apaguei, e deixe tudo lá. Esconda esse documento numa pasta diferente, se precisar, assim não terá de vê-lo. Envie num e-mail para um amigo, faça essa pessoa prometer não ler, qualquer coisa. Apenas salve o texto de algum jeito.

Ele engoliu em seco.

— Tá — concordou. — Essa é... é uma boa ideia.

Izzy pegou um punhado de salgadinho para matar o tempo enquanto pensava depressa.

— Eis o que você vai fazer hoje.

Ele abriu o notebook, mas ela balançou a cabeça.

— Ainda não. De vez em quando, se está com um bloqueio ou as coisas não estão indo bem, ajuda passar de um modo de escrever para outro. Então, aqui, este é para você.

Ela empurrou um dos cadernos diante dela para Beau, do outro lado da mesa, junto com uma caneta.

— Escreva dez assuntos que você tem em mente para este livro. Não pense muito, não precisa falar muito a respeito, só anote tudo, algumas frases para cada assunto. Nada disso é permanente, não se preocupe. — Pegou o celular e preparou o cronômetro. — Vou te dar cinco minutos. Pode começar.

Ele olhou para ela. Izzy podia ver a resistência no olhar dele. Ela não falou mais nada; somente o encarou em resposta. Depois de alguns segundos, ele fitou o papel e estendeu a mão para a caneta.

Quando o cronômetro apitou, Beau continuou rabiscando por mais alguns segundos. Pelo visto, ele tinha algo a dizer. Olhou para Izzy depois de largar a caneta.

— Tá bom — disse ele. — E agora?

Izzy tentou soar mais confiante do que se sentia.

— Agora escolha um desses assuntos e, pelos próximos trinta minutos, escreva sobre ele. Bem aí, nesse caderno. — Ela olhou para o celular e preparou o cronômetro. — Começando... agora.

Desta vez, ele protestou.

— Mas não consigo. O problema é esse: não consigo fazer isso.

— Consegue, sim — respondeu. — Sei que consegue. É só...

Ele empurrou o caderno para ela por cima da mesa.

— Falei que não consigo. Já tentei antes, mas sai ruim, parece errado. Pensei que fosse me ensinar como fazer isso, não apenas... — Ele parou. Abaixou a cabeça para a mesa por alguns segundos, depois voltou a olhar para ela. — Desculpe. Eu te interrompi. Pode falar.

Ela tinha certeza de que, agora, Beau desistiria de vez.

— Tudo bem se ficar ruim — insistiu Izzy. — Aceite a má qualidade do texto. Por enquanto, não importa se é ruim, ele só tem que existir. Dá para corrigir uma escrita ruim, mas não dá para corrigir uma página em branco.

Será que estava se fazendo entender por ele? Não tinha a menor ideia.

— Não tem que ser perfeito, não precisa ser certinho, e não precisa mostrar o texto para mim. Não vou pedir isso. Você só precisa colocar algo no papel. Se ficar empacado, se não souber como começar, escreva sobre mim, o quanto você está irritado por eu estar te forçando a fazer isso, e depois volte ao assunto. — Empurrou o caderno de volta para ele sobre a mesa. — Sei que pode fazer isso, Beau. Eu não estaria aqui se não soubesse disso.

Ele baixou os olhos para o caderno, depois os voltou para ela. Izzy prendeu o fôlego.

Por fim, ele pegou uma caneta e abriu em uma página em branco. E começou a escrever.

Izzy retornou ao celular para que Beau não visse o alívio em seu rosto.

Pelos trinta minutos seguintes, Izzy leu e-mails de trabalho, ignorou as mensagens de Priya e tentou não olhar para Beau. Apesar disso, reparava quando ele acelerava, quando parava, largava a caneta, respirava fundo e voltava a pegá-la. Após os primeiros dez minutos de paradas e recomeços, ele escreveu de forma contínua, e ela sorria toda vez que o ouvia virar a página e prosseguir.

Vê-lo escrever assim fazia uma parte dela ficar louca de vontade de escrever também. Para virar a página do próprio caderno, mergulhar naquela nova ideia que lhe ocorrera recentemente, do nada, mesmo depois de ter dito a si mesma que não tinha mais ânimo para escrever, que não tinha a força necessária. Ela olhou para o caderno e pegou a caneta. Nesse exato momento, o cronômetro soou e Beau soltou a caneta, suspirando.

— Certo. — Ele ergueu a cabeça. — E agora?

Ela sorriu para ele.

— Acho que é o bastante para o nosso primeiro dia, não concorda? Vá espairecer sua mente. Dê uma volta, vá nadar ou algo assim.

Ele fechou o caderno e se levantou.

— *Obrigado.*

Ela riu. E depois o fez parar quando ele se virou para sair.

— Mais uma coisinha. Prometa que não vai jogar fora essas páginas. — Ela apontou para o caderno. — Eu vou precisar guardar esse caderno para você?

Izzy estava brincando, mas ele não riu.

— Eu não... não sei se posso prometer isso. Pelo menos, por enquanto. — Olhou para o caderno em sua mão. — Pode me prometer uma coisa? Se eu te entregar, promete que não vai ler?

— Não vou ler — disse ela. — Eu prometo.

Ele estendeu o caderno e ela o pegou.

— Obrigado, Isabelle. Agradeço muito.

Ela o seguiu até a porta. Quando ambos saíram, viraram-se em direções opostas até ela dar meia-volta.

— Só para você saber. Meus amigos me chamam de Izzy.

Ela não sabia por que havia dito aquilo. Não deixava que ninguém no trabalho a chamasse assim, exceto Priya. Talvez tivesse dito isso porque Beau confiara nela, e Izzy queria que ele soubesse que também confiava nele.

Beau enfim sorriu.

— Obrigado, Izzy.

CAPÍTULO ONZE

Na sexta-feira, quando encontrou Beau na biblioteca, Izzy lhe devolveu o caderno, como fizera todos os dias daquela semana.

— Vou preparar o cronômetro, tá? — disse ela, e ele assentiu e abriu o caderno, como fizera todos os dias daquela semana.

Todo dia, enquanto ele ficava ali sentado, escrevendo no caderno, ela se perguntava o que ele estava escrevendo. Será que aquele experimento impulsivo dela estava funcionando? Não sabia. A respeito de que era tão difícil Beau escrever? Estava muito curiosa, mas prometera-lhe não perguntar, por isso não o fez.

E, todo dia, quando Izzy se sentava ali com o próprio caderno, também sentia o impulso de escrever. Como poderia não sentir, estando naquela biblioteca perfeita, com seu caderno preferido diante de si e a caneta favorita na mão? Mas o simples fato de pensar nisso já era assustador. Dedicara seu coração por completo ao livro e ficara muito magoada, por muito tempo, depois de receber aqueles comentários de Gavin. Não estava pronta para aquela dor outra vez.

Porém, conforme os dias passavam, continuava pensando em escrever. Especialmente por se sentir uma hipócrita ao incentivar tanto Beau e depois ignorar todas as palavras que saíam da própria boca.

O que dissera para ele no dia anterior mesmo? *O único jeito de chegar ao outro lado é passando por isso. Sei que é difícil, às vezes é bem difícil, mas suas opções são desistir ou persistir, mesmo com as partes difíceis. E sei que você não quer desistir.*

Izzy também não queria.

Tá bom. TÁ BOM. Ia trabalhar só um pouquinho naquela ideia. Só até o cronômetro apitar. Pegou a caneta e abriu o caderno.

Quando o celular começou a tocar a valsa sinalizando o final do tempo, encarou seu caderno por alguns segundos. Certo. Certo, era um começo.

— Izzy?

Ela virou a página do caderno rapidamente para que Beau não visse o que estava fazendo e olhou para ele.

— Bom, andei pensando. — Ela apontou para o notebook na extremidade da mesa. — Por que não o liga hoje?

Ele olhou para o notebook e, naquele momento, Izzy viu um pouco de medo e vergonha nos olhos dele, coisa que não via desde aquele dia na cozinha.

— Por quê? Qual é o problema com o caderno? Eu gosto dele.

Forçou-se a não sorrir ao ouvir isso.

— Eu sei, também gosto. Mas pensei que hoje você poderia digitar um pouco do que escreveu no caderno. Talvez o que escreveu no primeiro dia. Pode apenas digitar exatamente como escreveu ou editar o texto, expandi-lo, fazer o que preferir. Mas agora está na hora de olhar para ele de novo e de ele existir em um formato que não seja apenas o do caderno. — Beau já estava negando com um gesto de cabeça, porém ela continuou: — Acho, e me corrija se eu estiver enganada, que você está quase com medo do notebook, depois de ser tão difícil trabalhar nele antes. Esta pode ser uma maneira de recomeçar a utilizá-lo e de perder o medo. Só quinze minutos. O que acha?

Ele estreitou os olhos.

— E importa o que eu acho? Ou vai me forçar a fazer isso de qualquer jeito?

Izzy fez menção de responder, mas então viu que ele tinha um sorrisinho minúsculo no rosto e sorriu em resposta.

— Que tal isto: o que você acha importa, sim, mas também vou te forçar a fazer isso de qualquer jeito.

Ele riu alto e puxou o notebook em sua direção.

— Tá bem. Eu acho isso uma droga, é isso o que eu acho. E também acho que você é uma pessoa ruim por sugerir isso do nada nesta tarde de sexta-feira clara e ensolarada, bem quando me acostumei com este caderno idiota.

Izzy apertou os lábios.

— Pensei que tivesse dito que gostava do caderno. Agora está chamando-o de idiota... — Ela teve uma ideia. — Tá, olha só: se fizer isso, eu tomo um desses seus sucos horrorosos.

O rosto dele se iluminou.

— Sério mesmo? Tá, tudo bem, trato feito. Mas tem que beber tudinho, não pode só tomar um gole, fazer uma careta e fingir que já terminou.

Ela pegou uma das garrafas na bandeja.

— Tá bem. — Abriu a tampa e reprimiu um tremor. — Não sei por que chamam isso de suco verde. Até a cor é repugnante. Mais cinza do que qualquer outra coisa.

Ele abriu o notebook.

— Trato é trato, Izzy.

Ela revirou os olhos e tomou um gole. Hum... Aquele troço verde até que era... uma delícia? Não que fosse admitir isso.

— É tão repelente quanto eu imaginava, mas disse que tomaria tudo, então vou tomar. Agora é sua vez. Vamos lá.

Ele apenas a observou.

— Você mente mal. Até que gostou, admita.

Ela balançou a cabeça, mas não pôde evitar o sorriso que sentiu nos lábios.

— Não admito nadinha. Você não tem trabalho a fazer?

Beau folheou o caderno, ainda sorrindo, e começou a digitar. Izzy continuou sorrindo enquanto olhava para o celular. Os discursos motivacionais funcionavam muito mais agora. Provavelmente porque já se conheciam bem melhor. E provavelmente também porque ela agora falava a sério.

Priya lhe enviou uma mensagem de texto depois que Izzy preparou o cronômetro.

Argh, tô num happy hour com o pessoal do escritório e todo mundo é um tédio ou irritante, tirando você. Parece que está na Califórnia há uma eternidade. Mal posso acreditar que ainda vai ficar aí por mais três semanas!

Izzy se controlou para não rir.

Também tô com saudades! Aimeudeus, acabei de me dar conta: acho que ainda estarei aqui quando vier para o casamento do seu primo, e aí vou poder te ver!

Priya respondeu de imediato.

Aaaah, sim!! Quase me esqueci disso! E você vai me apresentar para Beau Towers, eeeee! Vai ter que me apresentar.

Izzy ia simplesmente ignorar essa parte. Será que deveria voltar para o caderno e seu novo projeto? Talvez só... uma olhadinha, para ver se ainda havia outros pontos para começar a refletir? Mas e se fosse tudo ruim e ela visse isso de imediato?

Tudo bem se for ruim, ela dissera para Beau apenas alguns dias antes.

Tá bom, tá bom.

Quando o cronômetro disparou de novo, Izzy fechou o caderno na mesma hora. Estava apavorada em voltar a escrever, mas continuava gostando daquela ideia.

Beau fez menção de fechar o notebook, mas ela o interrompeu.

— Salvou o texto? De preferência em mais de um lugar, para ter um backup?

Uma expressão de pânico invadiu o rosto dele.

— Eu... você vai achar que isso é bobagem, mas...

— Aposto que não vou — disse ela.

Ele tentou sorrir, mas não foi capaz.

— Pensei nisso, em salvar o texto, mas não sabia que nome dar ao arquivo. Parecia... parece... sei lá, oficial demais chamar isso de livro ou mesmo de capítulo. — Ele abaixou a cabeça. — Desculpe, estou sendo ridículo.

Izzy lhe sorriu.

— Que tal isto: coloque como título *Isabelle me forçou a fazer isto*.

Ele riu.

— Como foi que não pensei nisso antes? — As mãos dele voaram pelas teclas e ele olhou para ela. — Pronto.

Izzy pegou o suco verde para dar o último gole, mas já tinha acabado. Olhou para Beau do outro lado da mesa, e ele tinha uma expressão bem presunçosa no rosto.

— Admita — falou ele. — Admita que suco verde é refrescante.

Izzy fixou os lábios numa linha firme para não sorrir.

— Admito que é um gosto que se desenvolve aos poucos, como o mofo, mas isso é tudo o que vou admitir.

Beau riu e se levantou.

— Se já não soubesse quanto você é teimosa, teria certeza agora. — Ele fechou o caderno e o entregou a ela, como fazia sempre que eles deixavam a biblioteca. — Mesmo horário amanhã?

Ela sorriu enquanto saíam do cômodo.

— Eu prefiro o termo *determinada*, muito obrigada. Mas amanhã é sábado, não vou te fazer trabalhar no fim de semana.

Izzy esperava ver alívio no rosto dele, mas, em vez disso, pareceu decepcionado por um segundo, antes que aquela antiga expressão de raiva voltasse a seu rosto.

— Ah. Certo. Faz sentido.

Ele queria continuar?

— Se quiser, podemos nos reunir nos fins de semana também — propôs.

Beau meneou a cabeça, sem olhar para ela.

— Não vou te forçar a trabalhar comigo no fim de semana, é seu tempo livre.

Ela o cutucou com o caderno. Ele deu um pulo e por fim a olhou de frente.

— Não está me forçando a fazer nada. Estou oferecendo. Beau, quer se reunir comigo aqui amanhã para trabalhar no seu livro?

Ele abaixou a cabeça por um instante e depois a encarou.

— Tá. Quero. Obrigado.

Ela começou a voltar para seu quarto.

— Izzy. — Deteve-se e deu meia-volta. — Estava pensando. — Talvez já tenha assistido a mais alguns episódios de *Uma vida provinciana* sozinha e, se assistiu, pode ignorar o que vou dizer, tudo bem. Mas, se não, quer jantar e assistir a um ou dois episódios hoje?

Na verdade, ela queria, sim.

— Parece ótimo — respondeu ela. — Eu te encontro na cozinha. A que horas?

A expressão tensa no rosto de Beau se desfez.

— Que tal às sete? Michaela fez lasanha. Vou dizer a ela que consigo colocar no forno. E pego uma garrafa de vinho para nós. — Ele fez uma pausa. — Não sei se quer tomar, mas... Não sei se reparou, mas esta semana foi um pouco estressante para mim.

Izzy caiu na risada.

— Não sabe se eu reparei? Acha que esta semana foi estressante só para você?

Beau riu também.

— Tá, faz sentido.

Quando Izzy desceu até a cozinha naquela noite, Beau já estava lá, tirando uma assadeira grande do forno.

— O cheiro está incrível — comentou ela.

Beau se virou e lhe deu um sorriso.

— Você não tem ideia. A lasanha de Michaela é lendária. Também tem salada e pão de alho, mas esta é a atração principal.

Beau serviu a comida em dois pratos e colocou-os na bandeja, junto com o pão de alho e tigelas cheias de salada.

— Não se preocupe — disse ele. — Já levei o vinho para lá.

Ela riu.

— Leu meus pensamentos.

Izzy o seguiu para dentro da sala de TV e se sentou no sofá.

— Tudo bem ser vinho tinto? — ele perguntou, enquanto pegava o saca-rolhas. — Pensei que era o que combinava mais com a lasanha, mas, se preferir o branco, eu posso...

AMOR ENTRE LIVROS

Ela tirou os pratos de ambos da bandeja.

— Tinto está perfeito. Não sou exigente, em especial hoje.

Ele estreitou os olhos.

— Está tentando me dizer que lidar com um aluno teimoso, ingrato e difícil a semana toda te deixou ansiosa por um pouco de vinho?

Izzy deu-lhe uma espiada rápida. Beau estava sorrindo. Ela também sorriu.

— Sendo franca, o trabalho com meu aluno teimoso, ingrato e difícil foi a parte menos estressante da minha semana. Provavelmente, foi a melhor parte dela.

Assim que disse isso, Izzy ficou envergonhada por ter deixado escapar. Parecia honesto demais, franco demais, dizer a Beau quanto tinha gostado de trabalhar com ele; ou mesmo insinuar quanto se sentira estranhamente feliz e em paz durante as horas que haviam passado juntos na biblioteca; quanto começara a ansiar por aqueles momentos toda manhã ao acordar.

Ele tirou a rolha da garrafa de vinho e serviu uma taça.

— Da minha também — disse Beau, baixinho.

Izzy levantou a cabeça e os olhares se encontraram. Desta vez, foi ela quem desviou primeiro.

— Se eu fui a parte menos estressante da sua semana — disse ele, em uma voz diferente —, seu emprego é mais difícil ainda do que eu imaginava. O que mais a está estressando?

Ele se sentou na outra ponta do sofá.

Izzy tomou um gole de vinho. Não deveria reclamar para Beau de seu emprego. Afinal de contas, ele era um dos autores de Marta.

— Não precisa me contar, se não quiser — falou ele, após alguns instantes de silêncio. — Mas não precisa se preocupar que eu vá contar para a sua chefe o que me disser nem nada do tipo. — Ele agitou a mão em um círculo. — Esta sala é sacrossanta. Nada sai daqui.

Ela sorriu para ele.

— Bom, se é assim... — O sorriso deixou seu rosto e Izzy suspirou. — O trabalho não foi fácil esta semana. Tive que lidar com um punhado dos autores mais difíceis de Marta...

Beau fez uma careta quando ela disse isso, e Izzy meneou a cabeça.

— Você não está nem perto do topo dessa lista, confie em mim. Você só não respondia aos e-mails, o que é estressante, sim, mas tudo o que esse pessoal faz é me escrever e-mails *o tempo todo*. Três deles têm livros sendo publicados agora no outono, e faltam seis meses para o lançamento, o que parece disparar algum cronômetro na cabeça desses caras para entrar em pânico e me escrever todo dia, antes mesmo do meu horário de trabalho, para reclamar de tudo o que é possível. Das capas, que foram finalizadas meses atrás; dos revisores; da quantidade de provas que vão receber; de por que nunca conseguiram uma resenha no *The New York Times*, quando o amigo deles sempre recebe uma resenha lá de todos os livros; até do número de páginas com que o exemplar vai sair. Esse é um e-mail real que recebi esta semana. Parece que o livro termina num número que não traz sorte para a autora, e ela quer alterar isso.

Izzy tomou outro gole de vinho.

— E aí — ela soltou outro suspiro — ainda tem um cara com quem eu trabalho... — Beau assoviou e ela riu. — Não, não é isso, de modo algum. Ele ocupava a minha vaga e foi promovido. Deu-me muitos conselhos no passado, o que, a princípio, me deixou bastante agradecida, mas, nos últimos tempos... está meio que me dando nos nervos.

Beau voltou a encher a taça dela.

— Parece frustrante — ele comentou.

Izzy ficou contente por ele apenas ouvir, sem interrompê-la com perguntas nem oferecer conselhos.

— E é — disse ela. Tentou deixar para lá. — Mas... estou feliz por ser sexta-feira, e termos vinho e a lasanha de Michaela.

Ele levantou sua taça em direção a ela.

— Vou brindar a todas essas coisas.

Falando em lasanha, por que não parava de falar enquanto o prato estava bem ali à sua frente, com um aroma maravilhoso? Comeu a primeira garfada e suspirou, contente.

— Preparada?

Izzy deu um pulo. Beau a olhava, o controle remoto na mão. Ah, sim, a série.

— Ah. Sim, definitivamente.

Eles assistiram a um episódio, aninhados em pontas opostas do sofá. Quando Izzy se aproximou do fundo da taça, apanhou a garrafa e levantou uma sobrancelha para Beau.

— Não acredito que teve de perguntar — disse ele, estendendo a taça.

— Era mais uma pergunta retórica — respondeu ela.

Quando o episódio terminou, Beau ficou de pé e apanhou a bandeja. Será que já tinha se cansado? Ela presumira que assistiriam a mais de um episódio.

— Vou pegar mais lasanha, você quer? — ofereceu ele.

Ela sorriu, aliviada.

— Espero que essa seja uma pergunta retórica — disse ela.

Ele pegou o prato de Izzy.

— Com certeza.

Depois do episódio seguinte, ambos se levantaram. Izzy pegou seu prato e a taça, mas Beau estava de mãos vazias.

— Estou exausta — ela falou. — Acho que vou me deitar.

Ele desligou a TV.

— É, eu também.

Mas então por que... Claramente, ela tinha perdido alguma coisa.

— Por que parece tão confusa? — perguntou ele, indo para a porta.

Ela indicou os pratos dele, ainda na mesinha de centro.

— Seus pratos. Não vai colocá-los na lava-louças? Ou a mobília nesta casa ganha vida e magicamente lava a louça toda noite?

Beau riu.

— Ah! Não, mas não se preocupe com isso, pode deixar a louça aqui. A empregada vem na segunda-feira de manhã, ela cuida disso.

De repente, sentiu-se bem desperta.

— Deixa eu ver se entendi. Estamos na sexta-feira à noite. E o seu plano é deixar os pratos sujos aqui o fim de semana inteiro, esperando que alguém os limpe para você, porque não sabe lavar louça nem os carregar até lá?

Beau Towers a encarou, carrancudo, do mesmo jeito que fizera quando ela havia chegado ali, mas aquilo não a incomodava mais.

— Eu SEI lavar louça. Mas por que fazer isso, quando estou pagando outra pessoa para lavar?

Ela apertou os lábios.

— Ah, é? Você sabe lavar? Quando foi a última vez que lavou um prato?

Ele pareceu ainda mais zangado.

— A questão não é essa. A questão é...

Izzy caiu na risada diante da expressão no rosto de Beau, a fúria genuína que ele obviamente sentia por não ter nenhuma lembrança de já ter lavado um prato na vida. Riu tanto que teve de largar a louça suja no aparador para não a deixar cair.

— Está rindo de mim — disse Beau, depois de observá-la por algum tempo.

Assentiu, ainda aos risos.

— Estou, sim. *A questão não é essa.* — Izzy soltou outra gargalhada. — Incrível. Simplesmente inacreditável.

Ela apontou para a mesinha de centro.

— Pegue a louça. Vou ensiná-lo a carregar a lava-louças, Beau Towers.

Ele ainda tentava manter a carranca, mas Izzy podia ver o sorriso escapando.

— Não que eu *não* saiba carregar uma lava-louças. — Ele foi até a mesinha e empilhou a louça suja na bandeja, acrescentando depois a dela. — Já vi os outros fazendo isso. Várias vezes. É só que nunca fiz isso sozinho.

— Ótimo — disse Izzy, a caminho da cozinha. — Tem uma primeira vez para tudo.

Eles se postaram na frente da máquina de lavar louças.

— Abra esta porta — pediu Izzy.

Beau emitiu um suspiro longo e dramático, mas soltou a bandeja de louça suja e abriu a lava-louças. Em seguida, apanhou os pratos e colocou todos lá dentro.

— Pronto, terminei.

Izzy balançou a cabeça.

— Tenha dó, não terminou, não. Não é assim que se faz. — Ela apontou os pratos dentro da máquina. — Primeiro, tem que enxaguar os pratos.

Ele a encarou.

— Enxaguar?

Ela quase começou a rir de novo.

— Isso, enxaguar. Coloque-os sob a torneira e passe água quente neles.

— Mas por que preciso fazer isso, se a lava-louças vai limpá-los?

Izzy tirou um prato da máquina e o levantou.

— Olhe todo este queijo e molho de tomate impregnado no prato. Só as melhores máquinas de lavar louça conseguem tirar isso tudo, e essa lava-louças, embora seja boa, não é a melhor do mercado, como seu aparelho de TV. Estou vendo quais são as suas prioridades.

Beau Towers vociferou algo para ela, mas tirou os pratos da lava-louças e os enxaguou enquanto Izzy observava.

— Em segundo lugar — disse ela —, há certa arte em carregar uma lava-louças. Essa foi a minha tarefa em casa durante a maior parte da vida, portanto tem sorte de ter alguém como eu para ensiná-lo.

— *Sorte* não é bem a palavra que eu usaria neste instante — disse ele, olhando para a pia.

— Desculpe, como é? — ela perguntou, sorrindo amplamente. Aquilo era mais divertido do que a série. — Ah, nada? Foi o que pensei. Agora, os pratos têm que ir aqui embaixo, está vendo, onde tem espaço de sobra. As tigelas têm que ir *ali*. As taças, é bom tomar cuidado; elas podem se quebrar com facilidade na lava-louças, se não forem colocadas com cuidado na prateleira superior. E, por fim, os talheres todos vão naquele suporte ali. Não, não é só enfiar tudo junto assim! Separe os garfos, as facas e as colheres! Assim, quando você for tirar a louça, é só pegar um punhado e colocar no lugar certo na gaveta.

— Quando *eu* for tirar a louça, diz Isabelle — Beau falou para uma colher. — Ela vai me forçar a fazer isso também?

Izzy ignorou o comentário.

— Olha só, agora terminamos! Não é melhor assim? Não foi divertido?

Beau olhou para ela enquanto secava as mãos.

— Você acha que escrever é divertido, que limpar a cozinha é divertido... Isabelle Marlowe, estou começando a pensar que precisa entender melhor a palavra *diversão*.

Izzy apenas riu, saindo da cozinha.

CAPÍTULO DOZE

No fim da manhã de sábado, Izzy saiu para a piscina levando café e um pedaço do bolo de café que estava na cozinha — Michaela, é claro, deixara-os bem providos para o fim de semana. Ela queria ir para a piscina desde o dia em que chegara — até havia parado e olhado para ela algumas vezes em suas tolas caminhadas pelos jardins —, mas não se sentira confortável o bastante para apenas se sentar ali, numa das espreguiçadeiras tentadoras, e relaxar.

Hoje, porém, era sábado, e a neblina matutina sumira, então estava claro, quente e ensolarado. De alguma forma, sentia-se mais à vontade do que antes. Como se agora fosse bem-vinda ali. Portanto, colocou um de seus vestidos de algodão, pegou o e-reader e foi lá para fora.

Sentou-se numa espreguiçadeira com seu livro, tirou as sapatilhas e fechou os olhos. O sol estava gloriosamente quente, ela tinha um dia e meio antes que precisasse lidar com Marta, tinha mais três semanas até precisar voltar a Nova York e tinha um romance em seu e-reader que começara a ler no dia anterior, na banheira. Deveria ler um manuscrito enquanto estava ali, sabia que deveria. Mas já tinha lido três naquela semana, depois de trabalhar o dia todo e depois de trabalhar com Beau à tarde. Precisava ler algo que não lhe parecesse lição de casa.

Conferiu o tempo em Nova York — quatro graus negativos, nublado —, depois enviou a Priya uma foto dos pés descalços sob o sol, com a piscina ao fundo, e riu da resposta cheia de palavrões. Izzy ajeitou-se na espreguiçadeira e começou a leitura.

Estava imersa no livro quando ouviu alguém mergulhar. E depois o som de água se movendo. Olhou para cima. E viu Beau na piscina. Nadando.

Ele fazia o nado borboleta, um estilo que ela nunca aprendera, mas que admirava a cada quatro anos, quando assistia às Olimpíadas. Sempre lhe parecera tão difícil aquela primeira explosão de energia quando os nadadores quase saltavam para o outro lado da piscina. Tudo o que podia ver eram as costas e os ombros dele. As costas e os ombros incrivelmente poderosos dele.

Era provável que Beau nem a houvesse notado ali. Será que devia se levantar e sair? Não, seria uma tolice de sua parte. Eles eram... amistosos agora, afinal de contas. Depois de terem trabalhado juntos a semana toda na biblioteca, do jantar e tudo o mais na noite anterior. Podiam coexistir com ela em uma espreguiçadeira, lendo, e ele nadando sem parar na piscina. Com aqueles braços. E... aqueles ombros.

Ela só não podia encará-lo. Só isso. Voltou a olhar para o livro.

Mas foi ainda pior! Não podia ficar ali sentada enquanto ele fazia... aquilo... e ler um romance! Aquele era o tema errado para se ler no momento. Talvez fosse por isso que estava pensando em Beau daquele jeito. Era tudo culpa do livro!

De repente, os respingos pararam e Izzy tornou a levantar a cabeça. E encontrou Beau na parte rasa da piscina, olhando diretamente para ela.

— Oi — disse ele.

— Oi — ela respondeu.

Podia ver mais dele agora, do peito para cima. Podia ouvir a voz de Priya em sua mente. *Caras fortes e grandões*. É, isso o descrevia bem. Ele não parecia um halterofilista, um modelo ou algo assim, mas era grande, sólido. Parecia maior do que nas fotos antigas que vira dele, tiradas nos arredores de Hollywood. Combinava com ele.

Por que ele era tão bonito? Aparentemente, tinha ficado trancafiado ali por, tipo, um ano; não deveria estar, sei lá, pálido, macilento e esquisitão? Claro que não. Ficara isolado em uma mansão com jardins e uma piscina — era por isso que tinha um belo bronzeado, no mesmo tom de marrom-claro pelo corpo todo, com aquele peitoral amplo e ombros largos, e graças a Deus que ela não podia ver mais nada. Estava *muito* grata por estar de óculos escuros, assim ele não saberia que ela o encarava.

— Tendo um bom dia? — perguntou Beau.

Ela assentiu.

— Hã, estou. Só tentando... ler um pouco. Um manuscrito. Para o trabalho. — Izzy apanhou a xícara de café. — E tomando café. Está fazendo, hum, um tempo lindo hoje.

Ele sorriu para ela.

— Ao contrário do sábado passado.

Ela riu. Alguém podia culpá-la por ficar tão ultrajada por ter chovido naquele dia, quando estava acostumada ao clima de hoje?

— É, bem diferente do sábado passado.

Ele se virou para tomar um gole de água de sua garrafa, depois ergueu os braços e se jogou de volta na água.

Izzy observou-o nadar por toda a extensão da piscina. Não pôde evitar. Ele girou ao chegar ao final da parte funda e voltou para a extremidade mais rasa. A custo, desviou o olhar dele antes que chegasse lá e retornou ao livro.

Ah, para o inferno com isso. Tá, ela leria um manuscrito, sim. Romances colocavam muitas ideias na cabeça da gente, todo mundo sabia disso. Faziam você pensar em coisas irracionais, impossíveis, improváveis, totalmente implausíveis. Izzy precisava parar com aquilo agora mesmo.

Leu por mais vinte minutos. Se é que se podia chamar de leitura o que estava fazendo: assistindo a Beau nadar pela piscina de ponta a ponta e baixar o olhar sempre que achava que ele pudesse flagrá-la. Não foi capaz de absorver uma palavra sequer.

Por fim, conferiu o celular. Já passava do meio-dia! Isso queria dizer que ela devia entrar e almoçar. Excelente, ótimo, era isso o que faria. E daí voltaria para o quarto e assistiria a algo de censura livre no notebook. Pacífico, tranquilo, sem homens atraentes que a fizessem pensar em... coisas.

Levantou-se para sair bem quando Beau alcançou a ponta mais rasa da piscina outra vez.

— Vai entrar? — perguntou ele.

Izzy colocou as sapatilhas nos pés.

— Vou. Eu, hã, acho que vou almoçar. Vou comer mais um pouco daquela lasanha, acho. Não tomei café da manhã, então estou morrendo de fome agora.

Ele lhe sorriu.

— Deixe um pouco para mim.

Droga, por que ele tinha de sorrir daquele jeito? Agora ela entendia por que Beau Towers fora um galã quando adolescente. E provavelmente na juventude também. Mesmo com aquela barba desgrenhada, seu sorriso o tornava fascinante.

Ela se virou em direção à casa.

— Posso lhe fazer uma pergunta?

Ela o encarou. Beau não sorria mais daquele jeito. Agora, parecia quase nervoso.

— Pode.

— Andei pensando numa coisa. Aquela primeira noite... Depois que saiu da sala de jantar, eu meio que esperava que você iria embora de imediato, que voltaria para Nova York. Por que você ficou?

Ela tornou a se sentar.

— Eu respondo a essa pergunta se responder a outra para mim. Quando você diz que "meio que esperava" que eu fosse embora de imediato... era isso o que pretendia?

Uma semana atrás, Izzy não teria lhe perguntado isso. Mas muita coisa tinha mudado naquela semana.

Ele pareceu embaraçado.

— Acho que meu raciocínio não foi particularmente intencional. Eu estava bem zangado. E presumi que você só estava aqui porque queria ver o babaca do Beau Towers na vida real. Também estava um pouco... envergonhado, acho, por ter ignorado seus e-mails por tanto tempo. Então, é, em algum nível, talvez eu estivesse tentando te afastar. — Pegou a garrafa de água, mas não bebeu. — Uau, isso soa muito mal quando dito assim. — Beau a olhou. — Desculpe.

Ela sustentou o olhar dele. Podia ver, agora que o conhecia melhor, quanto estava sendo sincero com o pedido de desculpas.

— Tudo bem — disse ela. E depois mordeu o lábio. — Temo que vá ficar decepcionado com minha resposta agora, sobre por que eu fiquei.

Ele sorriu.

— Agora, mal posso esperar para ouvir — respondeu.

Ela suspirou.

— Eu tinha tomado vinho demais! Quando voltei para o meu quarto, *pretendia* pegar minhas coisas e ir embora na mesma hora, mas aí me dei conta de que o vinho havia subido. E depois você me levou comida, e daí pareceu que estava tarde demais para voltar dirigindo para LA. E daí Marta ligou de manhã, e, bem...

O sorriso no rosto dele se ampliara conforme Izzy falava, mas desapareceu quando Izzy mencionou Marta.

— Ela te forçou a ficar? Essa não era... Quando mandei um e-mail para ela, só estava tentando compensá-la pelo que eu havia feito. Queria elogiá-la para a sua chefe, para que não ficasse brava com você por minha causa. Não pretendia te encurralar.

— Não, não foi o que aconteceu, de forma alguma — disse Izzy. — Para ser honesta, eu precisava mesmo de umas férias do escritório, então, quando Marta ligou e eu estava olhando pela janela do quarto para o céu azul, ficar aqui por mais tempo me pareceu um presente.

As rugas na testa de Beau se desfizeram.

— Então tá. — Ele soltou a garrafa de água. — Obrigado. Por responder à minha pergunta.

— Sem problemas. — Ela se levantou. — Eu vou... hã... almoçar. Te vejo na biblioteca?

Ele assentiu.

— Isso. Vejo você lá.

Enquanto caminhava de volta para a casa, ela achou ter ouvido algo a mais.

— Estou contente por ter ficado.

Izzy se virou, mas Beau estava nadando. Devia estar ouvindo coisas.

CAPÍTULO TREZE

No meio da manhã de segunda-feira, Izzy entrou na cozinha para outra xícara de café.

— Bom dia, Izzy — disse Michaela.

Izzy apanhou a faca para cortar uma fatia de bolo de limão.

— Bom dia. Espero que seu fim de semana tenha sido bom.

Michaela depositou um saquinho de chá em sua caneca.

— Foi, sim, obrigada por perguntar. Ah! Falando nisso, Izzy, foi muito gentil de sua parte, mas não precisa lavar a louça aqui. Você sabe que tem uma empregada que faz a limpeza, não sabe?

Izzy lhe sorriu.

— Ah, não fui eu quem lavou a louça. Foi o Beau.

Michaela a encarou.

— Beau? Lavou a louça? Beau Towers?

Izzy riu, virando-se para sair da cozinha.

— Pergunte para ele.

Izzy e Beau trabalharam juntos na biblioteca naquela tarde e também em todos os demais dias daquela semana. Na quarta, ela percebeu que começara a esperar com ansiedade por aquela hora — às vezes, mais de uma hora — que passava na biblioteca com ele. Ao contrário do restante de suas tarefas no emprego, aquele tempo com Beau era divertido, desafiador (no bom sentido), interessante e, de um modo estranho, nem um pouco estressante. Ela não escrevia sempre, mas ao menos pensava a respeito.

— Posso te fazer uma pergunta? — disse ele, na tarde de quarta-feira.

Izzy levantou o olhar do caderno.

— Claro.

— E se eu não me lembrar totalmente das conversas exatas? Tipo, eu lembro que aconteceram, sei disso, e me lembro de algumas coisas com perfeição, mas do resto eu me lembro meio que de uma maneira geral. Sabe como é? Como eu... como eu faço, nesse caso?

Beau não havia feito uma pergunta real sobre escrita até aquele momento.

— Acho que o mais importante é falar sobre como essas conversas fizeram você se sentir, o impacto que tiveram sobre você, tanto na época quanto agora. Por exemplo, você não se lembra com exatidão do que disse, palavra por palavra, ou do que os outros disseram, mas se lembra de suas emoções durante essas conversas, certo? E, se essas emoções mudaram conforme ficou mais velho ou se agora tem uma perspectiva diferente sobre elas conforme os anos foram passando, você sabe disso. Então, explore esse fato e se concentre nele. O livro é sobre você. Fale de você e de como se sentiu e se sente agora.

Ele olhou para ela, depois para a tela.

— Certo. Faz sentido. — Beau tentou sorrir, mas Izzy podia ver que era um gesto forçado. — Parece *bem* difícil, mas faz sentido.

Ela riu e, após um momento, ele também.

Sem nem combinar, jantaram juntos todas as noites naquela semana. Encontravam-se na cozinha, enchiam os pratos juntos e depois comiam na mesa — se Izzy estivesse cansada ou se tivesse mais trabalho para terminar — ou na sala de TV. E agora Beau sempre carregava a lava-louças depois do jantar.

Mas Izzy não saiu mais para a piscina. Era perigoso demais. Ela e Beau vinham trabalhando juntos. Não podia deixar sua mente se encher com a imagem das costas, dos ombros e dos braços nus de Beau ou, Deus do céu, daquele peitoral. Pelo menos ele tinha ficado dentro da piscina o tempo todo, e ela não pôde ver o restante do corpo. Melhor ficar dentro de casa, onde não havia chance de isso acontecer.

Na sexta, quando ela entrou na biblioteca às três da tarde, Beau já estava lá, o notebook aberto, bandeja de guloseimas na mesa e a garrafa de suco verde junto do lugar de Izzy.

Ela se sentou e girou a tampa, retirando-a.

— Certo, onde estávamos? — Empurrou o caderno de Beau para ele, do outro lado da mesa. — Sabe do que mais? É sexta-feira, você trabalhou bastante a semana toda, vamos fazer algo divertido: por que não escreve sua história preferida a respeito de si mesmo hoje? Sabe do que eu tô falando, aquela história engraçada que você conta em festas, alguma aventura da qual participou, algo divertido que fez quando era pequeno, tanto faz. Escreva o máximo que puder hoje; este fim de semana você pode digitar tudo e trabalhar nessa história. Começando... agora!

Izzy preparou o cronômetro. Olhou para o telefone e suspirou. Ela tinha mais trabalho a fazer, mas não tinha ânimo para isso.

De repente, Beau fechou o caderno e o empurrou sobre a mesa para ela. Izzy levantou o olhar do telefone.

— O que...

— Hoje é folga — disse ele. — Estou decretando.

Dia de folga. Mas que ideia!

— Ah, está decretando, é? Então deve ser verdade. — Ela pegou o caderno dele. — Tudo bem se precisar de uma folga, todos nós precisamos, de vez em quando.

Ela começou a se levantar.

— Certo, então...

— Não — disse Beau. — Não só para mim. Nós dois precisamos de uma folga. É sexta, e você tem trabalhado comigo todos os dias há quase duas semanas. Precisa de uma folga mais do que eu. — Ele se levantou. — O que eu comecei a escrever era bem divertido, na verdade, mas me lembrou que o dia está bonito demais para ficar dentro de casa. Pegue suas coisas, nós vamos para a praia.

Ela ficou onde estava, encarando-o.

— Ah, eu não tenho... coisas de praia por aqui. Na verdade, ainda não fui à praia.

Ele a fitou, a boca formando um O perfeito.

— Não visitou a praia? — Izzy começou a se explicar, mas ele continuou falando: — Isso é inaceitável. Temos que te ensinar o que significa diversão de verdade. Há vários lugares para comprar tudo de que precisa. Esteja no carro daqui a dez minutos.

Beau saiu da biblioteca antes que ela pudesse argumentar.

Izzy ficou de pé lentamente. A praia. Parecia mesmo quase um crime que estivesse ali há mais de duas semanas e não tivesse ido à praia ainda. Ela olhava para o oceano Pacífico da janela do quarto todos os dias, mas nunca o vira de perto. Beau tinha razão; devia fazer algo a respeito.

Certo. Abriu um sorriso. A praia.

Izzy estava no carro dentro dos dez minutos estabelecidos, depois de ter colocado um vestido correndo, arranjado as tranças num coque apressado no topo da cabeça e pegado os chinelos que comprara naquela semana — não podia continuar indo a todo lugar de sapatilha.

Beau balançou a cabeça enquanto destrancava o carro.

— Ainda não consigo acreditar que não foi para a praia desde que chegou aqui — disse ele. — Você pegou o carro algumas vezes! Aonde você foi?

Izzy colocou o cinto de segurança. Não tinha se dado conta de que Beau prestava tanta atenção às suas idas e vindas.

— Ah, fui só fazer compras. Fui à papelaria buscar os cadernos e as canetas. E daí... quando fiz as malas para vir para a Califórnia, algumas semanas atrás, achei que ficaria apenas quatro dias para uma conferência de trabalho, e não...

— Não para morar junto com um recluso por semanas a fio e ensinar a ele como escrever um livro? — Beau sorria para ela enquanto saía para a rua.

Izzy riu.

— Não é bem como eu explicaria, mas, sim, como deve imaginar, precisei comprar umas coisinhas.

Ela não podia acreditar que já fazia tanto tempo que estava ali. Não podia acreditar que só tinha mais duas semanas.

Quando estavam descendo a colina, voltou-se para Beau. Vinha segurando o comentário desde que tinham saído da biblioteca.

— Aquilo que você começou a escrever na biblioteca estava divertido de escrever, então?

Beau suspirou, mas ela pôde ver o sorriso em seus olhos.

— Estava torcendo para não ter me ouvido dizendo isso. Agora não vai me deixar em paz.

Ela o cutucou com o cotovelo.

— Não é verdade! Só estou... contente. Só isso.

Beau a encarou por um segundo e depois voltou a olhar para a estrada diante dele.

— Também estou contente — respondeu.

Chegaram à praia menos de dez minutos depois. Izzy não tinha se dado conta de quanto ficava próximo; uma praia parecia um lugar que demandava uma viagem, não o tempo de uma visita ao mercado.

Estacionaram em uma vaga e ela começou a seguir Beau. Entretanto, em vez de caminhar para a praia, ele se virou e foi na direção oposta.

— Aonde estamos indo?

Ele levantou e abaixou as sobrancelhas para ela.

— Você vai ver.

Beau entrou numa das lojas pertinho da praia.

— Oi, gente — disse ele para as pessoas que trabalhavam lá. — Preciso alugar um macacão de mergulho para ela. — Apontou para Izzy. — E uma prancha de surfe também.

Izzy deu um passo para trás e o encarou.

— Do que está falando?

De súbito, ele estava com um sorriso enorme no rosto.

— Agora é a minha vez de te ensinar alguma coisa. Surpresa! Vai ter aulas de surfe hoje, Izzy.

O queixo dela caiu.

— Aulas de surfe? Mas eu não... isso parece...

Ele a ignorou e virou-se para a mulher com um longo rabo de cavalo loiro, funcionária da loja.

— Ah, e ela precisa de um maiô ou biquíni. Ela pode se trocar lá nos fundos, certo?

A loira já estava chamando Izzy.

— Pode, sim, claro. Venha aqui para trás e experimente o que quiser.

Izzy olhou para Beau. Ele ainda sorria, mas aquela expressão desafiadora do primeiro dia estava de volta a seus olhos. E ela reagiu da mesma maneira que o fizera naquele dia.

— Tá, vou fazer isso. Mas, se eu cair da prancha e me afogar, a Marta vai te matar, você sabe, né? Vai gerar muito trabalho extra se ela tiver que contratar uma nova assistente.

Ele apenas riu.

— Vou me certificar de que isso não aconteça.

Izzy foi para os fundos da loja, perguntando-se por que tinha concordado. Nem sabia se tinham seu número naquele lugar, embora a surfista loira parecesse confiante. Aquela loja parecia ter vários modelos de biquínis para pessoas que usavam tamanho 36, talvez até 38, mas nenhuma roupa de praia para alguém que usasse tamanho 46. Mas não, ela encontrou um maiô nos fundos da loja que lhe servia, e era rosa-choque, não preto e sem graça.

Vestiu o macacão de mergulho por cima do maiô e saiu para se encontrar com Beau. Sentia-se ridícula, mas dissera a ele que faria aquilo, portanto precisava cumprir a promessa.

Ele também estava de macacão de mergulho. Mas não parecia nem um pouco ridículo. Beau parecia forte, poderoso e... Ela teve que desviar o olhar.

— Alugou um macacão para você também? — ela lhe perguntou.

Ele meneou a cabeça.

— Trouxe o meu. — Ele indicou uma bolsa a seus pés. — Mas a minha prancha é um pouco grande para você. Pensei que deveria aprender em algo mais fácil.

Izzy estreitou os olhos para ele.

— Você tinha planejado isso desde o começo?

Ela pensou que Beau tivera a ideia apenas quando haviam chegado à praia. Ele riu enquanto pegava a prancha das mãos da loira.

— Sou capaz de planejar com antecedência, sabe.

Izzy só não esperava que ele fosse planejar com antecedência para ela.

Beau se voltou para a praia.

— E agora você tem um maiô, viu? — falou ele. — Ainda não consigo acreditar que passou duas semanas aqui sem maiô.

Ela apontou para a loja.

— Não preciso pagar por isso?

Ele fez um aceno de mão para ela.

— Eu cuido disso. A ideia foi minha, afinal de contas.

Izzy começou a discutir, mas pôde ver pela expressão de Beau Towers que não adiantaria nada.

— Obrigada — disse ela.

Ele ignorou o agradecimento e apanhou a prancha.

— Preparada?

Ela olhou para o mar e observou as ondas se espatifando na praia. Parecia... violento. Olhou para a prancha de surfe que Beau carregava.

— Não exatamente — falou.

Deveria se equilibrar em cima daquilo? Em cima do mar?

Beau colocou a mão no ombro dela.

— Vamos, vai ser divertido.

— Vou cobrar essa promessa — disse ela.

Ele apenas sorriu. Subitamente ocorreu a Izzy, enquanto o sol brilhava no cabelo dele, que havia uma grande diferença em Beau entre aquele primeiro dia e agora. Naquele dia, quando ele rira, tinha sido sem alegria nem divertimento no riso ou nele. Agora, porém... Enquanto seguia pela praia com ela, a prancha de surfe debaixo do braço, seu sorriso era real. Ela gostava disso. Gostava dele.

Ele largou a prancha na areia, não exatamente na beira da água.

— Tá bom. Agora fique de pé em cima dela — disse Beau.

Izzy olhou para a prancha, depois de novo para ele.

— Só... ficar de pé?

Ele assentiu.

— Apenas fique de pé em cima dela, bem no meio. Está só se sentindo confortável nela.

— Tudo bem. Desse jeito?

Ela subiu na prancha, que oscilou um pouco de um lado para o outro, e Izzy teve que se segurar. Agora sabia por que Beau quisera que ela fizesse isso pela primeira vez na areia, e não na água. Com certeza teria caído direto.

De fato, era bem provável que, ainda assim, ela cairia.

— Está vendo como a prancha se move? — perguntou ele. — Vai se mover ainda mais na água, por isso começamos aqui. É assim que você fica de pé nela quando está surfando.

Ele demonstrou a posição, um pé diante do outro, o corpo em uma postura de semiflexão.

Ela tentou imitá-lo. Beau olhou para Izzy, a testa um pouco franzida.

— Bom, assim está bom — disse ele.

Ela não acreditou.

— Só que...

Ah, ela sabia que tinha um "mas" ali.

— Não fique tão tensa na parte de cima do corpo. Tente relaxar os ombros um pouquinho, talvez?

Ela tentou abaixar os ombros, mas podia ver pela cara dele que não estava funcionando.

— Não sei se notou isso a meu respeito nas últimas semanas — disse Izzy —, mas não sou lá muito boa em relaxar.

Ele apenas a olhou, e os dois caíram na risada.

— Na verdade, eu notei isso, sim — falou Beau. — Mas, por outro lado, talvez a gente tenha isso em comum.

Izzy balançou a cabeça.

— Pensei que tivéssemos, mas pelo visto você é muito melhor em relaxar do que eu.

Ele ainda sorria.

— Só numa prancha de surfe, e isso só porque eu venho praticando há muito tempo. Venha para cá. — Beau gesticulou para que Izzy se aproximasse dele. — Dê meia-volta.

Ela estreitou os olhos para ele, que riu.

— Não estou tentando nenhum truque. Só dê meia-volta.

Izzy se virou, ficando de costas para ele. Duas semanas antes, talvez até uma semana antes, não teria feito isso. Mas tudo parecia diferente agora.

Sentiu Beau se aproximar dela.

— Se estiver tensa assim, não vai conseguir se movimentar com as ondas.

Ela encarou o mar.

— Não tenho muita certeza de que isso seja possível.

Estavam tão próximos que Izzy podia sentir a risada emanando dele.

— Assim — disse ele. Beau colocou as mãos nos ombros dela e depois as retirou, quase de imediato. — Tudo bem se eu fizer isso? Digo, se não quiser que eu...

— Tudo bem — ela falou.

As mãos de Beau voltaram à posição, cada uma segurando um ombro dela com firmeza.

— Certo. Assim, vejamos se isso ajuda.

Ele segurou os ombros dela e a balançou de um lado para o outro, para a frente e para trás, até ela não conseguir parar de rir.

— O que está fazendo? — perguntou ela por fim.

Ele parou e a empurrou para cima da prancha.

— Tente de novo.

Ela tornou a subir e se virou de frente para ele, tentando ficar do jeito que ele tinha se colocado antes. Ele sorriu e assentiu.

— Eis aí. Muito melhor. Agora, deite de barriga para baixo, os pés bem juntinhos na parte de trás.

Isso ao menos parecia muito mais estável do que ficar de pé na prancha.

— Ótimo, perfeito — disse ele. — É assim que você fica na prancha para remar para dentro do mar. Agora vou lhe mostrar como se levanta depois que está lá. — Diante da expressão de Izzy, ele acrescentou: — Não se preocupe, não vou fazê-la ficar de pé na prancha dentro da água hoje, mas, ainda assim, quero que pratique. Vou demonstrar na sua prancha para você ver. — Ele se deitou na prancha como ela vinha fazendo. — Comece de barriga para baixo, depois se arqueie para cima desse jeito, levante-se e vá para a frente, até chegar naquela posição que mostrei. Viu?

Ele ficou de pé em um movimento fluido, até estar na postura certa.

— Parece tão fácil quando é você fazendo — comentou.

Beau sorriu para ela.

— Você também vai conseguir. Continue praticando um pouco agora, só para pegar o jeito.

Era muito mais difícil do que parecia, mas Beau sorriu para ela depois que Izzy repetiu os movimentos algumas vezes.

— Agora está na hora de entrar na água. — Ela olhou para o mar e mordeu o lábio. — Ah, não! Aconteceu outra vez — ele falou.

Izzy se virou de pronto, vendo-o de testa franzida.

— O quê? O que aconteceu outra vez?

— Seus ombros estão, tipo, encostando nas orelhas — disse ele.

Ela teve que rir.

Ele se abaixou e apanhou a prancha.

— Por que não me observa para ver como tudo isso se encaixa? — Beau sorriu para ela. — Não saia daqui.

Ela ficou na areia e assistiu enquanto ele entrava na água com a prancha de surfe, deslizava para cima dela, remava mar adentro e, depois, quando estava longe o bastante, colocava-se de pé e surfava de volta para a praia. Não pôde conter um sorriso quando Beau chegou ao seu lado, mas balançou a cabeça.

— Não vou fazer isso.

Ele riu.

— Você consegue. Tenho fé em você, Izzy.

— Absolutamente não. — Espere aí. — Você tá... tá fazendo um discurso motivacional pra mim?

Ele arqueou as sobrancelhas.

— Como se sente?

Ele pegou a prancha e remou de volta para a água antes que ela pudesse responder. Izzy assistiu enquanto ele surfava em direção à praia de novo, um sorriso estampado no rosto.

— Agora — disse ele, quando tornou a se juntar a ela na areia —, vamos colocá-la na água. Hoje, vamos só deixá-la confortável na prancha.

Espere um minutinho.

— Você disse *hoje*... Quer dizer que vai me forçar a fazer isso outra vez?

Beau sorriu para Izzy.

— Não vou te *forçar* a fazer nada. Vamos. Prometo, vai dar tudo certo.

Ela respirou fundo e o seguiu.

— Espere! — Ele parou quando ambos estavam até os joelhos na água. — Sabe nadar, né?

Ela revirou os olhos.

— Claro que sim. Acha que eu entraria no mar com você se não soubesse nadar?

Ele deu de ombros.

— Você estava olhando para o mar como se ele fosse te engolir. Como podia ter certeza?

Izzy lhe deu uma leve cotovelada. Apesar de saber que mal encostara nele, Beau tropeçou, dramático. Ela revirou os olhos.

— *Não* estava olhando para o mar desse jeito. Só estava... analisando o terreno, apenas isso.

Ele apertou os lábios e assentiu.

— Ahã.

Beau continuou indo mais para o fundo, e Izzy o acompanhou até que seus pés não tocassem mais a areia e ela precisasse nadar ao lado dele.

— Certo. — Ele se virou e colocou a prancha diante de Izzy, mas manteve uma das mãos na prancha. — Só quero que pratique algumas vezes como subir na prancha estando dentro d'água. Por enquanto, vou segurar para ela não se mover. Não se preocupe.

— Hum, não estou preocupada com a prancha, estou preocupada comigo. Quem é que vai me segurar? — disse ela, baixinho.

Beau apenas riu.

— Está pronta?

Na verdade, não. Mas pegou impulso e deitou em cima da prancha, como fizera na areia.

— Bom trabalho! — falou ele. Izzy o olhou, carrancuda. Ele apenas riu de novo. — Coloque os pés mais juntinhos. Eles têm que ficar colados um no outro, junto da borda da prancha. — Fez como ele havia dito, e Beau assentiu. — Perfeito.

Ele a observou por alguns segundos. Ela sabia, pela expressão nos olhos dele, que Beau estava prestes a sugerir algo que ela não ia querer fazer.

— O que acha de eu te soltar na próxima onda que vier, e você pegar essa onda até a praia?

Ele lhe deu um sorriso encorajador, que não a enganou nem um pouco.

— Hum... E o que acha de eu só... ficar aqui, desse jeitinho, com você segurando? Parece ser o bastante, não parece?

Ele estreitou os olhos.

— Isabelle.

Ela o encarou em resposta.

— Beauregard.

Ele caiu na risada.

— Meu nome não é Beauregard!

Izzy olhou de cara feia para ele.

— Qual é seu nome, então? Por que tem um nome que começa com *Beau*? Por que estou deitada em cima de uma prancha flutuante no meio do mar? Como me convenceu a fazer isso?

Ele ainda gargalhava. E era contagiante. Izzy teve que se esforçar para não rir com ele.

— Em primeiro lugar, você não está no meio do mar, está bem na beirinha dele. Em segundo, meu nome é Beau por causa do meu pai, que ele não descanse em paz. Em terceiro, eu te convenci a fazer isso porque pedi com jeitinho.

Beau nunca mencionara o pai até então. Guardaria aquela conversa para depois.

— Porque você pediu com jeitinho? Não é *assim* que me lembro...

— Em QUARTO lugar, vou te contar qual é meu nome real se tentar pegar uma onda até a praia. Nem precisa pegar, só precisa tentar.

Izzy o encarou carrancuda de novo.

— Tá, mas isso não é justo, porque, se eu tentar e não conseguir, significa que caí na água.

— É verdade — disse Beau —, mas não tem problema. Todo mundo cai, e você sabe nadar, acabou de me dizer isso.

Ela balançou a cabeça.

— Não gosto nem um pouco de você — respondeu ela. — Só quero que saiba disso. Tá, vou tentar.

Ele abriu um sorriso.

— Por outro lado, eu gosto bastante de você. — Izzy não teve tempo de reagir, porque quase de imediato ele olhou para trás dela e assentiu. — Tá. Aqui vamos nós. Lembre-se: relaxe e se equilibre.

Em seguida, Beau soltou a prancha. Quase no mesmo instante, uma onda a ergueu, e Izzy com ela, impulsionando ambas para a frente.

Ah, até que não era tão ruim! Era até... divertido voar sobre as ondas daquele jeito! Olhou para frente e sorriu.

Já estava quase na praia quando outra onda, maior, bateu contra ela e a levantou de novo. A prancha oscilou para um lado e para o outro, Izzy se retesou e deslizou para dentro d'água na mesma hora.

Ai, meu Deus, a água estava congelante! Seu corpo ficou submerso por apenas alguns segundos, e ela estava com o macacão de mergulho, mas, mesmo assim, nem isso poderia protegê-la do gelo do oceano Pacífico.

Levantou-se e sacudiu o corpo todo, tentando tirar a água do ouvido. Virou-se e Beau estava logo ali, ao lado dela. Com uma expressão suspeita de solenidade no semblante.

Ela apontou para ele.

— Estava rindo de mim? — perguntou.

— Não! De jeito nenhum. — Um canto da boca de Beau se levantou, depois o outro. — Mas você tem que admitir que foi meio engraçado. Você estava indo bem, e aí... entortou para o lado e escorregou direto para dentro d'água.

— Não admito nada — disse ela, embora se permitindo um sorriso.

Ele colocou a mão no quadril.

— Parecia a música da Madame Samovar, sabe? *Eu vou pôr o chá na mesa...?*

Beau se inclinou para o lado, a mão ainda no quadril.

Izzy fez tudo o que podia para segurar o riso.

— Nunca ouvi essa música, não sei do que está falando!

Ele lhe sorriu e, por fim, ela devolveu o sorriso.

— Venha, vamos tentar de novo — disse ele. — Desta vez, que tal remar um pouco antes?

Ela suspirou, mas não discutiu.

Caiu de novo na vez seguinte. Mas, na terceira, Izzy surfou até a praia, parando apenas quando a prancha chegou à areia. Ficou ali, um sorriso enorme no rosto, até sentir a sombra de Beau perto dela.

— Consegui! — falou ela, sorrindo.

— Conseguiu! — Ele estendeu a mão, um sorriso imenso no rosto. — Venha, vamos celebrar.

CAPÍTULO CATORZE

Depois de devolverem o macacão e a prancha, Izzy colocou o vestido por cima do maiô ainda úmido. Sabia que devia ir para os fundos da loja e colocar o sutiã, mas seus braços pareciam gelatina.

Ela olhou carrancuda para Beau a caminho do carro.

— Não me avisou sobre quanto isso me deixaria dolorida. Mal consigo mexer os braços!

— Esqueci, desculpe — disse ele. Hum, Beau não parecia nem um pouco arrependido. — Pense apenas em como será mais fácil da próxima vez.

Antes que ela pudesse dizer que não haveria uma próxima vez, Beau abriu um sorriso.

— E então, como quer celebrar sua vitória sobre o oceano Pacífico?

Ele abriu a porta do carro para ela com um floreio, e Izzy riu.

— Quais são as minhas opções? Não sei o que temos por aqui. Só saí de casa, tipo, três vezes.

Ele ponderou sobre aquilo enquanto dava partida.

— Um bom argumento. Certo, se estivesse em casa e fosse celebrar alguma coisa, o que você faria?

Ela sorriu, olhando pela janela enquanto pensava.

— Provavelmente eu faria a minha amiga Priya sair comigo para um happy hour. — De repente, sentiu tanta saudade de Priya que quase chegou a doer. — Comeríamos vários petiscos carésimos, tomaríamos coquetéis baratos, nos convenceríamos a dividir a sobremesa e depois a dividir a segunda sobremesa.

Izzy se virou para Beau, mas o sorriso dele havia sumido. Ele voltou quando Beau notou que ela o encarava.

— Claro, faremos isso — disse ele.

Beau com certeza não queria fazer isso. Estava mais do que claro. Não havia quase ninguém na praia, mas em um bar lotado para um happy hour as pessoas o reconheceriam. Certo. Tinha quase esquecido que ele era famoso.

— Ou... — disse ela — poderíamos pedir um delivery excelente e uma sobremesa maravilhosa para comer em casa. Tipo sorvete com cobertura quente ou algo assim. Acho que seria até melhor no momento, já que eu gostaria de um banho quente, depois de ser atirada no oceano Pacífico congelante várias vezes. Tenho certeza de que Michaela deixou uma tonelada de comida na geladeira para o fim de semana, mas...

Beau a ignorou com um gesto.

— Isso só significa que ela terá de fazer menos comida para nós na semana que vem. Tem uma sorveteria ótima na cidade; por que não vamos até lá, compramos alguns sorvetes e depois pedimos o jantar quando chegarmos em casa?

Soava esplêndido, na verdade. E soou ainda melhor alguns segundos depois, quando Beau entrou na rua principal e Izzy viu a fileira de bares lotados de gente. Também não estava no devido humor para um happy hour em um lugar lotado.

— Perfeito — falou ela. — Estava pensando em comida tailandesa, talvez... O que acha? Ou sushi. Mas pensar em happy hour me fez lembrar de petiscos de bar, então agora estou pensando em bolinhos de queijo e asinhas fritas.

Beau parou em um semáforo e se virou para ela com um sorriso.

— Que tal isso tudo junto?

Um lado positivo de Beau era que ele nunca fazia com que Izzy sentisse vergonha de quanto amava comer. Talvez porque ele, sem dúvida, amava comida tanto quanto ela.

— Está falando isso porque está com tanta fome quanto eu neste momento?

Ele assentiu.

— É provável. Estar na água faz isso com a gente. Fui pesquisar o motivo uma vez, algo sobre a temperatura do nosso corpo comparada à água fria, blá-blá-blá. Só fiquei satisfeito por não ser apenas minha imaginação eu sentir tanta fome depois de nadar. Mas, enfim, espero que isso explique por que estou prestes a comprar seis potes de sorvete. Por favor, não me diga que já temos sorvete no freezer; eu sei e não tô nem aí.

Como se ela fosse discutir com alguém sobre quanto sorvete comprar.

— Desde que um dos sabores seja cookies & cream, eu não me importo com os outros.

Ele meneou a cabeça.

— Não, isso não é justo; não pode me fazer tomar todas as decisões sobre sabores de sorvete sozinho. Você já sabe que sou indeciso e difícil; vou empacar na fila para sempre. Tem que me ajudar.

Izzy revirou os olhos.

— Tá, mas já vou avisando desde agora: vou votar contra qualquer sabor de sorvete que contenha marshmallow.

Beau estreitou os olhos para ela.

— Qual é o seu problema com marshmallows? Comece a procurar uma vaga para estacionar.

Izzy esquadrinhou a rua em torno deles.

— Só são gostosos derretidos: enfie um palito neles, coloque numa fogueira, excelente. Mas é isso. Não gosto deles nem no chocolate quente, porque só diluem o sabor do chocolate. E, em particular, nunca gosto deles no sorvete: viram só umas bolotinhas congeladas. — Ela apontou. — Ali! Na esquina!

Beau ligou a seta.

— Tenho vários argumentos a respeito de tudo o que acaba de dizer, mas você encontrou uma vaga para a gente a menos de um quarteirão da sorveteria, então vou permitir que vença desta vez. Vamos eliminar todos os sorvetes com marshmallow de nossa matriz de decisão.

Caminharam até a sorveteria, onde já havia uma porção de gente em uma fila. Izzy podia sentir Beau se retesar perto dela e se virou para lhe dizer que podiam ir a outro lugar, mas ele apenas cerrou o maxilar e continuou andando, e ela o seguiu. A princípio, quando entraram na fila, Izzy ficou um tanto constrangida por estar ali em um vestido fino de algodão por cima de um maiô molhado, em particular ao lado de Beau. Será que as pessoas o reconheceriam? E depois se perguntariam o que ele fazia ali com ela, quando sempre namorava pessoas altas, esguias e, na maioria, loiras?

NÃO que aquilo fosse um encontro. Mas mesmo assim.

Olhando para as pessoas que passavam por eles, preocupou-se menos. Muitas outras estavam com roupas de banho sob o vestido ou apenas a parte de cima do biquíni com shorts, e ninguém, na cidade inteira, parecia ter algum par de calçados que não fossem chinelos, Birkenstocks ou tênis. Ninguém prestou a menor atenção nela ou em Beau.

Beau aproximou-se dela e se abaixou para cochichar em seu ouvido:

— Certo, Izzy. Pode me fazer um favor?

Ela podia sentir o hálito dele contra os pelos de sua nuca. Estremeceu. Talvez só estivesse começando a sentir frio, com o maiô molhado e a brisa do mar.

— Depende do que seja — disse ela.

Ele suspirou.

— Já devia saber que responderia assim. Tá bom. Não faça movimentos bruscos, mas preciso que mais alguém veja esse cara no fim da fila.

Izzy se virou bem devagar e olhou para o fim da fila. Seus olhos se arregalaram, mas ela não disse nada. Olhou ao redor por mais alguns segundos, tentando parecer casual, depois se virou de frente para Beau. O olhar dele era puro riso contido.

— Bom — falou ela —, eu poderia achar normal os papagaios na camisa; estamos na Califórnia, afinal de contas. Até os papagaios na bermuda. É um pouco combinandinho demais, mas tudo bem. Porém... — Izzy engoliu em seco. — Hã... Não estava preparada para o papagaio de verdade no ombro dele. Ele vai trazer aquele bicho aqui pra dentro da sorveteria com ele?

A expressão no rosto de Beau desmoronou.

— Estava tentando me segurar — disse ele. — Mas você acaba de me fazer imaginar ele ali de pé... pedindo amostras de sorvete... com o papagaio no ombro. E eu...

Izzy começou a rir, e Beau se juntou a ela. Em instantes, ambos gargalhavam irremediavelmente na fila. Ela deu as costas para Beau, tentando olhar em outra direção, na esperança de que isso ajudasse um deles a se recuperar, ou ambos... porém só acabaram rindo ainda mais.

Ela quase se apoiou nele, mas se conteve. As coisas não podiam ser assim.

Enfim, chegaram à frente da fila. Decidiram quais seriam os sabores de sorvete muito mais depressa do que Izzy poderia prever. Brownie de caramelo, cookies & cream, café, chocolate triplo, limão com amora e baunilha. Carregados de sorvetes, calda de chocolate quente e calda de framboesa, voltaram para o carro.

— Tchau, homem do papagaio — disse Izzy, assim que saíram do alcance do ouvido dele. — Nunca vou te esquecer.

Beau riu tanto que mal pôde dar partida no carro.

Durante a volta para casa, Izzy procurou no Google o nome do restaurante tailandês que Beau lhe disse que gostava.

— Já devo ter comido metade do cardápio deles. A única coisa que não gosto de lá são as sobremesas. Quando faço um pedido grande, eles sempre me enviam um pudim de arroz esquisito de brinde ou algo assim. Sou esquisito com esse tipo de coisa; detesto pudins.

Izzy se virou para encará-lo.

— Eu também! — falou ela. — Detesto pudins. Qualquer coisa com aquela textura trêmula eu não aguento.

Aaaah. Era por isso que Michaela rira naquele primeiro dia.

— Sério? — Beau riu. — Ninguém entende isso, nunca. As pessoas sempre me dizem: *Como é que você gosta de sorvete de chocolate, mas não de pudim de chocolate? São os mesmos ingredientes!* Só porque os ingredientes são os mesmos, não quer dizer que é tudo a mesma coisa!

Izzy concordou.

— Fazem isso comigo também. Todo mundo fica chocado que eu não goste de *crème brûlée*... mas, depois que você passa da cobertura crocante, é tudo uma repugnância trêmula na colher.

Quando voltaram para dentro de casa, Izzy se virou para subir a escadaria.

— Vou guardar o sorvete e pedir a comida — disse Beau. — Venha para a sala de TV quando estiver pronta.

Ela assentiu e subiu os degraus correndo, mas Beau a fez parar na metade do caminho.

— Espere, Izzy... não decidimos o que pedir!

Ela se virou.

— Confio em você. Peça tudo o que tem de gostoso. — Ela recomeçou a subir e depois se virou outra vez. — Você tinha razão. Nós dois precisávamos de uma folga hoje. *Eu* precisava de uma folga hoje. Essa foi uma semana difícil no trabalho e, bem... obrigada pela sugestão. E pela aula de surfe.

Beau a olhou, um sorriso no rosto.

— Por nada. E obrigado. Eu não saía para surfar há... um bom tempo. Foi bem gostoso.

Eles sorriram um para o outro, e depois Izzy subiu bem devagar os degraus. Suas pernas também estavam doloridas. Por que as pernas doíam tanto?

Depois de ambos se ajeitarem na sala de TV, em roupas confortáveis, vinho na frente deles e mais comida tailandesa do que Izzy já vira em um lugar só durante a vida toda, Beau a cutucou.

— Você disse que foi uma semana difícil no trabalho... Quer falar a respeito? Parecia meio estressada na biblioteca hoje.

Izzy tomou um gole de vinho e pensou no assunto. Surfar e ficar ao ar livre definitivamente a haviam acalmado dos aborrecimentos que tivera mais cedo. Mas ela ainda estava zangada.

— É só que... tem um cara, Gavin, com quem eu trabalho — começou ela. — Ele sempre me deu muito apoio, ou, pelo menos, era o que eu pensava. Mas ontem, depois do trabalho, minha amiga Priya me contou que o ouviu conversando com Marta. Ele disse que estava preocupado por eu estar aqui, que eu não estava à altura de trabalhar com você, que ela deveria me levar de volta.

— O QUE foi que ele disse?

Ela olhou para Beau, que tinha no rosto aquela expressão de fúria de que ela se lembrava com tanta nitidez, da sua primeira semana ali.

— É, foi o que eu disse. — Ela pegou um rolinho primavera. — Ele me disse naquela primeira semana que achava que alguém com mais experiência deveria estar aqui e que Marta concordava, mas não me dei conta de que Gavin ainda estava pressionando para me mandarem de volta. Fiquei tão brava com isso.

— É claro que ficou — falou Beau. — Também estou bravo.

Ela se alegrou mais do que o normal por perceber como ele ficara zangado por ela. Ver quanto ele tinha ficado furioso a deixou menos furiosa.

— Eu já tenho problemas suficientes com Marta, não sei por que Gavin está me minando como profissional desse jeito. Especialmente quando parece que você e eu estamos...

— Progredindo? — completou ele. — Estamos, sim. Não deixe esse panaca te afetar. Parece que ele está tentando te sabotar com sua chefe.

Ela balançou a cabeça.

— Não, tenho certeza de que não é isso. Gavin sempre foi...

Izzy ponderou a questão. Não achava que seu colega estivesse tentando sabotá-la. Mas parecia um tanto irritante que ele tentasse tirar essa oportunidade dela e que fizesse isso pelas costas. Por que agiria assim?

— Vou escrever um e-mail para Marta — decidiu Beau. — Ainda não estou pronto para enviar a ela nada do que escrevi. Só de pensar em enviar algo para Marta, já fico apavorado. Mas vou dizer a ela que as coisas estão indo bem. Isso ajudaria?

Ah, não, ela não deveria ter reclamado disso para Beau. Agora ele ia pensar que o fizera para que ele a defendesse.

— Não precisa fazer isso — disse ela. — Desculpe, eu meio que me esqueci que... Enfim, não te contei isso porque queria a sua ajuda.

Beau serviu-lhe mais vinho.

— Sei que não. Fui eu que perguntei, lembra? Não vou escrever para Marta se não quiser. Só não quero que aquele cretino saia ganhando. — Ele se ajeitou melhor. — Que tal isto: só vou dizer algo a seu respeito para Marta se ela perguntar. Ou se tentar levá-la daqui antes da hora. Tudo bem assim?

Era muito bom saber que Beau a apoiava.

— Certo. Assim tá bom. Obrigada.

Foi só quando passaram para o sorvete que Izzy disse o que vinha esperando há horas para dizer.

— Então... sobre o seu nome...

Beau largou a tigela de sorvete e a encarou, carrancudo.

— Pensei que tivesse se esquecido disso.

Ela permitiu que um sorriso se espalhasse por seu rosto.

— Estava só esperando o momento certo. Você prometeu me contar.

Ele apanhou a tigela, bufando, mas Izzy podia ver que sorria.

— É, acho que prometi. — Beau colocou uma colherada de sorvete na boca. — Tá. Meu nome, na verdade, é James Thomas, igual ao do meu pai e do meu avô, pai da minha mãe, Thomas Russell. Esta casa era dele e da minha avó.

Izzy sabia o nome do avô dele, mas só porque estava escrito em alguns dos livros que pegara emprestado da biblioteca e levara para o quarto. Beau, porém, só falara sobre sua família aquela única vez. E esta, com certeza, era a primeira em que mencionava sua mãe. Estava descobrindo mais sobre ele hoje do que descobrira no tempo todo em que estivera ali.

— Bom — ele continuou —, meu pai me deu o apelido de Beau quando eu era neném. Ele leu num livro, acho, e o apelido meio que... pegou.

Estava claro que havia muito mais por trás do que ele dissera: sobre o pai, a mãe, por que Beau estava ali, na casa dos avós. Talvez até sobre por que lutava tanto para escrever o livro. Entretanto, Izzy não achava que esta fosse a hora de perguntar sobre qualquer uma dessas coisas.

— Bem, eu gosto de Beau — ela falou. — Fica parecendo um herói de novela ou um príncipe de contos de fadas, algo assim.

Ele riu e... teria ficado vermelho?

— Ah, sim, obviamente duas coisas que aspiro ser. Obrigado por isso.

No fim da noite, Izzy se levantou. Muito, muito lentamente.

— Aaai... Meu corpo todo dói. Você vai me pagar por isso.

Beau riu enquanto empilhava a louça suja na bandeja.

— Vou te avisar desde já: sair da cama amanhã cedo vai ser dureza.

Ela se esticou para pegar a garrafa de vinho vazia e fez uma careta. Nem sabia que os músculos abdominais podiam doer assim.

— Obrigada por me avisar disso *agora*. Pelo menos não tenho que levantar antes das seis, como num dia de semana.

Foram para a cozinha e carregaram a lava-louças juntos, como sempre faziam agora. Ela deu um passo em direção à geladeira para pegar uma latinha de água com gás e levar para o andar de cima. Porém, fosse por estar tão cansada que suas pernas não funcionavam direito ou por estar um tanto altinha, ou uma combinação dos dois, Izzy tropeçou. E caiu bem em cima de Beau, que a segurou. E continuou segurando.

O peito dele era tão largo, tão quente. Era gostoso repousar a cabeça ali, apenas um instante. Os braços dele eram fortes, mas gentis. Era agradável demais tê-los a seu redor, as mãos pousadas ali, nas costas dela. Izzy podia senti-las através do tecido fino da regata.

Ela havia tentado o dia inteiro ignorar a forma como reagia a ele. Agora, porém, os pequenos momentos do dia a inundaram outra vez. Quando Beau colocara as mãos nos ombros dela, na praia; quando tocara sua mão, apenas por um segundo, dentro d'água; quando sentira o hálito dele no pescoço; e o calor do corpo dele na fila da sorveteria. Precisava encarar o que tentara ignorar o dia inteiro: ela queria que aqueles momentos durassem mais.

Podia sentir o coração dele batendo contra seu ouvido. Ou seria o dela mesma?

Então, ele abaixou os braços.

— Izzy...

Não. Não era disso que se tratava, Beau não estava interessado nela desse jeito. Claro que não estava. Ela também não estava interessada nele dessa maneira. Era apenas trabalho, lembra?

Ela nem sequer gostava dele, lembra?

— Aff, estou tão dolorida que mal me aguento de pé! — Ela recuou um passo, aproximando-se da porta da cozinha. — Preciso ir para a cama enquanto ainda consigo subir a escada.

Virou-se para deixar a cozinha normalmente, como sempre fazia no fim da noite. Aquela era apenas uma noite normal, só isso.

— Boa noite, Izzy — disse Beau, quando ela chegou à porta.

Ela olhou para trás. Beau não se movera de seu lugar junto à pia.

— Boa noite, Beau — respondeu ela.

CAPÍTULO QUINZE

Na manhã de sábado, Izzy se demorou na cama mais do que de costume. Não que tivesse dormido até tão tarde assim — encontrava-se plenamente desperta às oito. Entretanto, às 9h30 ainda estava na cama, olhando para o teto. Porque o negócio era o seguinte: quando fosse para o térreo, teria que encarar Beau.

Talvez não tivesse sido tão ruim quanto ela pensava. Talvez Izzy não tivesse *de fato* pousado a cabeça no peito dele. Talvez o deleite de ter os braços dele ao seu redor não tivesse sido tão óbvio. Talvez não tivesse desejado...

Argh. Puxou as cobertas sobre o rosto e fez uma careta. Bastou aquele pequeno movimento para que os braços doessem. Talvez aquela fosse sua desculpa para ficar na cama para sempre.

Por fim, esforçou-se para ficar de pé. Tinha que ir até a cozinha, pegar café, fingir que estava tudo normal. Só que ela e Beau haviam resolvido trabalhar na biblioteca naquela manhã. Ah, não...

Fez um sermão muito severo para si mesma quando foi para o chuveiro.

— Olha aqui, Isabelle, é normal sentir que está se aproximando de Beau: você está morando na mesma casa que ele, estão trabalhando juntos, até jantam juntos. Porém, é óbvio que ele não está interessado em você; você não faz nem um pouco o tipo dele e sabe disso! Beau sai com modelos e atrizes, lembra? E ele TAMBÉM não faz seu tipo! Você, ao contrário de Priya, não gosta de caras grandões e fortes! É só que ele é o único homem com quem você interagiu de verdade durante semanas, e seu cérebro tolinho se apegou a ele! Você precisa se afastar um pouco disso tudo! Dele!

Tem certeza disso, meu bem?, ouviu uma vozinha dizer, vinda da banheira, enquanto fechava o registro do chuveiro.

— Tenho, sim! — disparou ela.

Ah, não! Estava conversando com objetos inanimados outra vez. Tinha que parar com isso.

Quando enfim desceu para a cozinha, Beau estava lá, sentado à mesa com café e...

— Aaaaah, são rosquinhas de canela? — perguntou ela.

Ele sorriu para ela e indicou o topo do fogão.

— Ali tem mais. Mas talvez precisem de mais cobertura.

Ela olhou para a forma em cima do fogão, os pãezinhos soterrados em cobertura, e riu.

— Não sei se isso é possível.

Ele a olhou e ambos os olhares se encontraram. Os dois sorriram.

— Eu era louco por cobertura quando era pequeno. Minha mãe contava uma história que não lembro, mas que parece algo que eu faria: certa vez, no meu aniversário, ela serviu bolo para as outras pessoas e colocou só um monte enorme de cobertura no meu prato.

Izzy ficou tão aliviada que não pôde conter o sorriso. Estava contente por ter a desculpa de colocar uma rosquinha de canela no prato para poder dar as costas para Beau. Ela estava feliz por tudo parecer tão... normal entre eles.

— Quer levar para a biblioteca? — perguntou ele. — Se quiser, eu pego outro.

Ela concordou.

— E eu levo os lenços umedecidos. Não podemos sujar os livros de cobertura, afinal de contas.

Trabalharam juntos normalmente naquele dia, embora Izzy se esforçasse ao máximo para se lembrar do sermão que passara em si mesma, obrigando-se a não se aproximar demais de Beau. Ou pensar muito nele.

No domingo, o horário de trabalho deles na biblioteca começou como sempre. Izzy empurrou o caderno de Beau para ele, do outro lado da mesa; ele o abriu, escreveu por um tempo, depois digitou e continuou digitando até o cronômetro disparar. Após, porém, Beau fez algo diferente.

— Izzy — começou ele.

E então parou e baixou o olhar para a mesa.

— Sim? — perguntou ela.

Será que havia algum problema? Ele parecia nervoso.

— Eu... hã... — Ele respirou fundo. — Você pode... Gostaria de ler alguma coisa? Quero dizer, algo... — Ele apontou para o notebook. — Algo do que escrevi? Se não quiser, tudo bem.

Izzy tentou não reagir. Beau estava evidentemente estressado em lhe pedir que lesse seu trabalho; ela não queria tornar aquilo algo ainda maior. Por dentro, contudo, sua mente era um grande ponto de exclamação.

— Ficaria feliz em ler — disse ela.

Ele assentiu com rapidez.

— Que tal, hum, agora mesmo? Porque, se eu não te mostrar agora, talvez perca a coragem aqui e...

Izzy tentou ser o mais encorajadora possível ao lhe dar um sorriso.

— Agora está ótimo.

Beau entregou-lhe o notebook e se sentou de novo na cadeira.

— Tá. Hã, só esta parte aqui, sabe? A parte que começa com "Esta casa". Está meio grosseira, e precisa de muito polimento, é óbvio, mas acho que está na hora de ver se estou no rumo certo ou não, e, se não estiver, o que fazer, ou... enfim.

Izzy queria tranquilizá-lo, mas sabia que não era disso que ele precisava naquele momento. Ele precisava de um feedback real.

— Parece bom — ela falou e começou a ler.

Esta casa sempre foi um refúgio para mim.

Beau se levantou em um salto, embora ela tivesse lido apenas uma frase.

AMOR ENTRE LIVROS

— Não posso ficar sentado aqui enquanto lê isso. Vou lá fora, tá bom?

Ele saiu correndo da biblioteca antes que ela pudesse dizer qualquer coisa. Izzy continuou olhando para o local de onde ele saíra por alguns segundos. Depois, retornou para a tela.

Esta casa sempre foi um refúgio para mim. Quando era pequeno, vinha para cá, às vezes com meu pai e minha mãe, às vezes só com minha mãe, para visitar meus avós. Havia tanto a explorar na casa e nos jardins, que era como se eu encontrasse algo novo para ver, vivenciar, brincar todas as vezes. Novos cantinhos, esconderijos, flores, livros. Sempre tive a sensação de que havia um pouquinho de magia aqui.

As melhores visitas eram quando eu podia passar fins de semana aqui com meus avós, sozinho. Eles me deixavam correr solto, ocasionalmente indo lá fora para me levar algo para comer ou me chamar para as refeições, às vezes só gritando meu nome para se certificarem de que eu responderia. Minha avó estava sempre na cozinha, assando algo delicioso, então eu costumava entrar aos tropeços, a roupa rasgada e o rosto sujo, e me sentava à mesa da cozinha. Ela colocava uma pilha de cookies na minha frente com um sorriso.

Meu avô estava sempre na biblioteca. Eu passava horas lá com ele. Ele tinha prateleiras de livros infantis em um canto, só para mim. Nunca me contava quando acrescentava um livro novo, mas eu sempre conferia, toda vez que entrava, e quase sempre havia algo novo, algo que eu pegava, junto com um ou dois velhos livros favoritos, sentindo-me muito adulto. Eu me aninhava no assento perto da janela e ficava ali no cantinho por horas, enquanto ele ficava na mesa longa ou em uma das poltronas na frente da lareira, trabalhando ou lendo.

Conforme fui crescendo, a casa se tornou um refúgio por outra razão: ninguém aqui parecia saber ou se importar com quem eu ou meus pais éramos. Em casa, em LA, todo mundo conhecia minha família. Fotógrafos tiravam fotos de nós na rua. Pessoas gritavam meu nome ou o de minha mãe, e eu tinha de ser gentil, educado, mas nunca queria fazer isso. Na vizinhança em volta da casa dos meus avós, as pessoas só me conheciam como o neto deles; nas praias daqui, ninguém prestava atenção em mim. Eu adorava isso.

Mas fui ficando mais ocupado, trabalhando mais e tinha menos tempo para vir visitá-los. Minha avó morreu, meu avô ficou mais velho, mais doente. Eu vinha para cá às vezes para vê-lo, mas eram visitas rápidas, não os momentos longos, relaxantes e pacíficos que eu tinha antes. Ficou mais difícil vir para cá depois do divórcio de meus pais, quando as coisas entre mim e minha mãe começaram a ficar tensas, mas isso é só uma desculpa. Acho que a verdade é que doía vê-lo daquele jeito, doía ter de responder à mesma pergunta várias vezes, doía pensar nele como alguém mortal. Acho que eu pensava que o teria para sempre. Esse é um de meus muitos arrependimentos.

Quando ele morreu, doía pensar nesta casa sem ele dentro. Mesmo depois de ficar sabendo que ele deixara a casa e tudo o que havia nela para mim, não vim para cá. Já sei: um ricaço mimado, preso a uma casa com a qual não sabe o que fazer... que dó. Confie em mim, você não está pensando em nada que eu também não tenha pensado. Mas eu sentia que a casa pareceria vazia sem ele, que eu sentiria a ausência dele em cada cômodo. Que doeria ainda mais estar aqui.

Entretanto, um dia, depois de meu mundo inteiro e tudo o que pensei saber mudarem, tive de me afastar. Da minha vida, de todos que me conheciam, de tudo o que eu conhecia. E, sem nem pensar, entrei no carro e vim direto para cá.

Assim que cheguei aqui, eu me dei conta de quanto estive errado em me manter longe. Em vez de sentir a ausência de meus avós, sinto a presença deles aqui. Sinto meu avô nos jardins, sinto minha avó na cozinha — falando comigo, reconfortando-me e, às vezes, dando-me broncas, por todas as várias maneiras como fodi com tudo e continuo a foder.

(Embora minha avó ficaria horrorizada se me ouvisse usando essas palavras.) Mas os dois me davam broncas do jeito gentil e amoroso que sempre faziam, de um jeito que me fazia desejar ser uma pessoa melhor, por eles. (Não que eu tenha sido particularmente bom nisso, mas continuo tentando.)

Sinto meu avô em especial na biblioteca. Assentindo para mim, encorajando-me, sorrindo. Ajudando-me a lidar com tudo aquilo com que não quero lidar. Ajudando-me a escrever estas linhas.

Izzy levantou a cabeça. Olhou para as poltronas junto à lareira. Elas pareciam antigas, gastas, confortáveis. Podia sentir a aprovação emanando delas. Como se estivessem felizes por ela estar ali.

Tinha que procurar Beau.

Subitamente, sentiu-se culpada pelo modo como vinha pensando sobre aquele livro. Quando chegara ali, presumira que de modo algum uma pessoa como Beau poderia escrever um livro bom. Izzy mudara muito de opinião sobre ele nas últimas semanas, mas se deu conta de que aquela percepção de seu livro havia continuado com ela — que a escrita dele não seria boa; que, apesar de algumas das coisas que lhe dissera, Beau não pensaria com muita profundidade sobre sua vida ou o mundo ao redor.

Estava enganada.

Encontrou-o no jardim das rosas. As roseiras estavam bem mais volumosas do que quando chegara, embora ainda não houvesse botões abertos nelas. Ele se virou quando a ouviu chegando.

— Tá bom, pode desembuchar — disse Beau quando ela se aproximou. — Diga quanto está ruim, tipo, numa escala de um a dez. Um sendo "tenho vergonha de estar numa sala com esse cara" e dez sendo, sei lá, não pensei muito bem nessa escala antes de começar a falar, não sei se dez é bom, na verdade, ou ainda mais terrível do que eu poderia imaginar, e agora estou só falando sem parar para que você não diga nada, não estou?

Izzy riu alto.

— Beau, é bom.

Ele olhou para Izzy com olhos estreitados, e ela riu de novo.

— Não me olhe assim, tô falando sério. É, ainda está grosseiro, sim, tem coisa que você vai precisar mexer, expandir, claro. Mas o texto me pegou na hora, me agarrou e fez com que eu me importasse com a história que está contando, o que é absolutamente a coisa mais necessária que ele precisa fazer. Estou muito... — Izzy ia dizer que estava muito orgulhosa dele, mas aquilo soaria como condescendência. Quem era ela para estar orgulhosa dele? — Estou muito contente — falou, em vez disso.

Beau a olhou com seriedade.

— Sabe que não precisa dizer tudo isso, né? Se não sabe, estou lhe dizendo agora mesmo: sei que pareço todo estressado, mas quero que me conte a verdade. Quero saber o que achou de verdade.

Izzy o encarou.

— Estou lhe dizendo o que achei de verdade. Não é o que eu tenho feito desde que cheguei?

Era verdade, ela se deu conta. Na maior parte do tempo — no trabalho e até em casa —, ela escondia o que pensava de verdade por trás do verniz da Izzy alegre: "Tá tudo bem, fico feliz em ajudar!". Mas ela não era assim ali, com Beau.

Ele assentiu, mas ainda não parecia convencido.

— Certo — disse ela. — Posso lhe dar comentários mais detalhados a respeito. Ficarei feliz em fazer isso. Mas, é sério, não achei que seria... — Ela mordeu o lábio. — Não sabia o que esperar da sua escrita. Mas, Beau, estou lhe dizendo. É boa mesmo.

Ele se aproximou um pouco mais dela.

— Espere. Quando você disse "não achei que seria...", você pensou que seria ruim. É isso o que está tentando me dizer? Está surpresa por ter gostado, não está?

Ela suspirou.

— Na verdade, estava me esforçando muito para não te contar isso. Não que eu pensasse que seria *ruim*. Mas o que *estou* te dizendo, porque é um fato, é que sua escrita é boa. Você consegue fazer isso. Já está fazendo. Estou empolgada para ver o que mais você tem naquele caderninho. — Ela deu de ombros. — Não tenho muita experiência, claro, e não sei o que Marta vai achar, então não quero que pense que eu...

Ele ignorou o comentário.

— Não ligo para o que Marta pensa. Eu ligo para o que *você* pensa.

Sorriram um para o outro.

Ele abaixou a cabeça, depois tornou a olhá-la.

— Adoraria se pudesse me passar esses comentários, na verdade. Amanhã, talvez?

Izzy assentiu.

— Amanhã está ótimo. — Ela se voltou para a casa. — Vamos, agora é a sua vez de celebrar uma vitória. Tem muito sorvete lá dentro e um montão de cobertura quente.

Beau a alcançou.

— Sorvete antes do jantar é bem o meu tipo de celebração.

CAPÍTULO DEZESSEIS

Na manhã de quarta-feira, Priya mandou uma mensagem de texto.

Mal posso esperar pra te ver no fim de semana!

Isso mesmo; aquele fim de semana era o casamento do primo de Priya em Santa Bárbara. Izzy havia se esquecido totalmente. As últimas semanas tinham passado depressa demais.

Aaaaah! Quando você chega aqui? Onde vai ficar?

Ela mal podia esperar para ver Priya. Havia acontecido tanta coisa naquelas três semanas... E Izzy mal podia acreditar que lhe restava somente pouco mais de uma semana na Califórnia.

Chego amanhã! Jantar amanhã à noite? Posso ver a casa?
E BEAU???

Izzy riu da pontuação farta de Priya e mordeu o lábio. Ela e Beau estavam em bons termos agora, com o trabalho e tudo o mais, mas ainda parecia complicado pedir a ele se alguém — qualquer um — poderia ir para lá. Sabia quanto a casa era especial para ele. E também sabia como ele se sentia a respeito de sua privacidade.

Priya iria querer visitar todo canto da casa e fazer todo tipo de pergunta.

Jantar, topo! Posso te buscar no aeroporto! Mas, hum, não sei não sobre vir para a casa ou conhecer Beau. Tenho que ver com ele.

A resposta de Priya veio em segundos.

Então veja AGORA! Tenho que ver esse lugar onde você tem morado! E conhecer ESSE CARA.

Izzy revirou os olhos.

Ele não é um CARA. Mas tudo bem, vou perguntar se posso te trazer aqui antes do jantar.

Mas será que ela deveria mesmo perguntar a ele? Não queria, de maneira alguma, que Beau pensasse que ela estava violando a privacidade dele. E realmente não queria bagunçar a relação de trabalho entre eles, ainda um tanto frágil, apenas para satisfazer a curiosidade de Priya. Izzy teria que pensar sobre isso.

Izzy ainda não havia decidido o que fazer quando chegou à biblioteca naquela tarde. Depois de acabar de escrever, Beau empurrou seu notebook para ela, do outro lado da mesa. Ela leu o texto em que ele havia trabalhado, fez uma porção de comentários nas margens e empurrou o notebook de volta para ele.

Na primeira vez que fizeram isso, ele franziu a testa para a tela quando leu as observações. Olhou para Izzy, mas, quando abriu a boca, ela o interrompeu antes que pudesse dizer qualquer coisa.

— Não... ainda não. Não responda às minhas perguntas ainda. Responda na sua escrita. Mas não faça isso agora também... Espere até amanhã, pelo menos. Talvez até o dia seguinte ou algum momento da semana que vem.

O cenho zangado de que Izzy se lembrava da primeira semana retornara ao rosto dele.

— Mas você disse...

Ela meneou a cabeça.

— Sei o que eu disse, mas você tem que se dar algum tempo para pensar a respeito. Claro, talvez ache que minha ideia de alteração não funcione. E tudo bem, é você quem está escrevendo o livro, não eu. Mas dê um tempo a si mesmo para pensar nisso, para criar uma ideia melhor. É uma maratona, não uma corrida, Beau.

Ele olhou para Izzy por um instante e, de repente, seu rosto relaxou.

— Mas como é que eu vou discutir com você sobre isso tudo se eu tiver que esperar? O calor do momento pode ter passado até lá!

Beau estava sorrindo. Bom. Ela tinha se preocupado por um segundo ali.

— Eu sei — falou ela. — Essa é a pior parte. Você pode até concordar comigo!

Ele riu e lhe entregou o caderno.

Depois de ler os comentários dela sobre o texto de quarta-feira, Beau a encarou, os olhos estreitados:

— Tá, e o que mais? — perguntou.

Ela parou no meio do ato de guardar o caderno na bolsa.

— Como assim, o que mais?

Ele colocou o notebook de lado.

— Você estava com uma expressão preocupada enquanto lia. Pensei que devia haver algo muito errado no texto, mas nada do que disse é ruim assim. Está me escondendo alguma coisa? Dando os comentários mais tranquilos no começo para eu me acostumar, depois vai chegar dizendo para reescrever tudo?

Izzy riu.

— Não e não. E, prometo, não vou te dizer para reescrever a coisa toda.

Ele empurrou o caderno para ela.

— Então o que é? Qual é o problema? Alguma coisa deixou você com essa cara. — Ele balançou a cabeça. — Uau, incrivelmente egocêntrico de minha parte presumir que fosse meu livro, você tem outras coisas acontecendo na sua vida. Deixa para lá.

Izzy esfregou a mão para lá e para cá sobre o caderno dele.

AMOR ENTRE LIVROS

— Ah! Hã... É meio que sobre você, na verdade. — Por que ela era tão ruim em disfarçar suas emoções quando Beau estava por perto? Costumava ser boa nisso. — É só que... Tá, olha, fique à vontade para dizer não, tá?

Ela ainda não tinha certeza de se deveria perguntar, mas agora não havia mais escolha.

— Eu sou bom em dizer não. — Ele parecia estar achando graça. — Como sabe muito bem. O que é?

Izzy engoliu em seco.

— Hum... minha amiga Priya... eu trabalho com ela, já mencionei, acho, não? Ela estará em Santa Bárbara neste fim de semana para um casamento; ela tem um milhão de primos. E meio que queria saber se poderia vir para cá ver a casa e tudo o mais.

Não pôde interpretar a expressão de Beau, nem de longe. Ele não estava mais sorrindo, mas também não parecia exatamente zangado. Só... inexpressivo.

— Tá bem, não é nada importante, vou só dizer para ela...

— É claro que a sua amiga pode vir para cá. — Ele disse isso de forma quase áspera, mas depois sorriu. — Você está morando aqui, não está?

Ele falava sério? Izzy não sabia dizer.

— Tem certeza? Tudo bem se...

Beau se levantou.

— Tá tudo bem. De verdade.

Ele ainda parecia... estranho, mas ela não ia forçar a barra.

— Tá bem — falou ela. — Eu a trarei para cá na quinta-feira.

Portanto, na tarde de quinta-feira, logo após sair da biblioteca, Izzy dirigiu até o aeroporto para buscar Priya. Ela deixara tempo de sobra para vencer o tráfego até o aeroporto e descobrir onde e como encontrar com a amiga. Quando estacionou no aeroporto minúsculo e adorável que não tinha sequer um semáforo, ela riu alto. Não precisava mesmo de todo aquele tempo.

Depois de alguns minutos, seu telefone vibrou.

Acabo de aterrissar!

Izzy saiu do carro para esperar por Priya.

Eeeee! Te vejo em breve!

Não podia acreditar que veria Priya. De súbito, pensar em ver alguém de Nova York, de sua vida real, quase a esmagou. Ela estava nessa bolha pequenina, quase onírica, na Califórnia com Beau durante as últimas três semanas. Parecia estranho que outra pessoa, mesmo que uma pessoa ótima como Priya, se intrometesse nessa bolha.

Ela tinha pouco mais de uma semana do mês que Marta lhe dera. Beau estava no rumo, ela achava, para terminar seu livro de memórias, ao menos em algum momento. Já não era mais tão assustador para ele, ela achava. Porém... Izzy não havia dito a ele toda a verdade no dia anterior. Ela *estava mesmo* escondendo algo dele. Tudo o que ele escrevera até aquele ponto era bom, mas em tudo faltava alguma coisa. Se ele havia escrito sobre seja lá o que houve que o fez deixar LA e vir para esta casa em Santa Bárbara e desaparecer do resto do mundo, Beau ainda não dividira com ela. De fato, ela tinha uma certeza razoável de que ele ainda não colocara isso no papel. Estava nítido que ele estava se dirigindo para algo grande, mas esse algo era vago, apenas sugerido. Izzy se flagrara ficando impaciente conforme os dias se passavam, esperando que ele chegasse lá. Ela não o pressionara a respeito, ainda não, mas sabia que teria de fazê-lo na semana seguinte, antes de ir embora. Ela não estava ansiosa por esse momento.

— Izzy!!!!

Ela levantou a cabeça e Priya estava correndo em sua direção, a mala de rodinhas numa das mãos e seus cabelos pretos e longos esvoaçando atrás dela.

— Priya!

Priya quase sufocou Izzy com seu abraço, mas ela não se importou.

— Aaaah, é tão bom te ver — disse Priya, quando elas enfim se desvencilharam.

— É muito bom te ver também — falou Izzy. — Sinto que faz uma eternidade.

Ela abriu o porta-malas do carro e pegou a mala de Priya.

— Não acredito que você colocou tudo para o casamento nesta mala.

Priya riu.

— Não coloquei. Isso é só metade das coisas. Minha mãe está com o resto. — Ela levantou a mão. — Espere aí: de onde veio esse carro? Quando disse que vinha me buscar no aeroporto, pensei que isso queria dizer que pegaria um Uber, ou algo assim, e me encontraria aqui.

— Ah. — Izzy devia ter se esquecido de contar essa parte. — Este é o carro de Beau.

Os olhos de Priya se arregalaram.

— Este é o carro DELE? Tá, MAIS uma coisa sobre a qual teremos que conversar.

Izzy revirou os olhos e deu a volta até o lado do motorista.

— Ah, para com isso. Não é nada de mais.

Ela puxou Priya para outro abraço assim que ambas estavam dentro do carro.

— Não acredito que está aqui. Senti tanta saudade!

Priya assentiu.

— Tá, tá, eu também senti saudade de você e todas essas coisas, mas não me contou ainda se vai me levar para A CASA ou não e se eu vou poder me encontrar com ELE. Tô morrendo aqui!

Izzy deu partida no carro. Ela ainda estava meio preocupada com isso.

— Sim, eu vou te levar para A CASA — disse ela. — Beau disse que tudo bem, mas não sei se você vai chegar a conhecê-lo; ele pode não estar por lá.

Esse era um jeito de dizer que Izzy não dissera a Beau que Priya queria conhecê-lo. Ele pareceu estranho o bastante com a ideia de Priya ir até lá. Izzy estava um tanto quanto segura de que ela fora uma das poucas pessoas, tirando Michaela, com que Beau interagiu de verdade no último ano — Priya talvez fosse demais para ele. Ele provavelmente se esconderia em um dos cômodos de acesso proibido enquanto ela fazia a visita guiada com Priya. Uma visita guiada bem curta.

Priya deu de ombros.

— Ah, bem, não se pode ter tudo. Embora eu não possa acreditar que ele não queira *me conhecer.*

Izzy riu.

— Apesar de você obviamente ser o centro do universo, Beau e eu não conversamos sobre você, sabe? Na maior parte, conversamos sobre as memórias dele, já que é para isto que estou aqui, lembra?

— Hum, sim, claro, as memórias. Aaaah, olha, a praia!

Priya olhava fixamente pela janela do carona para o oceano, logo ali, seguindo a lateral da estrada. Izzy se lembrou de quando passara de carro por este trecho da rodovia no caminho de LA para a casa de Beau, quanto se espantara com o mar e como ela estava nervosa sobre seu destino. Aquilo parecia ter acontecido em outra vida.

Apenas uns quinze minutos depois, subiram até a casa e Izzy estacionou o carro na longa entrada da garagem.

— Não temos um montão de tempo — disse ela —, porque consegui fazer reservas para jantar num restaurante ótimo no centro da cidade, mas temos que estar lá daqui a menos de uma hora e levaremos um tempinho para encontrar lugar para estacionar, essas coisas.

Ela pegara a reserva cedo exatamente para não terem muito tempo na casa. Não que fosse contar isso para Priya.

— Só estou empolgada de estar mesmo aqui — confessou Priya. — Olha, uau, uma palmeira de verdade, bem no quintal!

Izzy riu.

— Tem mais no quintal dos fundos também. Você vai ver. — Ela abaixou a voz. — Mas não posso te mostrar todos os cômodos, tá? Só estou hospedada aqui, lembra?

Priya concordou, os olhos indo de um lado para o outro enquanto ela e Izzy subiam a trilha até a porta principal.

— Claro, tanto faz, mas é melhor eu poder ver a piscina. Uau, olha aquele cacto! É enorme!

Izzy destrancou a porta da frente e conduziu Priya para dentro. Ambas tiraram os sapatos junto à porta e seguiram pelo corredor.

— Uaaaaau, essa escadaria! Não me falou sobre ela! — protestou Priya.

Izzy riu.

— Não é linda? Eu a subo e desço várias vezes ao dia, e sempre tenho vontade de descer escorregando pelo corrimão, mas o piso frio deve machucar demais em caso de uma queda. Meu quarto fica lá em cima, vamos lá.

Quando Izzy abriu a porta de seu quarto, o queixo de Priya caiu.

— Tá, olha, as fotos que você enviou *não mostravam* quanto este quarto é imenso! Isso é, tipo, maior do que a maioria dos apartamentos de Nova York! E você tem o próprio banheiro? — Ela irrompeu pelas portas do banheiro e girou em círculo. — Isso é, tipo, um banheiro de hotel cinco-estrelas! E esta é a famosa banheira! Marta sabe que está vivendo neste luxo?

Izzy negou com a cabeça.

— Absolutamente não, e vou te matar se sequer insinuar isso para ela. Até onde Marta sabe, Beau mora em um subúrbio chato e estou no quarto dos empregados. Gostaria de manter as coisas assim, por favor.

Izzy guiou Priya de volta escadas abaixo e virou para levá-la para a cozinha.

— O que é este cômodo? — disse Priya, de pé do lado de fora das portas da biblioteca.

— Ah. Esse cômodo tem acesso proibido — falou Izzy.

Ela não enviara fotos da biblioteca para Priya. Nem sequer contou sobre ela. Por algum motivo, parecia que a biblioteca era algo particular entre ela e Beau.

Priya soltou um suspiro dramático mas, por sorte, não reclamou.

— Tá bom, tá bom, você tá morando numa casa encantada, com várias portas misteriosas, e algumas delas levam a alas mágicas, jardins secretos ou tesouros enterrados, já entendi.

Seguiram pelo longo corredor para a cozinha enquanto Priya olhava atentamente para as peças de arte nas paredes.

— Aonde estamos indo agora? — perguntou ela. — Para a piscina?

Izzy riu.

— A piscina fica depois disso, mas primeiro estou te levando para a cozinha. Em geral, tem algo delicioso lá, e sei que deve estar com fome, então... Ah! Oi!

Beau e Michaela estavam ambos na mesa da cozinha, na frente do notebook de Michaela.

— Oi — cumprimentou Beau.

Ele estava usando... calças jeans? Ela nunca o vira em nada que não fosse um moletom antes. Tá, ou a bermuda de praia, daquela vez, mas tentava não se lembrar daquilo.

— Oi, Izzy — disse Michaela. — Beau falou que você traria sua amiga para cá hoje.

Izzy se virou para Priya, que nem disfarçava o triunfo em seu rosto.

— Michaela, esta é minha amiga, Priya. Ela é outra assistente editorial na TAQOT e está de visita para um casamento. Priya, estes são Michaela e Beau.

Michaela e Beau se levantaram.

— Prazer em conhecê-la, Priya — ambos falaram.

Priya quase saltitou até o outro lado da cozinha para apertar a mão deles.

— Prazer em conhecer vocês! Obrigada por cuidarem da nossa Izzy tão longe de casa.

— O prazer tem sido meu. — Beau sorriu para Izzy, depois se virou para Priya. — Hã... onde será o casamento?

— No Four Seasons — respondeu Priya. — Parece que fica bem junto da praia. Embora, pelo visto, deva haver muita coisa bem junto da praia por aqui, considerando-se o que vi no caminho do aeroporto para cá. E o clima! É incrível para março. Tem tantas flores já desabrochando!

Michaela sorriu.

— Março no sul da Califórnia não é como março em Nova York, sem dúvida.

Beau olhou para Izzy, um brilho no olhar.

— Você precisa levar Priya lá para fora, para lhe mostrar o pomar.

— Tem um POMAR? — Priya olhava de Beau para Izzy.

Beau riu.

— Foi o que Izzy disse também. Mais ou menos isso.

Izzy riu ao se lembrar da visita guiada que Beau lhe oferecera no começo.

— Mais ou menos isso — repetiu ela, e eles sorriram um para o outro.

Michaela aproximou-se da bancada no centro da cozinha.

— Priya, quer bolo de chocolate?

Priya abriu um sorriso luminoso para ela.

— Adoraria, na verdade! Provavelmente vai estragar meu apetite para o jantar, mas não estou nem aí. Para onde vamos, Izzy?

Os olhos de Beau se voltaram para ela de repente.

— Ah, vão sair para jantar hoje?

Izzy anuiu. Ele estava com aquela expressão esquisita, neutra, no rosto outra vez.

— Vamos, sim, em um restaurante mexicano no centro. Não te falei?

Ele balançou a cabeça.

— Não importa.

— Ai, meu Deus.

Todo mundo na cozinha olhou para Priya.

— Esse bolo! Esse bolo é incrível. Você me falou da piscina e da banheira, mas não do bolo. Tem bolo assim aqui o tempo todo? Você tem que voltar para Nova York daqui a, o que, uma semana? Como vai sobreviver?

Beau se virou de costas e tornou a se sentar. Certo, talvez ele já estivesse cansado de Priya. Embora, sendo justa, ele tinha sido muito mais bacana com ela do que Izzy teria suposto. E *muito* mais bacana do que fora com Izzy quando ela chegara ali.

— Falando em piscina — disse ela —, vamos lá fora. Você pode terminar seu bolo enquanto te mostro os jardins e a piscina. E o pomar.

Ela sorriu para Beau, mas ele não a olhou. Izzy pegou Priya pelo braço e a guiou com firmeza para a porta da cozinha.

— Vejo vocês depois, Beau, Michaela. Obrigada pelo bolo.

Priya estava desanimada — para os seus padrões — durante a visita aos jardins e à piscina. Foi só quando voltaram ao carro e já desciam a colina que ela explodiu.

— AI, MEU DEUS.

Izzy sorriu.

— É ótima a casa, não é?

Priya soltou um ruído agudo.

— A casa? A CASA? Acha que eu tô falando da casa? Sim, sim, a casa é adorável, mas não foi para ela o AI, MEU DEUS. Isabelle Marlowe, QUANDO vai cair matando em cima daquele homem? Ou já fez isso? Diga que já fez e apenas não me contou.

Bem, pelo menos Priya havia esperado para dizer isso quando já estavam fora do alcance dos ouvidos de Beau.

Embora... a voz dela se projetasse bastante.

— Não caí nem vou cair — respondeu ela. — Beau e eu mal somos amigos!

Priya jogou as mãos para o ar.

— Se aquele homem dissesse "o prazer tem sido meu" a meu respeito do jeito que falou sobre você e depois sorrisse para mim DAQUELE JEITO? Seríamos MUITO MAIS do que amigos até o fim da noite.

— PRIYA!

— Só estou dizendo! Viu aqueles ombros?

Izzy suspirou. Ela devia saber que isso iria acontecer. Era por isso, percebeu, que não queria que Priya conhecesse Beau, porque *sabia* que isso iria acontecer.

— Você pode *só dizer* o que quiser, mas não tá rolando nada nesse sentido. Em primeiro lugar, estou aqui a trabalho. Em segundo, ele namora com modelos e atrizes, gente assim. Não gente como eu.

— Tá, bem, em PRIMEIRO lugar, você não está trabalhando PARA ele, está trabalhando COM ele. Gente que trabalha junto namora o tempo todo. E, em SEGUNDO, você é tão incrível quanto QUALQUER modelo — disse Priya. — Se Beau não sabe disso, ele não a merece!

Izzy apertou a mão de Priya. Viu? Era por isso que sentia saudades dela.

— Você é a melhor — falou.

— MAS — disse Priya —, tenho quase certeza de que ele sabe disso.

CAPÍTULO DEZESSETE

Izzy voltou para casa tarde depois do jantar naquela noite e enfiou a cabeça na sala de TV para ver se Beau estava lá, mas a sala estava vazia. Ela costumava encontrá-lo por acaso na cozinha durante o dia, de manhã ou na hora do almoço, mas, na sexta-feira, só foi vê-lo na biblioteca.

— Oi.

Ela entregou o caderno para Beau assim que se sentou.

— Oi — disse ele, sem olhar direito para ela.

Não houve nenhum preâmbulo real naquele dia; ele apenas pegou o caderno, abriu-o e começou a escrever. Algum tempo depois, passou para o notebook — Izzy tinha parado de usar o cronômetro; ele não precisava mais dele — enquanto ela escrevia em seu caderno. Estava só... desenvolvendo um pouco mais uma ideia, apenas isso.

Quando ele terminou, empurrou o notebook de volta para Izzy.

Quando eu tinha dezesseis anos, meu pai enfim ganhou um Oscar. Digo "enfim" porque este tinha sido seu objetivo por anos. Ele era um roteirista consagrado desde que eu era pequeno. Escreveu um monte de filmes, e alguns deles acabaram vencendo como Melhor Filme. Às vezes ele também era nomeado para concorrer pelo roteiro e ficava muito ressentido quando isso não acontecia.

"Aparentemente, o filme se escreveu sozinho", meu pai resmungava, toda vez.

Minha mãe sempre o olhava quando dizia isso, eu me lembro agora. Mas ela nunca respondia.

Na noite em que ele ganhou, eles saíram juntos para a cerimônia, meu pai um tanto desleixado, como sempre, e minha mãe glamorosa, como sempre também. Ela com frequência tentava esconder — ou, ao menos, minimizar — quanto era mais alta que ele, mas, naquela noite, usou sapatos com saltos superaltos. Eu a ouvi sem querer ao telefone com uma das amigas naquele dia, enquanto se vestia. "Você tem razão", disse ela. "Sapatilhas não combinam com este vestido. Tá, vou usar."

Quando chegaram em casa naquela noite, eu esperava que estivessem jubilosos, comemorando, triunfantes. Em vez disso, estavam quietos e zangados quando passaram pela porta.

"Pare de colocar palavras na minha boca", ouvi minha mãe dizer baixinho. Sempre tive uma audição melhor do que meus pais pensavam. "Não falei isso."

"Você não falou nada", disse meu pai. "Sabe quanto isso queima minha imagem?"

Os dois pararam quando me viram, ali sentado, esperando por eles. Minha mãe sorriu para ele, mas eu podia ver que o sorriso era falso. Podia sentir a tensão entre os dois.

"Parabéns, pai!", falei. Estava empolgado por ele; sabia quanto ele desejava vencer.

Ele me deu um abraço e sorriu para mim.

"Obrigado, Beau", respondeu ele. "Você estava assistindo?"

Assenti. "É claro que estava! Fiz todo mundo ficar quieto na festa quando chegou a vez da sua categoria. Todos nós batemos palmas para você."

Ele se virou para olhar para minha mãe, que tinha tirado os sapatos e retirava os grampos do cabelo. "Fico contente que alguém nesta família esteja feliz por mim", falou ele.

Minha mãe levantou a cabeça ao ouvir aquilo, uma expressão cansada no rosto. "Não começa", foi tudo o que ela disse. Veio até mim, passou a mão pelo meu cabelo e me beijou na testa. Era um pouco mais alto que ela na época. "Fico contente que estivesse assistindo, Beau", ela falou. Sorriu para mim e depois se virou, sem olhar diretamente para meu pai. "Vou subir para tirar esse vestido e tomar um banho quente." Ela me beijou de novo. "Boa noite."

Esperei até ter certeza de que ela tinha subido.

"O que a mamãe tem?", perguntei a meu pai.

Ele deu de ombros e largou a gravata-borboleta na mesa. "Sua mãe pode ser amarga às vezes. Invejosa", respondeu ele. "Eu me esqueci de agradecer a ela lá no palco. Mas precisava agradecer a todo o pessoal da área, todos relacionados com o filme, ela sabe disso! E daí eles começaram a tocar uma música para me tirar do palco e meu tempo se esgotou. Sua mãe deveria entender. Agradeci a ela depois, na coletiva de imprensa, e a você também, é claro. Não é nada de mais. Ela sabe quanto é importante para mim. Mas eu não acho que seja isso. Acho que só é duro para ela ver meu sucesso, especialmente por ter fracassado na própria carreira. É triste, na verdade."

Meu pai já tinha dito esse tipo de coisa para mim antes, então só assenti. Mas não estava triste por ela, estava com raiva por minha mãe ter estragado a noite do meu pai por motivos mesquinhos.

Ele se sentou no sofá ao meu lado e suspirou.

"Que droga, pai. Lamento muito", falei. "Mas estou muito empolgado por você! Deixa eu ver a estátua?"

O prêmio ainda estava na mão dele, e ele o olhou por um momento antes de passá-lo para mim.

"Quis isso por tanto tempo..." Ele deslizou o dedo sobre seu nome, gravado na parte de baixo.

Fiquei zangado com minha mãe por semanas depois disso, pela forma como meu pai estava desanimado naquela noite, por permitir que a própria amargura eclipsasse a vitória dele, por não ficar feliz por ele do jeito que eu sabia — ou pensava que sabia — que ela deveria estar. Para ser honesto, fiquei zangado com ela durante anos.

Agora, estou zangado apenas comigo mesmo.

Quando Izzy terminou de ler, recomeçou do comecinho, lendo até o fim mais uma vez, e pensou por um tempo. Por fim, digitou seus comentários no documento e empurrou o notebook de volta para Beau.

Em vez de olhar para a tela, porém, ele a fitou.

— Por que está franzindo a testa assim? Desta vez tem relação com o que escrevi, dá para saber. O que tem de errado no texto?

Ela chacoalhou a cabeça.

— "O que tem de errado" é a pergunta errada. Mas você sabia que eu ia dizer isso, não sabia?

Izzy sorriu para Beau, que não correspondeu.

— Tá, finja que eu fiz a pergunta certa, seja qual for. Não tô no clima para brincar de adivinhação no momento. Qual é o problema?

Izzy tentou se manter calma. Era o trabalho dela, lembra? Ela indicou o notebook.

— Dei meus comentários bem ali; talvez faça mais sentido que os leia.

Beau empurrou o notebook para o canto.

— Não quero ler. Quero que me diga. Qual é o problema?

Certo. Ela teria de fazer aquilo.

— Tá bem. Como falei, não é que tenha algo de errado no texto, é que você está pulando coisas. Por que está zangado consigo mesmo? O que estava por trás das implicações daquela noite? Tem muita coisa faltando aqui. Talvez seja uma escolha estilística, talvez você esteja apenas construindo o suspense. — Mas ela não achava que fosse o caso. — Parece que está desviando de algo essencial, tanto para você quanto para a história, mas o leitor não sabe o que é, e isso é confuso. Podemos ver que a veneração a seu pai não era merecida. Por quê? Talvez você esteja planejando chegar lá, mas fica plantando essas insinuações sem de fato dizer nada. Por que não nos conta o que está realmente tentando dizer?

A expressão dele se fechou por completo. Beau fechou o notebook e o pegou, junto com o caderno — aquele que ele sempre dava para Izzy antes de sair da biblioteca —, levantando-se.

— Obrigado por sua expertise.

Beau estava com aquele tom desagradável na voz de novo. Por que a pressionara a dizer tudo isso, se ia ficar zangado? Se ele não ia nem lhe dar ouvidos?

Izzy se virou na cadeira e continuou falando enquanto ele caminhava na direção da porta.

— Beau, se vai escrever um livro de memórias, terá que escrever as coisas difíceis ou terá de ignorá-las por completo. Não pode simplesmente dançar em torno delas como tem feito. Você poderia ter escrito um livro bem diferente. Acho que nós dois sabemos que você pretendia escrever um livro bem diferente. — Ele parou de andar. Não deu meia-volta, mas Izzy prosseguiu: — Você podia ter pegado a saída mais fácil, mas não quis fazer isso. Então, se você, Beau Towers, vai escrever esse livro, tem que falar sobre as coisas que são doloridas também. Olha, eu entendo que é duro escrever sobre tudo isso, tudo o que você me mostrou e tudo o que você nem tentou escrever ainda. Acredite, eu entendo. Mas...

Ele girou para encará-la.

— Entende? Como, *exatamente*, você entende isso? Como poderia entender? Porque, de meu ponto de vista, está apenas acabando com meu trabalho, fazendo tudo em pedacinhos; mandando que eu conte para você todos os meus segredos mais difíceis, os piores, os mais duros; fazendo anotaçõezinhas alegres sobre como eu preciso contar mais e ser mais honesto; e daí você sorri e volta para a sua vidinha entediante, onde nunca te aconteceu nada de ruim ou difícil. Você nem mesmo é uma escritora! Não sabe qual é a sensação e com certeza não sabe como fazer isso por si mesma! Então me diga, Izzy, como é que você "entende" o quão difícil isso é enquanto se senta do outro lado da mesa, enquanto eu executo o trabalho mais difícil que já tive e você faz porra nenhuma no seu telefone?

Izzy encarava Beau enquanto ele cuspia essas palavras. Cada palavra, cada frase era pior do que a anterior. Depois de alguns segundos de silêncio em que ficaram se olhando, ela se levantou.

— Você já parou para pensar que não sabe absolutamente nada sobre mim? — perguntou ela. — Claro que não. Estava certa a seu respeito. Você *é mesmo* um idiota mimado e egoísta que não pensa nas pessoas nem liga para mais ninguém.

E então passou por ele e saiu pela porta. Correu escada acima para o quarto, balançando a cabeça. Não podia ficar ali. Não podia ficar naquela casa nem por um segundo a mais. Prescreveu um círculo com o próprio corpo para encontrar sua bolsa, agarrou-a da cadeira junto da janela e procurou lá dentro para se certificar de que as chaves estavam ali. Seguiu pelo corredor de novo, desceu a escadaria e saiu pela porta da frente. Imediatamente antes de fechar a porta, ouviu Beau chamar seu nome. Isso só a fez correr mais depressa para fugir dele, da casa dele, do que ele dissera, de sua estupidez em confiar nele, em pensar que eram amigos.

Entrou no carro e se afastou rápido, antes que Beau pudesse sair e impedi-la. Desceu a colina e saiu dirigindo, sem nenhum destino em mente. Tudo o que queria era ir para longe.

Depois de um tempo, acabou na praia. Era o único lugar em que conseguia pensar em ir. Por sorte, num dia cinza, chuviscando e deprimente como aquele, não havia muita gente por lá.

Ela caminhou na beira da água por um tempo e enfim se sentou num cantinho abrigado na areia. Fitou o horizonte onde o céu cinza se encontrava com a água cinza. Então ela deitou a cabeça entre as mãos.

Izzy não podia acreditar que ele dissera tudo aquilo. Não podia acreditar que Beau bateria exatamente onde doía nela, e daquele jeito. Não podia acreditar que ela o deixara entrar, deixara que se aproximasse o bastante para magoá-la. Se ele tivesse feito aquilo três semanas atrás, se falasse com ela daquela forma na primeira vez, na cozinha, não teria ligado. Teria deixado para lá em sua mente; aquilo não teria abalado Izzy, de forma alguma. Beau não a conhecia na época. Ela não o conhecia. Na época, ela não se importava com ele.

Por que ela tinha deixado ele entrar? Por que tinha pensado que eles eram amigos? Por que se permitira relaxar perto dele, importar--se com ele? Por que Izzy lhe dera o poder para magoá-la? E por que, *por que* ela tinha deixado que as fantasias idiotas de Priya sobre Beau entrassem em sua cabeça?

Ao longo das últimas semanas, ela começara a se lembrar por que quis fazer tudo isso para começo de conversa. Trabalhar no mundo editorial. Lidar com textos. Escrever. Ela se apaixonara por livros de novo, ficando até tarde lendo exemplares que pegara na biblioteca da casa, inspirando-se no trabalho com Beau. Ela quase se decidiu a ficar na TAQOT depois que voltasse para Nova York, a continuar lutando por aquela promoção. Começar a escrever de novo, de verdade. A escrita, aquele sonho do qual ela quase desistira, parecia possível outra vez.

E, em um punhado de segundos, Beau havia feito toda aquela esperança e todos aqueles sonhos parecerem cinzas nas mãos dela.

Obviamente, Izzy não podia mais trabalhar com ele, não depois de hoje. Tinha certeza de que Beau também não queria isso. Tanto fazia, não importava. Ela deveria voltar para Nova York dali a uma semana mesmo; simplesmente adiantaria a data. Podia ir para o hotel de Priya, ficar com a amiga pelo resto do fim de semana e então voar para Nova York com ela depois do casamento. Marta não se importaria se Izzy voltasse alguns dias antes, desde que Beau entregasse alguma coisa eventualmente.

Mas será que ele o faria? Não fazia ideia. Se não entregasse, tinha certeza de que sua chefe a culparia por isso — e Gavin se gabaria —, mas não havia nada que Izzy pudesse fazer a respeito. *Sabia* disso.

Então por que estava tão triste? Tinha pensado... bem, tinha pensado muitas coisas, não tinha? Nenhuma delas acabara sendo verdade.

Ficou ali sentada por um tempo enquanto as lágrimas caíam de seus olhos para a areia. Havia dito a si mesma no começo que, se deixasse a Califórnia de mãos abanando, este seria o fim de sua carreira no mundo editorial e de seu sonho de escrever. Havia sido um teste — se ela fracassasse, desistiria, faria alguma outra coisa com sua vida. Não era para ser.

Tudo bem. Tinha fracassado. Este era o seu sinal: estava na hora de se demitir do emprego, encontrar algum outro rumo para sua vida, descobrir um novo sonho.

Tentou aceitar isso, pensar no que fazer em seguida. Pensou que se sentiria aliviada quando enfim tomasse essa decisão. Em vez disso, seu corpo inteiro — todo o seu eu — se encolhia ante a ideia.

Não estava pronta para desistir.

Ao longo das últimas semanas, enquanto trabalhava com Beau, enquanto trabalhava na própria escrita, sentira-se inspirada, realizada, entusiasmada sobre o futuro. Não queria deixar que Beau Towers, Marta ou qualquer outra pessoa tirasse isso dela. Quase havia decidido abandonar a escrita por causa de Gavin — Izzy tinha que parar de deixar que outras pessoas decidissem sua vida por ela. Só porque Marta a deixava um trapo, só porque Beau era um cretino, não queria dizer que ela tinha de abandonar por completo o mundo editorial. Havia muitos outros empregos nessa área por aí.

O que Izzy queria quando fizera aquele trato consigo mesma, três semanas antes, era saber, de uma maneira ou de outra, o que deveria fazer. E agora ela sabia.

Não ia parar de lutar por seus sonhos, não ainda.

CAPÍTULO DEZOITO

Izzy fez um discurso motivacional para si mesma enquanto dirigia de volta para a casa, subindo a colina. Ela entraria, faria a mala e enviaria uma mensagem a Priya do Uber no caminho para o hotel. Ela nem mesmo teria que ver Beau. E, quando chegasse a Nova York, daria uma olhada em seu currículo e começaria a procurar outro emprego imediatamente.

Mas Beau estava sentado nos degraus da entrada quando ela chegou.

Ele ficou de pé quando a viu, mas ela o ignorou. Sentiu o corpo enrijecer enquanto desligava o carro. Tudo o que precisava fazer era passar por aquele encontro e depois sairia dali e nunca mais teria de vê-lo. Era capaz de fazer isso.

Ele a observou se aproximar. Izzy estava com as chaves penduradas no dedo e, assim que chegou perto o bastante, jogou-as para ele.

— Não roubei o carro — disse ela. — Não se preocupe. Vou embora em breve.

Ele pegou as chaves, mas balançou a cabeça.

— Izzy, eu não estava...

— Não me chame assim — falou ela. De repente, não aguentava mais ouvir seu apelido nos lábios dele.

Beau se interrompeu. Engoliu em seco.

— Isabelle. Peço desculpas. Pelo que disse na biblioteca.

Claro que pedia.

— Ótimo, obrigada. Agora, se me dá licença, tenho que fazer as malas.

Ele se afastou para não ficar entre ela e a porta principal, mas continuou falando enquanto a seguia para dentro.

— Sei que não acredita em mim. Não a culpo. O que eu te disse... aquilo foi horrível, por que acreditaria em mim? Imaginei que iria desejar partir depois disso. Mas, por favor, saiba que eu não estava falando sério, não queria dizer nada daquilo e lamento muito cada palavra que falei. Você fez mais por mim neste último mês do que quase ninguém na minha vida fez e estava certa, é claro que estava, sobre tudo o que disse a respeito da minha escrita, de mim, de tudo. Eu aprendi isso com meu pai, a acertar abaixo da linha da cintura. Parece que o estou culpando, e acho que estou, mas isso é tudo culpa minha. Lamento muito, me desculpe. Por tudo.

Os passos de Izzy desaceleraram enquanto seguia pelo saguão rumo à escadaria. Não esperava um pedido de desculpas sincero. Achava que, se ele chegasse a se desculpar, seria um daqueles pedidos do tipo "perdoe-me se você se ofendeu". Ou um daqueles que crianças dão quando forçadas, só para pôr um fim na situação, para que tudo pudesse voltar ao normal e ficar igual a antes.

Ela sabia que jamais poderia ser a mesma de antes.

Colocou a mão na balaustrada, pronta para subir ao segundo andar.

Beau voltou a falar:

— Quero explicar, mas tenho certeza de que não quer ouvir. Você tinha razão, eu venho rodeando as coisas mais difíceis de escrever. — Ela parou de caminhar. — Por semanas, isso é tudo o que venho fazendo. Não foi nem que eu não queria compartilhar isso com você. Não queria colocar no papel, encarar, me forçar a lidar com o problema. Tentei ignorar isso, fingir que podia prosseguir exatamente como estava fazendo, que em algum momento esse assunto iria apenas, *puf*, num passe de mágica, aparecer no livro, e continuaria não tendo que lidar com ele. Mas aí você me botou contra a parede e tinha razão, e, só de pensar em ter que escrever sobre tudo aquilo, fiquei apavorado.

Daí falei aquelas coisas horríveis para você, coisas que jamais deveria ter dito. E lamento muito por isso.

Ela deu meia-volta.

— Você me magoou — disse ela. — Eu confiei em você, e você me magoou.

Beau desviou os olhos dela.

— Eu sei — falou ele. — Não espero que me perdoe.

Ele colocou as chaves que ela jogara para ele, ou melhor, nele, no aparador ao lado da mesa de entrada.

— Pegue o carro, vá para onde precisar. Só avise Michaela onde ele está, e alguém vai buscá-lo quando não precisar mais dele. Não vou... — Engoliu em seco. — Se estava preocupada, vou apenas tecer elogios para Marta sobre você e o trabalho que fez comigo. Coisas ótimas, e é tudo verdade. Você é mesmo boa nisso, espero que saiba. Só atingiu um ponto fraco porque o que disse era totalmente verdadeiro e tinha toda a razão. Queria ter... sei lá, falado com você, te contado tudo, pedido conselhos sobre como escrever a respeito do assunto. Em vez disso, só... — Beau meneou a cabeça. — Enfim, isso era tudo o que eu queria dizer. — Começou a se afastar, depois parou. — Espere, não, tem mais uma coisa. Queria dizer obrigado. Por se esforçar tanto comigo. Não precisava fazer isso. Fez uma diferença real para mim, e não disse isso com a frequência que deveria. Ou melhor... nunca disse, provavelmente. Obrigado.

Ele se virou e foi para os fundos da casa. Depois de um momento, Izzy subiu as escadas. Sentou-se na cama e puxou os joelhos para o peito.

Pensou no que Beau dissera no corredor. Quando Izzy o vira sentado lá, esperando por ela, presumira que a estivesse esperando para expulsá-la de casa ou que tentaria tornar a coisa toda uma piada, ignorando tudo e tentando convencê-la a ficar. Em vez disso, ele pedira desculpas, desculpas sinceras, por tudo o que havia falado. E não tentara convencê-la de nada, exceto de quanto se arrependia do que havia dito e de quanto estava grato a ela.

Izzy deveria fazer as malas. Deveria puxar sua bagagem que estava sob a cama agora mesmo, fazer rolinhos com as roupas que estavam nas gavetas da cômoda e empilhadas na cadeira, enfiar todos os itens de higiene pessoal em sacos plásticos, chacoalhar o cardigã para tirar a areia e poder colocá-lo no avião, mandar uma mensagem de texto para Priya.

Em vez disso, porém, apenas ficou ali sentada e pensou. Sobre o pedido de desculpas de Beau, sobre o que decidira na praia, sobre como as últimas três semanas a tinham feito gostar de Beau e confiar nele. Ela queria saber, de verdade, se ele tinha sido digno de sua confiança.

Por fim, voltou ao térreo e entrou na cozinha. De alguma forma, sabia que o encontraria ali. Ele estava sentado à mesa, o caderno diante de si, olhando pela janela. Virou-se quando ela entrou.

Será que estava agindo do modo correto? Izzy estava prestes a descobrir.

— Isabelle. Pensei que você...

— Você disse que queria ter explicado tudo para mim — disse ela. — Então tá. — Ela se sentou na frente dele. — Explique.

Ele a encarou.

— Você não precisa me deixar explicar.

Izzy anuiu.

— Sei disso.

Ela estava fazendo isso por si mesma, não por Beau. Queria saber se estivera errada ao confiar nele, ao se importar com ele. Queria saber se estivera errada ao confiar em si mesma. E, de maneira egoísta, queria deixar Santa Bárbara e aquela casa com lembranças boas — lembrar-se dali como o lugar onde recomeçara a escrever, a acreditar em si outra vez.

Ele soltou um longo suspiro.

— Certo. — Beau fechou os olhos por um segundo. — Certo. Mais ou menos um ano depois daquela noite do Oscar, meus pais se separaram. Eles tiveram várias brigas como a daquela noite, mas aí tiveram muitas mais depois. Com meu pai falando alto e sendo severo, e minha mãe quieta. Mas nunca pensei que eles chegariam a se divorciar. Eles vinham brigando assim havia anos, então a sensação era de que era assim que o relacionamento deles funcionava. E daí meu pai me levou para jantar certa noite e me disse que eles estavam se separando. Já deveria esperar por isso, mas não esperava. A sensação é de que veio do nada. Ele disse que era porque minha mãe estava zangada e amarga com ele por causa de todo o seu sucesso. Falou que ela estava interessada em outro homem, que tivera de pedir o divórcio por causa disso.

Ele olhou para as mãos cruzadas.

— E eu acreditei em tudo. Ela não... Vai parecer que estou jogando a culpa nela, e não estou. Só que ela não me contou nada a respeito disso por um tempo. Agora estou quase certo de que minha mãe nem sabia que ele havia me contado. E daí, quando ela veio falar comigo, ele já vinha me contando um monte de mentiras sobre ela há um tempo. Quando ela saiu de casa, disse apenas que me amava muito e que sempre estaria disponível para mim, não importava o que acontecesse.

Beau encarou a mesa por um tempo antes de voltar a falar.

— O divórcio foi horrível — murmurou ele. — Eles brigaram muito por causa de dinheiro, meu pai falava mal de minha mãe o tempo todo, e fiquei do lado dele. Minha mãe e eu sempre fomos próximos, mas de algum modo... — Beau suspirou. — O que... Quando você disse, lá na biblioteca, que antes eu ia escrever um livro bem diferente, era isso o que planejava escrever. Que comecei a escrever. Uma defesa de meu pai por quem, é verdade, eu tinha uma veneração de herói, papagueando todas as histórias que ele me contou a respeito de minha mãe, defendendo-o de todas as pessoas que o criticaram como pessoa e profissional, tudo isso. Quando ele morreu, algumas das coisas que li sobre ele... algumas das coisas que ouvi as pessoas dizerem... aquilo me deixou furioso. Queria contar ao mundo o excelente escritor, a pessoa excelente que ele foi.

Ele se levantou. Izzy pensou, por um segundo, que ele não chegaria ao final da história.

— Quer um pouco de água? — ofereceu Beau.

Izzy assentiu. Não estava com tanta sede assim, mas ele parecia precisar de algo para fazer.

Beau pegou dois copos e colocou água. Começou a falar outra vez quase assim que se sentou.

— Como falei, e como tenho certeza de que você sabe, ele morreu dois anos atrás. Eu meio que... perdi o chão quando isso aconteceu. Provavelmente você sabe disso também.

Izzy assentiu.

Ele olhou para as próprias mãos.

— A pior coisa que eu fiz, a coisa pela qual vou me sentir terrível para sempre, foi o que eu fiz e disse para minha mãe quando ela veio para o funeral de meu pai. Ela falou que tinha vindo por minha causa, e aquilo me enfureceu. Estava tão... louco da vida com o mundo na época. E louco da vida com ela. Eu a culpei pela morte dele. Sei que não faz sentido, mas, na época, nada fazia. Então, quando ela me falou isso, eu disse... — Beau parou e abaixou a cabeça por alguns segundos. — Disse coisas horríveis para ela. Tipo... tipo o que eu fiz com você na biblioteca, só que bem pior. Falei que era tudo culpa dela, que ela era uma acéfala, desprovida de talento, que tinha sido uma sanguessuga na vida dele. Repeti algumas daquelas coisas que meu pai tinha falado a respeito dela ao longo dos anos.

Ele ficou em silêncio por um instante.

— Ela... Nunca vou me esquecer da expressão em seu rosto quando falei aquilo tudo. Às vezes, quando não consigo dormir, eu a vejo.

Izzy tentou não reagir a nada do que ele dizia, tentou apenas ouvir.

— Não muito tempo depois disso, um agente me abordou falando sobre escrever um livro. Agarrei a ideia. Não tinha uma carreira na área de atuação há anos e queria escrever. Sempre pensei que acabaria escrevendo roteiros, como ele, sabe?

Ele riu baixinho, mas havia um tom em seu riso de que Izzy não gostou. Era a mesma risada maldosa da primeira semana.

— Pare — disse ela. Beau a encarou. — Não ria assim. Não é... não gosto quando faz isso.

Parecia tão tolo, tão sem sentido dizer aquilo, mas ele assentiu como se entendesse o que ela queria dizer.

— Também não gosto. Não gosto de mim quando faço isso.

Beau cruzou as mãos. Ela podia ver as unhas se enterrando na carne.

— Há pouco mais de um ano, eu estava avaliando alguns papéis dele. Em parte porque fazia quase um ano desde que ele havia morrido, e estava na hora de limpar a casa, e em parte como pesquisa para o livro. Encontrei as caixas cheias dos rascunhos e das versões de todos os roteiros que meu pai escreveu. Comecei a folhear os roteiros só para, sabe como é, ver como o trabalho dele mudava de uma versão para a seguinte. E foi aí que descobri que minha mãe tinha escrito a maior parte deles. Em todos eles.

Ela olhou para Beau, mas ele ainda encarava as próprias mãos.

— Como você...

— A caligrafia dela — falou ele. — Estava por todo lado. Ele rascunhava algo e, nas margens, ou na parte de trás da página... ou, com frequência, as duas coisas... ela fazia mudanças extensas, imensas, importantes. Não eram apenas alteraçõezinhas, mas cenas inteiras, tramas, motivações dos personagens. E daí eu passava para a versão seguinte, e lá estava, tudo digitado e organizado, com o nome dele na página do título. E estava tudo assim. Não faço ideia de por que meu pai guardou tudo, exceto pelo fato de ter um ego tão enorme que nunca achou que alguém saberia que a caligrafia não era a mesma. Mas eu sabia. Repassei todos numa noite longa e terrível, li todos os textos só para ver, para me certificar, para confirmar que era tudo verdade. Aquele que ganhou o Oscar, Deus do céu, aquele era quase só de minha mãe. E ele nem mesmo agradeceu, porra. Daí eu falei...

Não era de espantar que se sentisse tão horrível.

Não era de espantar que aquele livro fosse tão difícil para Beau escrever. Izzy se lembrou de como, quando chegara ali, havia exigido que Beau lhe contasse quais eram suas dificuldades com o livro, e ele se encolheu. É claro que não poderia ter lhe contado tudo isso na época.

Ele se levantou outra vez, abriu a lata que havia na bancada, tirou de lá duas barrinhas de limão e as colocou em pratinhos. Voltou para a mesa e empurrou uma para ela.

— Iz... Isabelle, não posso te descrever como me senti naquela noite. Naquela noite e na maioria dos dias desde então. Acho que... se eu vou realmente escrever esse livro, terei de descrevê-la a certa altura. Mas, como você viu, tenho me esforçado para evitar fazer isso. — Beau riu, mas ela não acreditava que ele visse alguma graça em nada disso. — Eu me odiei. Tanto. Ainda odeio, acho. No começo, pensei que não havia como escrever um livro, sabendo tudo o que sei agora. Sabendo quem meu pai é e quem eu sou. O mesmo tipo de monstro que ele era.

— Beau, você não é...

Ele levantou a mão para interrompê-la.

— E daí eu decidi que queria escrever este livro. Que eu queria contar ao mundo o tipo de pessoa que meu pai era na realidade. E que tipo de pessoa minha mãe realmente era. Admitir o quanto eu estava enganado sobre tudo. Pensei que conseguiria. Mas é muito... — Ele engoliu em seco. — É muito difícil. É bem mais difícil do que eu pensei que seria.

Ele encarou a barrinha de limão na mesa. Izzy não sabia o que dizer para ele, mas queria dizer alguma coisa, fazer algo para que Beau soubesse que ela via o que ele estava passando, que ela apreciava o fato de ele ter lhe contado. Que ela se importava.

Ela deslizou a mão para o outro lado da mesa e a colocou sobre a dele. Beau olhou para Izzy e sorriu, só um pouquinho. Ele virou a mão e apertou a dela, depois a soltou.

— O que sua mãe disse quando conversou com ela?

Ele deu-lhe as costas, mas daí, com um esforço visível, tornou a encará-la.

— Eu não... não conversei com ela.

Izzy começou a dizer algo, mas ele balançou a cabeça.

— Eu sei. Não tem nada que você possa me dizer que eu já não tenha pensado, confie em mim. Ia ligar para ela, assim que descobri. Li tudo aquilo tarde da noite, dirigi para cá ao raiar do dia, ia telefonar para ela mais tarde no mesmo dia, pedir desculpas, conversar com ela sobre tudo isso. Mas o que eu poderia lhe falar? "Desculpe pelo que disse no funeral"? Isso soa tão... inadequado. — Beau suspirou. — Eu me senti, ainda me sinto, tão culpado por acreditar nele, por abandoná-la. Pelo que falei para ela. Só queria poder contar ao meu pai quanta raiva sinto dele. Por fazer isso com minha mãe e comigo.

Mas não posso. Também não posso culpá-lo eternamente pelo idiota que eu sou.

Ele olhou pela janela e Izzy apenas esperou. Por fim, Beau se virou.

— Todos os dias tenho a intenção de ligar para ela, e todos os dias eu digo a mim mesmo que farei isso amanhã. Quando contratei Michaela e começamos a fazer planos para uma fundação, para fazer algo bom com o dinheiro que herdei dele, falei para mim mesmo que ligaria para minha mãe quando estivesse tudo pronto.

Uma fundação. Era isso que Michaela estava fazendo aqui. Fazia sentido agora.

Ele prosseguiu.

— Daí, depois que chegou aqui, resolvi que ligaria para ela quando tivesse um manuscrito. Talvez esteja apenas procrastinando. Quero dizer, sei que estou. É só que... não sei como fazer isso.

Izzy o olhou.

— Você está... hã... eu sei que conversamos um pouco sobre isso, mas... já pensou em terapia?

Ele desviou o olhar.

— Tinha alguém que eu via em LA, de vez em quando, por anos. Depois daquele acidente de carro e do divórcio, e por outras coisas. Sempre penso em ligar para ele, mas pareceu... mais fácil não ligar.

Izzy esperou que ele a olhasse.

— Eu sei — falou ele. — Você tem razão. Não precisa nem dizer.

Ele quebrou um pedaço da barrinha, mas não o pegou.

— Bom, é isso o que eu deixei de fora. A maioria do que deixei de fora. Não cheguei a contar isso para ninguém. Não posso acreditar que pensei que poderia escrever a respeito. Foi tão difícil só contar para você, e eu gosto de você! Como cheguei a pensar que conseguiria contar para o mundo todo?

O caderno ainda estava no meio da mesa. Izzy o empurrou para ele.

— Você consegue. Você vai contar. — Beau meneou a cabeça, mas ela continuou falando: — Escreva tudo o que acabou de me contar. Vai ser duro, mas você consegue. Nós podemos trabalhar juntos nisso, depois que você anotar tudo.

Beau colocou a mão em cima do caderno e olhou para ela.

— Nós? Isso quer dizer que vai ficar?

— Vou — disse ela. — Acho que vou.

Não sabia que tinha tomado a decisão até aquele momento.

— Isabelle, você não...

Ela o interrompeu:

— Sei que não preciso.

Ele respirou fundo.

— Obrigado. Eu... fico muito contente.

Ele apanhou o caderno e o enfiou debaixo do braço.

— Eu... sei que já disse isso, mas... me desculpe, de novo, pelo que falei antes sobre você. Não é como me sinto de verdade, de maneira alguma. E lamento muito ter te magoado.

Apesar de tudo, ela acreditou nele.

— Tá bem — Izzy respondeu. — Aceito seu pedido de desculpas. Não precisa repetir.

Ela se levantou e o encarou.

— Mas, Beau, nunca mais faça isso comigo.

Ele lhe devolveu o olhar.

— Não farei — disse. — Prometo.

CAPÍTULO DEZENOVE

Quando Izzy foi para o térreo na manhã seguinte para tomar café, Beau estava na cozinha.

— Ah, oi — disse ela.

Estava sem graça com Beau Towers outra vez, como se sentia no começo. Será que ele ia se arrepender de todas aquelas revelações da noite anterior?

— Bom dia. — Ele lhe sorriu, um pouco hesitante. Levantou o chaveiro com as chaves do carro e da casa. — Isso aqui ainda é seu. Se quiser.

Izzy estendeu a mão, e ele se aproximou e lhe entregou as chaves.

— Além disso... — Tirou o leite da geladeira e o entregou a ela. — Você não me disse para quando era aquele dever de casa que me passou. Mas não consegui dormir esta noite, então escrevi tudo. E daí digitei agora cedo. Não precisa ler agora. Só queria avisar.

— É sempre melhor não deixar para depois — falou Izzy. — Cadê seu notebook?

— Ah. — Ele pareceu apavorado. — Não esperava... Você não precisa ler agora mesmo. Só queria que soubesse que eu levei a sério. O que você disse.

Ela tomou um gole de café.

— Você fica me dizendo que não preciso fazer as coisas... Beau, você acha que eu não sei disso? Eu moro com você há um mês já. Tem muita coisa que eu fiz aqui que te passou a impressão de que eu não queria fazer?

Izzy não era assim antes de ir para Santa Bárbara. Tinha feito muita coisa que não queria fazer para Marta, no trabalho de modo geral e até com caras com quem namorou. Ela achava que precisava fazer isso — para progredir no trabalho, para que gostassem dela, para continuar um relacionamento amoroso. Todos os filmes terríveis a que assistira, palestras chatas a que comparecera, cervejas ruins que tomara. Ela havia sorrido o tempo todo, mas agora se dava conta do quanto estava infeliz.

— Agora que você menciona, não consigo pensar numa única coisa que tenha feito aqui que pareceu não querer fazer — respondeu. — Bem, exceto pelos discursos motivacionais naquela primeira semana.

Ela riu.

— Tá, nessa você me pegou.

Eles sorriram um para o outro, de verdade desta vez.

— Acho que fico repetindo isso — falou ele — porque não quero ser como meu pai. E às vezes sou como ele. Eu fui, na biblioteca ontem. Então, quero me certificar de que... você tem certeza.

Izzy pegou uma rosquinha de canela na forma em cima do fogão, perto dele. Ainda estava quente. Olhou para Beau enquanto pensava em como responder. Ele olhava para ela com atenção, esperando.

— Ontem, você me prometeu que nunca mais me trataria daquele jeito de novo. — Ele começou a dizer algo, mas ela levantou a mão para impedi-lo. — Ainda estou aqui porque acreditei em você. E, se em algum momento, eu sentir que está fazendo algo, mesmo sem querer, para quebrar essa promessa, eu vou dizer. Tá bom?

De súbito, ele pareceu mais leve.

— Tá bom — respondeu. — Obrigado.

Izzy sorriu para ele.

— Por nada.

Beau devolveu o sorriso. Pegou uma rosquinha de canela e arrancou um pedaço. Jogou-o na boca e depois lambeu a cobertura que sobrara no dedo. De repente, Izzy se deu conta de que estavam muito próximos um do outro. Mais próximos do que haviam estado desde...

Ele deu um passo para mais perto de Izzy.

— Isabelle.

Ela gostava quando ele falava seu nome daquele jeito, com uma voz grave, sonolenta, meio rouca. Quando foi que tinha começado a gostar disso? Ela não gostava antes, não é? Será que tinha gostado quando Beau o fizera bem no comecinho?

Tinha, sim. É claro que tinha.

Ela deu um passo para trás.

— Então... hã... cadê o seu notebook?

Ele abaixou a mão.

— Na biblioteca.

Ela pegou a jarra de café e encheu a caneca.

— Vamos para a biblioteca, então.

Izzy havia se preocupado que a biblioteca ficaria maculada para ela depois da briga lá no dia anterior, mas, assim que entrou, parecia que a sala lhe dava as boas-vindas de volta, como uma amiga que ficara longe por tempo demais. Parecia que as paredes, as estantes, as cadeiras sabiam que ela voltaria, que estavam torcendo por ela o tempo todo e torciam por Beau agora. Ela se sentou na cadeira que sempre usava e sentiu como as duas se encaixavam bem juntas. Parecia um abraço.

Riu de si mesma. Estava antropomorfizando a mobília outra vez? *A cadeira não está te abraçando, Izzy!*

Beau colocou seu notebook na frente dela, e ela aproximou a cadeira da mesa.

— É isto, isto é tudo o que eu te contei ontem à noite e um pouquinho mais. Talvez seja esquisito, mas, hã... apenas escrevi como se estivesse escrevendo para você. Não alterei isso quando digitei, estava preocupado demais que acabaria estragando tudo. É... é mais fácil escrever assim, de alguma forma.

Izzy o fitou do outro lado da mesa, sem saber o que dizer.

— Fico muito contente que tenha facilitado para você. Mas também... — ela apontou para o notebook na mesa — acho que não posso confiar em você sozinho com esse texto durante a noite outra vez, posso?

Beau fez que não com a cabeça.

— De jeito nenhum.

Sorriram um para o outro.

E então Izzy se voltou para a tela do notebook.

Beau levantou num pulo, como não fazia desde a primeira vez que ela lera seu trabalho.

— Eu não vou lá para fora de novo, só vou, hã... vou logo ali. — Ele apontou para o lado oposto da biblioteca. — Vou olhar alguns livros, senão talvez eu, tipo, fique encarando você.

Izzy riu.

— Tá. Eu te aviso quando terminar.

Quando Beau estava do outro lado da sala, Izzy se concentrou no que ele havia escrito. Estava ainda cru, mais do que outros trechos que ele lhe mostrara, mas também passava mais honestidade. Estava mais parecido com ele. Fez algumas anotações, algumas perguntas, mas guardou sua maior questão.

— Terminei, pode voltar agora — disse ela.

Beau voltou tão depressa que ela sabia que o livro em suas mãos não o distraíra em nada.

— Só estava lendo um pouco de... — Olhou para o livro que tinha nas mãos. — Literatura russa.

Izzy tentou não sorrir.

— Literatura russa?

Ele assentiu muito rapidamente.

— Ah, sim, todos os grandes escritores, você pode aprender muito com eles sobre escrita, e vida, e, hã, vodca.

Ambos caíram na risada. Beau largou o livro na ponta da mesa e se sentou na frente de Izzy.

Ela lhe empurrou o notebook. Este era o momento em que habitualmente apenas se sentavam em silêncio enquanto ele lia os comentários dela, mas, desta vez, ela começou a falar:

— Tem apenas alguns comentários que coloquei aí. Como você disse, era, na maior parte, o que me contou na noite passada. Fico contente que tenha escrito enquanto tudo estava fresco em sua mente, isso fez com que o texto tivesse aquela mesma urgência, a mesma honestidade de quando me contou. Tem muita coisa que você pode expandir, é claro, e isso vai repercutir em muitos outros trechos do livro, mas tenho certeza de que sabe disso. — Beau anuiu enquanto a escutava. — Mas eu tinha uma grande questão que não coloquei ali e que queria te perguntar.

Beau respirou fundo.

— Tá bom. Pergunte.

Será que ele ficaria com raiva se Izzy perguntasse aquilo? Ela achava que não, mas supunha que, se ficasse, era bom saber disso agora.

— Você disse ontem que não conversou com sua mãe sobre nada disso.

Ele assentiu.

— É.

— Mas, ontem, você se sentou lá fora e esperou eu voltar para poder me pedir desculpas. Por quanto tempo ficou sentado lá, no fim das contas?

Ele abaixou a cabeça.

— Não sei... uma hora? Não sabia o que fazer. Não tenho seu telefone; nunca precisei te enviar uma mensagem de texto, porque moramos na mesma casa. Sabia que Michaela tinha seu número e quase mandei uma mensagem para ela. Resolvi que mandaria caso escurecesse e você não tivesse chegado em casa, e estava quase escuro quando chegou. — Beau suspirou. — Mas esta não era a sua questão. O que queria dizer é: fiquei lá sentado e esperei por você para poder pedir desculpas do jeito certo... Então, por que esperei esse tempo todo para conversar com minha mãe? Não era isso?

Ela concordou.

— Mais ou menos, mas não diria exatamente assim. Quero dizer, entendo, você mal me conhece há um mês, não é nada importante; sua mãe é outra história.

Ele a encarou.

— *Era* importante, sim, Isabelle. Você é importante para mim.

Ela sustentou o olhar de Beau, mas, depois de um tempo, acabou desviando-o.

— Eu... mas...

Izzy não sabia o que dizer. Aquela conversa, de repente, era muito mais do que esperava.

— Mas, sim, entendo o que quer dizer — falou ele. — É diferente. No entanto, acho que parte do porquê eu sentei e esperei por você, parte do porquê eu sabia que tinha que falar com você, é eu saber o quanto é ruim não fazer isso de imediato, saber como é ruim esperar até ser tarde demais. Eu sabia que se não pudesse te dizer o quanto lamentava o que havia feito assim que pudesse, eu me arrependeria disso para sempre.

Izzy olhou para ele e pôde ver a sinceridade em seus olhos.

— Então você não acha que já esperou o bastante para conversar com sua mãe? — perguntou para Beau. — Pense só no quanto você vai se sentir melhor depois.

Ele engoliu em seco.

— Você tem razão. Claro que tem. Mas também... precisa ser hoje? Eu só consigo lidar com, tipo, uma conversa difícil por mês, e olhe lá, e até agora já tive quatro em menos de 24 horas. Estou meio que chegando ao meu limite aqui.

Ela riu, e ele também, apesar de Izzy estar bem certa de que ambos sabiam que ele não estava brincando.

— Que tal isto? — propôs ela. — Que tal mandar uma mensagem de texto para sua mãe, perguntando se podem marcar uma visita sua? Assim, você já fez a parte mais difícil e terá um plano, e não terá que pensar a respeito por algum tempo.

Ele olhou para a mesa.

— É uma boa ideia — falou ele por fim. Tirou o telefone do bolso. — De modo geral, nem ando com isso. — Beau destravou o telefone e procurou o contato. — Mas não sei o que dizer a ela.

Izzy sorriu para ele.

— Sabe, sim.

Ele a encarou, depois olhou para o celular.

— É, acho que sei. — Digitou com os polegares rapidamente. — Pronto. — Ele ergueu a cabeça, uma expressão aterrorizada no rosto. — Está feito.

Izzy sorriu.

— Muito bom. Ah, e você deve manter o meu número aí, só para garantir.

Beau Towers empurrou o celular para ela, por cima da mesa.

— Boa ideia.

Izzy acrescentou seu número aos contatos e empurrou o telefone de volta. Ele encarou o celular por um instante e os olhos dele se arregalaram.

— E se minha mãe não responder?

A velha questão.

— Acho que precisamos preencher as próximas horas com algo que torne impossível para você verificar o telefone compulsivamente. — Ela se levantou. — Quer me dar outra aula de surfe?

O rosto de Beau se desanuviou.

— Com certeza.

CAPÍTULO VINTE

Enquanto iam para a praia, Izzy olhava para o horizonte. O tempo ainda estava nublado e com chuviscos, com mais vento do que no dia anterior. Não parecia o melhor dia para surfar. Especialmente quando ela se lembrou de quanto tinha sido difícil da última vez, quando o clima estava bem mais calmo.

— Talvez a gente devesse só... sentar na areia, em vez de surfar?

Beau riu.

— Ah, não vai escapar dessa tão fácil. Você disse surfar, então vamos surfar hoje. — Ele colocou a mão no ombro de Izzy e sua voz ficou mais séria. — As ondas não estão altas demais para você; eu conferi. E estarei bem ali. Mas, se realmente não quiser ir, não precisamos. Faremos o que preferir.

Ela ainda confiava nele, depois dos últimos dias? Não deveria. Ainda estava um pouco desconfiada, sabia disso. E não deveria tranquilizá-la o fato de ele dizer que estaria bem ali. Mas tranquilizava.

— Tudo bem — falou ela. — Podemos tentar, pelo menos.

Eles foram até a praia e voltaram para a lojinha de surfe. A mesma loira da última vez estava lá e cumprimentou os dois.

— Beau e Izzy, olá!

Como ela se lembrava do nome deles?

Beau sorriu para a moça.

— Oi, Dottie. Podemos pegar aquela mesma prancha de surfe e a roupa de mergulho da outra vez, ou algo semelhante, para Isabelle?

Ela assentiu.

— Mas é claro.

A moça se virou para procurar a roupa de mergulho e Izzy cutucou Beau.

— Pode me chamar de Izzy — falou ela.

Beau se virou para ela.

— Obrigado. Vou chamar. — Sorriu. — Mas gosto de Isabelle, sabe? Gosto de como soa.

Ele estava tão próximo dela que quase se tocavam.

— Também gosto — respondeu.

— Tá ótimo!

Izzy deu um pulo ao ouvir a voz de Dottie.

— Aqui está o seu macacão, Iz. — Sim, claro, aquele parecia um apelido muito apropriado para uma loja de surfe numa cidade praieira. Ela podia viver com isso. — Você já sabe onde fica o provador.

Eles desceram até a beira da água, Beau carregando a prancha de novo. Ele a soltou na areia.

— Certo — disse ele. — Vamos treinar deitar sobre a prancha, igual a antes, e depois treinamos levantar para aquela mesma posição que te ensinei da última vez. Você se lembra como fazer isso?

Ah, não. Por que ela tinha sugerido surfar?

— Lembro, sim. Meu corpo dói só de lembrar.

Beau fez Izzy praticar se deitar na prancha e depois subir para a posição ereta várias e várias vezes. Por fim, falou que ela estava pronta para entrar na água. No começo, fez com que ela passasse da posição deitada para ajoelhada na prancha. Quando fez isso com sucesso algumas vezes, o que levou um tempo, disse para tentar ficar de pé.

Assim que tentou, ela caiu.

Depois, de novo.

E mais uma vez.

Na quarta tentativa, porém, Izzy finalmente se colocou numa posição de pé por alguns segundos antes que uma onda viesse e a fizesse perder o equilíbrio e cair mais uma vez. Quando ela emergiu, porém, os dois estavam sorrindo.

— Foi excelente! — falou Beau. — Agora, vamos de novo.

Eles ficaram na água por um bom tempo. Depois de ela conseguir ficar de pé mais duas vezes, eles voltaram juntos para a praia, caminhando. Izzy desmoronou na areia e Beau se sentou ao lado dela. O céu e a água continuavam tão cinzentos quanto estavam no dia anterior, mas agora Izzy podia ver todas as gradações da cor: o cinza mais claro e pálido onde o sol tentava sair, o cinza mais escuro onde havia uma cobertura maior de nuvens, o branco brilhante da arrebentação, o bege suave da areia. Já não parecia mais triste e deprimente, mas pacífico.

— Eu vim para cá ontem — disse ela. Beau se virou para encará-la, mas ela continuou olhando para a frente. — Fiquei aqui sentada um pouco. Ajudou.

— Fico contente — ele falou.

Izzy ficou contente por ele não pedir desculpas de novo — já haviam tido aquela conversa; não era por isso que ela mencionara aquilo. Só queria que ele soubesse.

Ele a cutucou. Ela podia sentir o calor do corpo de Beau através do macacão de neoprene. Queria se aproximar dele, mas resistiu.

— Obrigado — disse ele. — Por me fazer mandar aquela mensagem hoje.

Ela sorriu.

— Por nada.

Ficaram em silêncio por um tempo. Era gostoso. Estar ali com Beau, estar confortável com ele, estar em paz com ele outra vez.

— Posso te fazer uma pergunta? — indagou Beau.

Ela o encarou. Ele tinha um triângulo pequenino de sardas na bochecha direita que Izzy nunca tinha notado. Geralmente não ficavam tão perto.

— Pode — respondeu.

Ele hesitou por um instante.

— Ando pensando nisso já há um tempo. Por que você não é escritora? Você lê tanto, tem instintos tão bons sobre escrita, é uma editora tão competente. Nunca quis escrever também?

Ela olhou para a areia. Talvez ele a conhecesse melhor do que ela pensava.

— Já. E já escrevi. Eu era uma escritora.

Ele virou o corpo todo de frente para ela.

— Como assim, você era? Você escreve? Então é uma escritora. Não foi você quem me disse isso?

Ela o espiou de soslaio.

— Eu te odeio tanto, sabia?

Beau riu alto.

— Eu sei. Mas...

Izzy suspirou.

— Tem razão. Eu queria ser escritora desde pequena. Fui escritora por um bom tempo. Anos. Escrevi um livro de ficção.

Ela fechou os olhos por um segundo. Nunca tinha contado a ninguém, assim, de verdade, sobre isso. Tinha muita vergonha. Entretanto, depois dos últimos dias, parecia que todas as barreiras entre ambos haviam caído. Sentia que podia dizer qualquer coisa para Beau.

— Estava realmente esperançosa a respeito dele. E daí, um tempinho atrás, alguém com quem eu trabalho, um dos editores-assistentes, leu minha história. Ele foi muito gentil, disse que era um primeiro esforço muito meigo e que não queria me desencorajar, mas que o livro parecia muito pueril. Não queria que eu passasse vergonha oferecendo-o a mais ninguém. — Izzy olhou para a água. — Senti como se todos os meus sonhos tivessem morrido naquele exato instante.

— Deixe eu adivinhar — falou Beau. — Foi aquele cara, o Gavin.

Ela se virou e o olhou. Beau parecia furioso, com mais raiva do que ela já tinha visto até então.

— É — assentiu. — Foi o Gavin.

Beau meneou a cabeça.

— Você não pode dar ouvidos para esse cara! Eu te disse, ele tá tentando te sabotar. Tem medo de você e de quanto é competente. Ele queria fazer você sentir que não tinha talento, nenhum senso de realização, que não era boa o bastante. Provavelmente nem leu o livro todo, só o suficiente para falar coisas que sabia que iriam doer, daí você não falaria com mais ninguém sobre isso.

Izzy tinha medo de acreditar naquilo. Medo de ter esperança.

— Se esse era o objetivo dele, funcionou. Foi um belo golpe na minha confiança. Houve vários deles no último ano, na verdade. Eu estava a ponto de desistir disso tudo. Escrever, mundo editorial, a coisa toda.

Beau pousou a mão ao lado da dela na areia.

— Você disse *estava*. Mudou de ideia?

Ela assentiu devagar.

— Acho que sim. — Em seguida, permitiu-se um sorriso. — Queria dizer isso de um jeito diferente. Mudei de ideia, sim. Ainda estou com medo, mas todos os discursos motivacionais que fiz para você... acho que eles também me convenceram. Desde que estou aqui, eu comecei a escrever de novo. Só um pouquinho. Tive uma ideia que não saía da minha cabeça e comecei a escrever trechinhos dela e... isso está me deixando bem feliz.

Ele abriu um sorriso.

— Isso é ótimo, Izzy. Fico contente.

Ela devolveu o sorriso.

— Eu também. E até meu trabalho parece diferente. Não me entenda mal, os problemas ainda estão lá. Talvez parte disso seja a distância; tenho uma perspectiva melhor de meu emprego, agora que não estou naquele prédio todos os dias. Mas também tem sido meu trabalho com você. Eu me senti empolgada, esperançosa sobre o que esse emprego poderia ser. Isso me fez desejar trazer meus antigos sonhos de volta à vida. Então, obrigada por isso.

— Por nada, mas não fiz nada disso. Você é quem fez tudo. — Um sorriso lentamente se espalhou pelo rosto de Beau. — Tive uma ideia. E se fizermos uma nova regra para o momento da escrita na biblioteca: nós dois temos que escrever, não só eu?

Izzy puxou os joelhos para o peito.

— Você não vai aceitar um não como resposta para isso, né? — perguntou ela.

Ele balançou a cabeça.

— De forma alguma. Por outro lado, não teria me contado sobre isso se não quisesse que eu agisse assim.

Ele devia estar certo sobre isso.

Beau colocou a mão nas costas de Izzy. Ela queria se recostar nele, estender-lhe a mão, mas não o fez.

— Vamos — convidou ele. — Vamos para casa. Temos um monte de petiscos esperando por nós.

Ela levantou-se em um salto.

— Tem razão. Aposto que o armário de guloseimas está com saudades de nós. Provavelmente está inventando musiquinhas só para estar pronto para a nossa volta.

Quando retornaram para o carro, Beau jogou um moletom de capuz que estava no banco traseiro para Izzy.

— Pega. Você parece estar com frio.

E estava mesmo — deveria ter vestido alguma coisa que não fosse um vestido sem mangas para ir à praia com aquele tempo. Enquanto colocava a blusa, ele pigarreou.

— Sei que você disse para não pedir desculpas de novo. Mas preciso só dizer uma coisa. Posso ser bem cretino, mas, se eu soubesse disso, de você e da sua escrita, nunca teria dito o que disse ontem. Odeio de verdade o fato de ter te magoado assim.

Ela tocou no braço de Beau.

— Eu sei.

Ambos ficaram em silêncio a maior parte da volta para casa. Izzy ficou feliz por ter sugerido surfar. As coisas pareciam melhores entre eles. Não como eram antes, isso era impossível. Mas boas, de um jeito diferente.

Izzy conferiu o celular quando chegou em casa.

Conheci um estudante de Medicina muito gato ontem à noite, amigo do meu primo. Torça para ele me chamar pra sair!

Izzy riu. Priya sempre conseguia encontrar caras muito gatos fosse aonde fosse.

Cruzando os dedos das mãos e dos pés!

Quando Izzy voltou ao térreo depois de um banho, foi até a cozinha. Ao chegar lá, parou e ficou encarando.

Beau estava na bancada central, as mãos — e parte da camiseta — cobertas de farinha, abrindo massa.

— O que... o que está fazendo?

Ele olhou da massa para ela.

— Croissants. Comecei ontem à noite, depois que foi dormir. Eles levam uma eternidade para ficarem prontos, mas agora está na hora de laminar a massa.

— Laminar a massa... Do que você tá falando? — E então, de súbito, ocorreu-lhe. — Espere aí. *Você* é quem faz os pães e as massas?

Ele riu.

— Claro que faço, de onde achou que eles vinham?

Ela foi até a bancada para olhar o que ele estava fazendo.

— Sei lá, pensei que talvez a batedeira e o forno se tornassem sencientes e simplesmente produzissem as coisas por conta própria depois que a gente vai dormir. — Sorriu para ele. — Isso ou Michaela.

Ele voltou a abrir a massa.

— Michaela faz tudo de importante por aqui, mas não, era eu mesmo. — Beau deu de ombros. — Quando cheguei aqui, não tinha nada para fazer além de sentar à toa e me sentir mal sobre tudo. Fiz isso por um tempo, e daí, uma noite, quando estava acordado até tarde... Eu não durmo muito bem há... um tempo... Eu assisti a um programa de culinária. Um dos antigos, em que ninguém parecia arrumado para as câmeras e todos eram meio chatos e pedantes, mas meio que comecei a gostar. Então desenterrei alguns dos livros de culinária antigos de minha avó na biblioteca e tentei fazer pãezinhos. — Ele balançou a cabeça. — Ficaram terríveis naquela primeira vez. Pesados, densos. Mas isso só me fez querer acertar. E, quando acertei, continuei experimentando com outras coisas. — Encarou a massa e então se virou para abrir o refrigerador. — Já tentei fazer croissants uma vez, e saíram bons, mas eu sabia que podia fazer melhor. Isso faz um tempinho, então vamos ver como eles vão sair. Mas imaginei que esperaria até precisar realmente, e ontem à noite pareceu o momento certo.

Beau pegou um quadrado achatado de algo na geladeira e tirou o plástico que havia em torno.

— Como assim, esperar até precisar realmente? — perguntou Izzy.

Ele colocou o quadrado no centro da massa.

— Isso vai soar estúpido, mas... é uma boa distração para mim quando as coisas estão... difíceis. E, quanto mais complicada é a receita, melhor funciona para distrair minha mente. Quero dizer, também é divertido, não me entenda mal, eu comecei a ficar meio nerd com os vários tipos de farinha e agora tenho uma marca preferida de baunilha, e, por favor, não conte a ninguém que eu falei isso. Mas ter que fazer um milhão de passos quer dizer que eu não posso pensar em mais nada. E croissants requerem muita concentração.

Dobrou a massa ao redor do quadrado e apertou os cantinhos para juntar. Izzy não aguentou mais.

— Isso é manteiga? Porque, se for, é um MONTÃO de manteiga.

Beau riu, definitivamente dela, dessa vez.

— É manteiga, sim. É por isso que croissants são tão gostosos.

Pegou o rolo de massa de novo e abriu a manteiga embrulhada em massa com gentileza, partindo do meio para fora. Izzy chegou mais perto da bancada para assistir.

— Você precisa deixar a manteiga amolecer e daí meio que pressionar e espremer até ela chegar a um formato quadrado, e depois esticar a massa até ela ficar achatada o suficiente, e depois refrigerá-la outra vez. — Beau apanhou a massa e a girou de lado. — E daí você a dobra assim, na sua massa, e abre tudo. Depois de fazer isso, dobra a massa em três, desse jeito. Depois abre tudo de novo. Isso se chama laminar: é assim que se conseguem todas aquelas camadas crocantes. — Ele fez uma careta. — Bem, se fizer certinho. Da última vez, eu não acertei; fui impaciente demais.

Ela olhou para a massa.

— Não sabia que era complicado assim.

Ele levantou o rolo.

— Quer tentar?

Izzy deu a volta na bancada para ficar ao lado dele, e Beau lhe entregou o rolo de massa. Ela colocou o rolo na beirada e começou a apertar, quando ele a interrompeu.

— Não, assim não. Nunca abriu massa antes?

A voz dele era brincalhona, mas não zombeteira. Ela podia perceber a diferença agora. Chacoalhou a cabeça.

— Minha avó também fazia pãezinhos, mas nunca deixa ninguém ajudar. — Pensou naquelas ocasiões e riu. — Além disso, estava sempre ocupada, lendo.

Beau colocou as mãos nas dela, ainda segurando o rolo, e as moveu para o centro da massa, dando então um passo para trás.

— Você abre do meio para fora. Assim, a massa fica mais uniforme no final.

Izzy pressionou e sentiu a massa se mover conforme rolava numa direção, depois na outra.

— Assim? — perguntou ela.

Ele anuiu, mas ela podia ver que havia algo de errado.

— O que foi? Estou estragando sua massa?

Um dos cantos dos lábios dele se curvou para cima.

— Não está estragando... exatamente. É só que...

Ela riu.

— Sabia que tinha alguma coisa. Mostre para mim.

Ele foi para trás dela e colocou as mãos por cima das de Izzy.

— Você precisa de um pouco mais de força aqui, só isso. — Eles abriram a massa juntos, primeiro numa direção, depois na outra. — É mais fácil para mim por ser muito mais alto.

Era gostoso Beau ali, de pé atrás dela daquele jeito. Cercando-a com seu calor. Com as mãos fortes por cima das suas, com os braços em volta dos seus. Queria se apoiar nele. Em tudo aquilo.

Era gostoso demais.

Soltou o rolo e ele fez o mesmo.

— Vou deixar você terminar esta parte, então. — Izzy recuou e ele se afastou. — Posso, hã, esquentar o jantar? Porque não sei você, mas estou morrendo de fome.

Ela havia perdoado Beau, mas isso não queria dizer que precisava se permitir seguir aquele caminho em particular outra vez. Seria fácil demais e machucaria demais. Especialmente considerando que ela voltaria para Nova York dali a uma semana.

Ele concordou sem olhar para ela.

— Boa ideia. Também estou.

Ela se virou para o refrigerador, depois parou.

— Espere aí. Então está me dizendo que, até algumas semanas atrás, você preparava isso tudo e depois só... deixava a cozinha assim, para outra pessoa limpar? Com montes de pratos, louça e farinha por todo lado?

Beau olhou ao redor, depois de volta para Izzy.

— Quando você coloca desse jeito, me faz parecer um completo imbecil.

Ela caiu na gargalhada, e ele também.

— Eu não falei nada, você que falou.

Quando o jantar estava pronto, ele já tinha refrigerado, aberto e dobrado a massa outra vez. Decidiram comer na cozinha para Beau poder continuar trabalhando nos croissants. Quando ele trouxe os talheres, pegou também seu celular e então travou de costas para ela.

— Beau?

Após alguns segundos, ele se virou.

— Ela, humm, me mandou uma mensagem de texto. Minha mãe. Perguntou se eu poderia ir para LA no próximo fim de semana para vê-la.

Izzy olhou para Beau para tentar avaliar sua reação àquilo, mas não podia dizer pelo tom da voz dele ou pela expressão em seu rosto.

— Como você se sente a respeito disso? — perguntou ela. Balançou a cabeça. — Desculpe, parece que estou tentando ser sua terapeuta ou algo assim, não é isso o que eu queria dizer, mas...

Ele olhou para a bancada, ainda coberta de farinha.

— Não sei — falou. Foi até o forno elétrico e passou enroladinhos de salsicha para o prato dos dois. O jantar hoje seria só de petiscos congelados. — Quer mostarda e mel ou molho barbecue? Temos vários tipos dos dois, claro.

Bem, essa era uma óbvia mudança de assunto.

— Os dois, é claro — respondeu ela —, mas não sou exigente quanto ao tipo.

Depois de se sentarem à mesa, Beau a encarou.

— Desculpe. Estou um pouquinho cansado de falar, se não tiver problema para você.

Izzy pegou um enroladinho.

— Sem problema algum. — Depois parou. — Além disso... se quiser ficar sozinho agora, tudo bem também. Eu posso...

Beau meneou a cabeça.

— Não quero, não. Na verdade, estava meio que... ansioso por isto.

Ela o fitou por um segundo, depois para seu prato.

— Eu também.

Não conversaram sobre nada muito difícil pelo resto da noite. Apenas jantaram e terminaram a massa de croissant, depois prepararam cookies e assistiram à TV. De alguma forma, contudo, Izzy se sentia mais próxima dele no fim desta noite do que se sentira no começo dela.

CAPÍTULO VINTE E UM

Na tarde de segunda-feira, Izzy encontrou Beau na biblioteca. Ele ergueu as sobrancelhas quando ela se sentou.

— Ainda está de acordo com nosso trato? — perguntou ele. — Sobre nós dois escrevermos, digo.

Izzy apontou para os cadernos que trouxera consigo. Um era o de Beau, o que passavam entre si toda vez. O outro era o dela.

— Não sou de voltar atrás num trato — disse ela. — Ainda não aprendeu isso a meu respeito?

Havia certa quantidade de desafio em sua voz, uma bravura que ela não sentia de fato. Sim, ela vinha trabalhando em uma ideia durante as últimas semanas, anotando coisas, pequenos trechos aqui e ali. Mas estava com medo de se comprometer de fato a voltar a escrever.

Izzy estava contente, em certo sentido, de que esse trato com Beau a forçasse a escrever. Entretanto, outra parte dela estava aterrorizada. Com o fato de talvez descobrir que Gavin estava certo, que aquilo era difícil demais para ela, que não era boa o suficiente. Ou, ainda pior, que suas experiências com o mundo editorial e da escrita ao longo dos últimos anos haviam retirado dela toda a alegria de escrever, aquela alegria que tinha quando era adolescente, sentada na cama com um caderno por horas, mergulhada profundamente em um mundo que ela mesma criara.

Mas a assustava mais ainda nunca mais tentar, deixar para trás aquela parte de sua vida, de seus sonhos.

Empurrou o caderno de Beau para ele, do outro lado da mesa, e pegou seu celular para disparar o cronômetro. Desta vez, para si mesma, não para ele.

Respirou fundo ao abrir o próprio caderno.

— Ei — disse Beau, do outro lado da mesa.

Izzy o encarou.

Ele sorriu com suavidade.

— Vai se sair muito bem. Sabe disso, não sabe?

Ela podia ver, pela expressão no rosto dele, que Beau não tinha se deixado enganar por ela. Ele sabia que ela estava nervosa em voltar a escrever.

Izzy engoliu em seco.

— Obrigada.

Queria dizer mais, que Beau ter dito aquilo a ajudava, que ajudava tê-lo ali, sentado do outro lado da mesa diante dela, que ajudava saber que Beau acreditava nela, mas não foi capaz de dizer mais nada. Porém achava que talvez ele já soubesse de tudo aquilo.

Voltou a pegar o celular.

— Certo. — Pressionou COMEÇAR. — Agora.

Olhou suas anotações das últimas semanas. Aquelas que mal havia admitido a si mesma que visualizava como um livro. Certo. Era capaz de fazer aquilo.

Abriu o caderno em uma página em branco.

Quando o cronômetro disparou, levou um susto. No começo, tinha ido devagar. Hesitara com nomes, lugares, transições. Quis pegar o celular mais de uma vez para pesquisar, desviar das partes difíceis, ver se Priya lhe mandara alguma mensagem. Em vez disso, forçou-se a prosseguir, em parte por causa do cronômetro, mas, sobretudo, porque Beau estava sentado à sua frente. E, em algum momento, depois de um tempo, esqueceu-se de se preocupar se aquele nome estava correto, ou se aquele lugar de fato se soletrava assim, ou se Priya já tinha saído com aquele estudante de Medicina muito gato que conhecera no casamento. Esqueceu-se até de que Beau estava ali. Tinha apenas mergulhado de cabeça nas próprias palavras, na própria história, na própria imaginação.

E a sensação foi ótima.

Desta vez, o sorriso de Beau era amplo quando a encarou.

— Foi bom? — perguntou ele.

Ela assentiu.

— Foi — respondeu Izzy. — Foi bom, sim.

Quando chegou a hora de sair da biblioteca, ele fez menção de dizer algo, depois balançou a cabeça e se levantou.

Ela continuou no mesmo lugar.

— O que foi?

Ele tornou a se sentar.

— Desculpe. É só que... Queria te perguntar uma coisa, mas acho que... — Beau olhou para o rosto dela e riu. — Tá. — Ele suspirou. — Esta é a sua última semana aqui.

O sorriso sumiu do rosto dela.

— É, sim.

Ele assentiu.

— Eu consegui ignorar isso, até que sua amiga disse algo e... talvez por isso eu estivesse tão nervoso no outro dia. — Ele abriu um leve sorriso. — Quero dizer, um dos motivos de estar tão nervoso.

Ele achava que talvez estivesse nervoso porque... estaria chateado com a partida dela? Era isso o que ele queria dizer? Não teve chance de se estender naquela questão.

— Bom, o que eu ia perguntar era: você acha que consegue ficar, talvez? Por mais um tempinho? Até eu sentir... — Ele parou e depois sorriu. — Até eu sentir que posso mesmo fazer isso sem você? Acho que esse é o único jeito honesto de terminar a frase.

— Sim — Izzy respondeu. — Posso ficar, sim.

Não teve nem que parar para pensar. Sabia que queria ficar.

— Mas, desta vez, *você* tem que pedir a Marta — completou.

A expressão dele se fechou ao ouvir aquelas últimas palavras.

— Certo. Faz sentido. — Beau suspirou. — Já mencionei que ela me assusta?

Izzy riu.

— Ah, não se preocupe com isso. Minha chefe assusta todo mundo.

— Bem, pelo menos não sou só eu — falou ele.

Beau puxou o computador em sua direção, mas Izzy balançou a cabeça.

— Não pode falar disso com ela num e-mail. Tem que ligar para ela.

Ele a fitou, olhos arregalados.

— Ligar para ela? Pelo TELEFONE?

Izzy concordou.

— Eu sei. Confie em mim, eu sei. Mas Marta faz tudo o que é importante pelo telefone. Se enviar um e-mail, ela fará uma destas três coisas: ignorar a mensagem; negar logo de cara; ou te ligar. Não prefere ser você a telefonar? Além do mais, Marta respeita isso.

Ele tirou o telefone do bolso.

— Tenho que fazer isso agora mesmo, não é?

Izzy não falou nada.

— Tá bom — concordou Beau. — Mas você tem que ficar aqui, tá?

Como se ela fosse perder aquilo.

— Estarei bem aqui — confirmou. — Você tem o número? Ela deve estar no escritório agora, mas, se não estiver, posso te passar o celular dela. Aqui.

Ela pegou o celular e mandou os contatos de Marta em uma mensagem de texto para ele. Ele a encarou enquanto ligava.

— Oi, Marta, aqui é Beau Towers — disse quando ela atendeu.

A voz dele ficou mais grave, o que fez Izzy reprimir um sorriso. Ele balançou o dedo para ela em censura.

— Sim, sim, está tudo indo bem com Isabelle, estou fazendo muito progresso no livro de memórias. Na verdade, foi por isso que liguei. Estava pensando se poderia pegá-la emprestada por mais um tempinho. Ela tem sido um excelente recurso para mim, sabe?

Um excelente recurso? Izzy espremeu os lábios para não gargalhar, e Beau sorriu para ela.

Ele assentiu.

— Sim, já conversei com Isabelle sobre isso, mas é claro que vai precisar conversar com ela também, para se certificar de que ela gostaria de ficar mais tempo.

Podia ouvir a voz de Marta, mas não entendia o que dizia.

E aí, de repente, Izzy soube. Ah, não, deveria tê-lo preparado melhor antes de ele ligar.

Ela perguntou quanto tempo, ele sinalizou com a boca para ela, em silêncio.

Ela rasgou uma folha de papel do caderno e começou a escrever.

— Hã, estava pensando... um mês? — perguntou ele. Beau fez uma cara de pânico para Izzy e ela quase riu. — Depois da semana que ainda nos resta, claro.

Marta ainda estava falando, mas Izzy sabia exatamente o que ela dizia.

Levantou o bilhete para que Beau o visse.

NEGOCIE!

Os olhos dele se arregalaram e ele assentiu para ela.

— Acho que duas semanas a mais não é tempo suficiente — disse ele, em um tom bem mais confiante. — Sobretudo se considerar o ponto em que estou no livro. Mais três semanas extras poderiam bastar.

Escutou por um segundo e depois sorriu para Izzy.

— Excelente — respondeu. — Vou avisá-la.

Izzy lhe sorriu, mas a atenção de Beau retornou ao telefone. Seu sorriso sumiu.

— Tá bem — disse ele, depois de um tempo. — É claro.

Izzy arqueou as sobrancelhas, mas ele balançou a cabeça. O que Marta havia dito? Será que tinha mudado de ideia?

— Tá bem. Obrigado, Marta. Agradeço muito.

Ele desligou o telefone e se levantou.

— Conseguimos!

Izzy deu um pulo.

— Conseguimos!

Ele contornou a mesa e a envolveu em um abraço. Ela o retribuiu.

— Marta é ainda mais assustadora do que eu me lembrava — disse ele. — Graças a Deus você estava aqui. Nunca teria escapado vivo se estivesse sozinho.

Izzy relaxou naquele abraço. Havia se esquecido de quanto aquilo era gostoso. Ele a segurando assim. Tinha acontecido apenas uma vez antes, aquela vez na cozinha, por acidente, mas ali era algo deliberado, de ambas as partes. Ele era tão grande, tão forte, e a sensação era tão... correta, a de ter os braços dele ao seu redor assim. Não queria que ele a soltasse nunca mais.

Assim que pensou nisso — assim que se deu conta de que havia pensado nisso —, forçou-se a abaixar os braços e dar um passo para trás. Ele sorria com uma expressão que... Ela engoliu em seco e desviou o olhar.

— Humm... Deveria ter te preparado melhor para isso — disse ela. — Esqueci de te avisar que, com Marta, tudo é uma negociação. — Ela tornou a olhar para ele. — O que ela te falou no final?

Ele se virou para a porta.

— Ah, só que ia confirmar com você, para ter certeza de que queria ficar. E que está ansiosa pelo livro.

Tudo isso fazia sentido, mas Izzy achava que havia mais alguma coisa. Talvez tivesse apenas imaginado aquele olhar ansioso de Beau.

Ele parou pouco depois de saírem da biblioteca.

— Eu devia te ensinar a fazer um bolo esta noite para podermos comemorar.

Ela fez uma expressão confusa.

— Um bolo? Mas não vi nenhuma caixinha de massa na despensa...

Beau pareceu horrorizado.

— Caixinha? Acha que eu faria um bolo de caixinha para você?

Ela riu bem alto. Sabia que isso o irritaria. Ele olhou carrancudo para ela, mas Izzy podia ver seu sorriso oculto.

— Ah, era uma piadinha, é? Acha que eu sou fácil assim de irritar?

Izzy riu de novo enquanto se virava para subir ao segundo andar.

CAPÍTULO VINTE E DOIS

Quando entrou na biblioteca, na tarde de sexta-feira, Izzy podia ver que havia algo errado com Beau. Ele tinha aquela expressão tensa no rosto que ela agora sabia significar estresse, e não raiva.

— Tudo bem? — perguntou a ele, assim que se sentou.

— Tudo bem, por que não estaria?

Ele pegou o caderno que ela lhe empurrou. Já estavam bem longe do ponto em que qualquer um dos dois se preocupava com o fato de ele excluir parte do livro — pelo menos, ela tinha uma certeza razoável de que estavam —, mas ainda trocavam o caderno todos os dias.

— Motivo nenhum. Você parece meio mal-humorado, só isso — comentou ela.

— Eu tô bem — disse, sem olhar para Izzy.

Então tá.

Ela abriu o próprio caderno e tirou o celular para dar partida no cronômetro. Escreveram em silêncio por um ou dois minutos.

— É nervosismo — falou ele.

Ela parou o cronômetro e o encarou. Ele olhava para o caderno.

— Vou visitar minha mãe amanhã — explicou. — Todos os dias desta semana, digitei uma mensagem para cancelar a visita. Até agora, não enviei nenhum, mas quem sabe o que vai acontecer ainda hoje, ou amanhã cedo, ou amanhã durante o dia, se eu chegar a entrar no carro para ir até LA?

Ela estivera tão concentrada no próprio trabalho aquela semana que quase se esquecera de que Beau visitaria a mãe naquele fim de semana e como isso seria difícil para ele.

— Quer conversar a respeito? — perguntou ela. — Sobre o que está te deixando nervoso?

Ele soltou uma breve risada.

— O que está me deixando nervoso? Vê-la de novo, dizer a ela pessoalmente quanto lamento por tudo, descobrir quanto ela está furiosa comigo, diabos, eu não sei nem se ela vai me deixar entrar na casa dela, considerando o que eu falei, como agi. E não apenas no funeral, mas... A mensagem de texto dela foi bacana, mas ela tem todo o direito de estar furiosa.

Beau tentou sorrir, mas não teve muito sucesso.

Izzy pensou por um instante.

— Quer que eu vá com você? Não para ver a sua mãe, mas apenas, tipo, no carro para te fazer companhia e você não dar meia-volta e fugir para cá.

Até recentemente, ela teria hesitado em perguntar algo assim para ele. E então faria mais algumas ressalvas, como "Você não precisa aceitar" ou "Não vou ficar magoada se disser que não". Mas eles não precisavam mais ser cautelosos um com o outro.

Os olhos de Beau se arregalaram.

— Faria mesmo isso por mim? Quero. É claro que quero que venha. Mas é muita coisa para pedir.

Ela tentou ignorar quanto era bom ouvi-lo dizer "é claro" daquele jeito.

— Você não pediu. Eu ofereci. Não posso resolver nenhum desses outros problemas para você, mas posso ficar no carro e ir até um café ou algo assim, e escrever ou ler durante o tempo em que estiver com sua mãe. E posso guardar seu celular no caminho para não poder cancelar.

Beau olhou para o caderno.

— Tá bom — concordou, depois de um momento. — Obrigado.

Izzy deu início ao cronômetro.

— Por nada.

Assim, no sábado, no fim da manhã, eles caminharam juntos até o carro. Izzy se ofereceu para dirigir, mas Beau meneou a cabeça.

— Não, posso ir dirigindo — disse enquanto iam até o carro. — Quero dirigir.

Ele havia aparado a barba, ela reparou. Ainda parecia ansioso, como se a menor coisa fosse fazê-lo pular.

— Ah! — Ele enfiou a mão no bolso no primeiro semáforo do caminho e entregou o telefone para ela. — Você disse que ficaria com isso.

Izzy o guardou no bolso da jaqueta jeans sem comentar nada.

Já estavam na rodovia há cerca de trinta minutos antes que ele dissesse mais alguma coisa.

— Lembre-me de uma coisa — falou Beau. — Antes de sairmos de LA, quero parar numa casa de chá. Eles têm o chá preferido de Michaela, e é difícil achar. Pensei que, já que não estaremos muito longe, poderíamos trazer um pouco para ela.

Isso era gentil da parte dele, pensar em sua assistente assim.

— Como se chama o chá? — perguntou Izzy. — Posso ir buscar enquanto estiver com a sua mãe.

— Ah! Essa é uma boa ideia. É aquela marca que tem na cozinha, com a caixa preta e letras douradas. A casa de chá se chama Quentinho da Despensa.

Ela anuiu.

— Está bem.

Continuaram por mais trinta minutos até que, de repente, Beau saiu da rodovia, entrando num posto de combustíveis próximo da saída. Ela esperava que ele fosse sair do carro para colocar gasolina, mas, em vez disso, ele se virou para ela.

— Não sei se consigo fazer isso — ele disse.

Izzy se virou para ele e segurou sua mão.

— Você e eu sabemos que consegue, isso não está em questão. O que eu quero que você pense é se você vai se sentir pior caso enfrente esse sentimento difícil e assustador agora e faça o que é preciso ou se será pior dar meia-volta, voltar para casa e acordar amanhã e todos os dias depois sabendo que não fez isso.

Beau olhou para as mãos deles, a dele, grande, segurando firme na mão dela, menorzinha, sua pele marrom-clara contra a dela, marrom mais escura, e não falou nada por um tempo.

Por fim, ele soltou.

— Tá. — Deu partida no carro outra vez e saiu do posto, voltando para a rodovia, rumo ao sul. — Tá bom, vai.

Será que conversar o ajudaria? Izzy não sabia, mas ele com certeza deixaria evidente se não o quisesse.

— A fundação — falou ela. — Essa em que você e Michaela estão trabalhando. Para o que vai ser?

Beau pareceu aliviado com a mudança de assunto.

— É para apoiar bibliotecas que não têm grandes fontes de financiamento. Escolas, centros comunitários, lugares assim.

Izzy quase riu. Mas que ideia maravilhosa! E não era o que ela teria esperado de Beau quando o conheceu. Sorriu para ele.

— Uau! Parece ótimo — disse ela.

As mãos dele ficaram um pouco menos tensas no volante.

— É. No começo, queria construir bibliotecas novinhas do zero, fazer esse tipo de coisa. Mas recebi alguns conselhos de uma amiga que administra uma fundação, e ela falou que o objetivo é encontrar as pessoas que já estão fazendo um bom trabalho e dar a elas mais dinheiro para continuar realizando-o, então é o que vamos fazer. Eventualmente, a meta é financiar tutores de escrita, bolsas de estudo, coisas desse tipo também. Conseguir organizar toda uma fundação é muito mais complicado do que eu pensava. Pelo menos Michaela sabe o que diabos ela está fazendo, porque eu, definitivamente, não sei.

Ela riu disso, e ele também.

Ele ficou quieto por alguns minutos.

— Vou dar à fundação o nome dos meus avós — falou Beau.

Izzy colocou a mão sobre a dele por um segundo.

— Tenho certeza de que eles gostariam disso.

Alguns quilômetros depois, ela se virou para ele.

— Não estava falando sério. O que disse naquele dia sobre você. Sobre ser mimado e tudo o mais.

Ele olhou de relance para ela, um sorrisinho no rosto.

— Estava, sim.

Ela teve que sorrir. Ele a conhecia bem demais.

— Tá, então não me sinto mais assim — falou. — Não acredito mais nisso.

O sorriso pairou nos cantinhos dos lábios de Beau.

— Obrigado por me dizer isso.

— Eu não diria se não fosse sincero — Izzy respondeu.

— Eu sei.

Depois de mais uma hora, mais ou menos, no carro, eles encostaram na frente de um bangalô modesto em uma rua secundária e tranquila. Sim, a rua secundária e tranquila ficava logo depois da placa de BEM-VINDOS A BEVERLY HILLS, por isso era modesta apenas em comparação a algumas das outras casas no mesmo quarteirão.

Ele desligou o carro e lhe entregou as chaves e um pouco de dinheiro de sua carteira.

— Para o chá.

Izzy guardou o dinheiro na carteira dela.

— Tá bem. — Tirou o celular dele de sua bolsa. — Acho que agora posso devolver isto. É só me enviar uma mensagem de texto quando quiser que eu volte, tá bom? Estou com meu caderno, meu notebook, um monte de livros, então estou bem pelo tempo que precisar.

Ele pegou seu telefone.

— Tá bom.

Beau olhou para o celular. Ela podia ver que ele estava enrolando — estavam alguns minutos adiantados.

— Se ficar estressado — disse —, é só pensar que vai assistir a *Uma vida provinciana* hoje à noite.

Aquilo o fez sorrir.

— Também vou pensar em que petiscos vamos comer durante *Uma vida provinciana*.

Izzy tirou o cinto de segurança.

— Michaela reabasteceu o armário de guloseimas, você notou? Temos *muitas* opções.

Os olhos dele se iluminaram. Ele tirou o cinto de segurança e estendeu a mão para a maçaneta da porta.

Ambos saíram do carro. Izzy deu a volta para o lado do motorista para pegar as chaves com ele. Beau olhou para ela, depois para a casa. Izzy podia ver os ombros dele se retesando.

— Quer um abraço? — perguntou para ele, sem pensar, e imediatamente desejou não ter oferecido. O último abraço tinha sido perigoso demais.

Mas aí ele deu um passo em sua direção.

— Sem dúvida, quero, sim — ele aceitou.

Ele passou os braços em volta de Izzy e ela o puxou para perto. Sua cabeça ficou aninhada no peito dele, os braços de Beau rijos contra suas costas, e ele abaixou a cabeça, pousando-a sobre a dela. Eles ficaram assim por um tempo, abraçando-se com força, sem dizer nada. Finalmente, ele deu um passo para trás.

— Obrigado. Precisava mesmo disso.

Ela também recuou.

— Fico feliz por poder ajudar.

Ambos se olharam por mais alguns segundos, e depois ele se voltou para a casa de novo.

— Certo. Acho que é melhor eu...

Ela assentiu e abriu a porta do carro.

— É só mandar uma mensagem. Estarei por perto.

Ela o observou indo até a casa e esperou que ele chegasse à porta da frente antes de se afastar com o carro.

Izzy encontrou a loja Quentinho na Despensa com relativa facilidade, embora tenha pago os olhos da cara para estacionar. Ela viu as caixas do chá de Michaela e comprou quatro com o dinheiro que Beau lhe dera. Custavam mais do que ela imaginava que chá custaria, mas, por outro lado, sempre tinha sido mais de tomar café. Havia uma mesa desocupada perto da janela, e ela pediu um chá para si mesma e uma fatia de bolo de chocolate e se sentou.

AMOR ENTRE LIVROS

Daí ficou encarando o notebook. A semana toda ela vinha tentando se forçar a abrir o documento do livro antigo, lê-lo e tentar decidir, agora que tinha tempo e distância, se queria continuar trabalhando nele. Depois desse mês com Beau, não acreditava mais que Gavin estivesse correto sobre seu talento e seu potencial. Agora sabia que queria isso o bastante para trabalhar duro, para lutar contra obstáculos e para superar os Gavins desse mundo.

Mas ainda estava com medo de abrir esse manuscrito.

Cerrou o maxilar. Se Beau podia enviar uma mensagem para a mãe, dirigir até LA para vê-la e entrar na casa dela para lhe pedir desculpas, apesar do quanto tudo isso era difícil para ele, Izzy podia, no mínimo, abrir essa porcaria de documento.

Teve que procurá-lo. Ela o escondera de si mesma para não ter de vê-lo toda vez que abrisse o notebook, ficando tentada a deletá-lo. Hum, talvez ela e Beau tivessem mais em comum do que ela pensara. Finalmente o encontrou, guardadinho numa pasta chamada Misc, dentro de outra pasta chamada Impostos, que ficava dentro de outra chamada Tabelas. Izzy tomou um gole de chá e comeu um pedacinho do bolo. Depois, abriu o documento.

Passou a hora seguinte lendo, pulando, depois relendo. Encontrou muita coisa que queria consertar: parágrafos, páginas inteiras que se arrastavam, personagens que ela precisava alterar, pontos do enredo que não faziam sentido. Mas, de vez em quando, parava de pensar no que tinha para consertar, ou cortar, ou acrescentar, e apenas era levada pela torrente da história. Sua história.

Enfim, recostou-se na cadeira e engoliu o restinho de seu chá, agora frio. Seu livro não era perfeito, e tinha muito trabalho a fazer. Mas sabia que era bom. Izzy sabia, no âmago de seu ser. Sabia disso do mesmo jeito que sabia que significava alguma coisa, algo que não estava ainda pronta para questionar, o fato de ainda poder sentir a impressão das mãos de Beau em suas costas por causa do abraço, ouvir o jeito como ele inspirara fundo o seu perfume, sentir aquele cheiro de água salgada e ar fresco que sempre o envolvia.

Deixou tudo para lá. Voltou ao começo do manuscrito, abriu seu caderno numa página do final e começou a anotar todas as coisas que queria consertar, capítulo por capítulo.

Tinha repassado a primeira metade do livro quando seu telefone vibrou.

Pode vir quando estiver pronta.

Perdera a noção do tempo, mas agora se dava conta de que Beau estivera com a mãe por quase três horas. Porém, a brevidade da mensagem a deixou preocupada.

Respondeu de imediato.

Quinze minutos.

A resposta dele veio depressa.

Tá bom. Avise quando estiver aqui fora.

E, então, alguns segundos depois:

Tô feliz por ter vindo.

CAPÍTULO VINTE E TRÊS

Quando Beau saiu da casa para se encontrar com Izzy, não estava só. Uma mulher negra alta e elegante estava com ele. Beau se parecia muito com sua mãe, Izzy percebeu.

Ambos caminharam até o carro. Conforme se aproximavam, Izzy pôde ver pela expressão facial de Beau e por sua linguagem corporal que as coisas tinham ido bem. Ele parecia mais calmo, mais em paz. Feliz.

Izzy saiu do carro quando eles estavam perto e Beau lhe sorriu.

— Izzy, eu queria te apresentar minha mãe, Nina Russell. Mãe, esta é Isabelle Marlowe.

Izzy estendeu a mão e a mãe de Beau a segurou entre as dela.

— É muito bom conhecê-la, Isabelle — disse. — Beau me falou muito sobre você. Obrigada por tudo o que fez por meu filho.

Izzy corou enquanto a mãe de Beau sorria para ela.

— O prazer é todo meu, senhora Russell — falou Izzy. — E não foi... eu não...

A mãe de Beau riu.

— Nina, por favor. — A senhora deu tapinhas carinhosos na mão de Izzy e a soltou. — Não vou segurá-los aqui, mas espero que possa te conhecer melhor em breve.

Izzy sorriu.

— Também gostaria disso — falou, virando-se para entrar no carro do lado do passageiro; queria deixar Beau e a mãe se despedirem sem ela ali de pé. — Foi realmente muito bacana conhecê-la.

Beau se virou para a mãe e lhe deu um abraço breve, mas bem apertado. Em seguida, comentou algo que a fez rir e abraçá-lo outra vez. Ele entrou no carro, abriu a janela e acenou.

— Tchau, mãe. Te vejo em breve.

Beau não disse nada enquanto se afastavam, avançando para entrar na rodovia e se integrando ao tráfego. O som do carro estava ligado, a mesma playlist de hip-hop que ambos tinham ouvido na ida. Izzy seguiu o exemplo dele e não fez nenhuma pergunta.

Ele não precisava contar o que acontecera com a mãe, claro. Embora ela estivesse morrendo de curiosidade para saber.

Quando Beau entrou em um posto de gasolina outra vez, desligou o carro e enfim a encarou.

— Desculpe — disse ele. — Não queria conversar sobre isso enquanto dirigia.

Ele ficou em silêncio por mais alguns instantes.

— Foi ótimo conhecê-la — falou Izzy, para ajudá-lo a começar. — Vocês pareciam felizes.

Beau passou a mão pelo próprio cabelo e sorriu. Parecia envergonhado, mas contente. Era bom vê-lo daquele jeito.

— É. Acho que estamos. Mas, no começo... não sabia o que dizer nem como começar. Por um tempo, foi só uma conversa à toa e constrangida sobre o clima, a casa dela e a casa de Santa Bárbara. Queria pedir desculpas de verdade, mas foi tão difícil. Então abri um dos capítulos no meu telefone, o capítulo em que estive trabalhando esta semana, sobre o que eu descobri naquela noite e quanto me senti horrível, e ainda me sinto, sobre tudo o que falei para minha mãe, o que meu pai fez e tudo o mais. Entreguei meu telefone para ela e pedi que lesse. E daí ela começou a chorar e eu a abracei, e ela me abraçou, e conversamos a fundo durante as duas horas seguintes, sobre tudo. — Beau riu. — Bem, talvez não tudo. Ainda temos muito mais a conversar, anos para nos atualizar, mas conversamos sobre muita coisa. Foi bem... difícil. Mas bom.

Izzy tocou na mão dele.

— Fico muito contente — foi tudo o que disse.

Queria falar mais, sobre como estava feliz e aliviada por ele, mas, pelo jeito como Beau espremeu sua mão e lhe sorriu, ela podia ver que ele entendia o que ela queria dizer.

— Eu também. — Ele soltou sua mão. — Mas, enfim, só queria te contar isso. E te agradecer por me ajudar. Não teria feito isso sem você.

Ela quase disse *Ah, eu não fiz nada* ou *Teria, sim,* mas se impediu. Era verdade. Ele não teria feito isso sem ela.

— Por nada — respondeu, em vez disso.

Ele se voltou para o volante e então parou.

— Espera. A gente realmente precisa abastecer desta vez.

Ambos riram enquanto Beau saía do carro.

Não conversaram muito no caminho de volta para Santa Bárbara, mas o silêncio não parecia tenso. Ela não se ocupou com seu celular, olhando as redes sociais e enviando mensagens à toa para Priya como fizera no caminho para LA. Em vez disso, apenas ficou ali sentada no banco do passageiro, sonhando acordada.

Quando chegaram em casa, Beau parou o carro, mas não saiu.

— Você tem suas chaves, certo? Acho que quero descer até a praia por um tempinho — falou ele.

Izzy revirou a bolsa e encontrou as chaves. Abriu a porta do carro, mas daí se voltou para ele.

— Quer companhia?

Ele sorriu para ela.

— Só se a companhia for você.

Izzy se virou para que ele não a visse sorrindo. Suas bochechas pareciam quentes — será que estava ruborizada? Se estivesse, pelo menos Beau não poderia ver.

Chegaram à praia bem quando o sol começava a se pôr. Beau abriu na areia um cobertor velho que estava no porta-malas e eles se sentaram. Por algum tempo, ambos apenas encararam o horizonte rosa e alaranjado em silêncio.

— Queria outro abraço daqueles, se a oferta ainda estiver de pé — pediu Beau.

Izzy se virou de imediato para ele. Beau a envolveu em seus braços e pousou as mãos bem na parte baixa das costas dela, onde tinham ficado antes. Ela enfiou o rosto naquele vãozinho no ombro dele. Beau abaixou a cabeça para o ombro dela e soltou um longo suspiro.

Depois de um tempo, os dedos dele começaram a se mover gentilmente pelas costas dela, subindo e descendo. Aquilo fez o corpo todo de Izzy se arrepiar. Ela não queria parar. Não queria que isso parasse. Não queria soltá-lo. Queria apenas ficar sentada ali, com ele, tão perto que não havia espaço entre os dois, sentindo seu toque, respirando juntos, ouvindo as ondas se quebrando na areia.

Pouco depois, entretanto, podia sentir Beau começar a se afastar, então se forçou a soltá-lo, a se afastar também. Ele recuou lentamente e parou para encará-la quando ambos ainda estavam muito próximos, quando as mãos dela ainda tocavam os ombros dele, quando as palmas de suas mãos estavam nos braços dela.

— Quando contei para minha mãe a seu respeito — falou ele — e sobre estas últimas semanas, tudo o que você fez por mim, ela disse outra coisa. Falou que estava muito contente por eu ter você. Comentou quanto eu tinha sorte por ter alguém como você.

Izzy tentou dizer alguma coisa, mas, pela primeira vez, não fazia ideia do que falar.

Ele afastou o cabelo do rosto dela, e as pontas de seus dedos se demoraram no rosto de Izzy.

— Falei que ela tinha razão. Que estou muito contente por ter você. Que o dia em que você bateu em minha porta foi o dia mais afortunado da minha vida.

Izzy o fitou por um instante demorado. Reparou nos pigmentos esverdeados nos seus olhos castanho-dourados. Beau a olhava de um jeito que nunca a tinha olhado. Aquilo a deixou muito feliz e assustada ao mesmo tempo. Sabia que deveria se afastar, levantar, romper aquele momento entre eles.

Porém vinha querendo isso há muito tempo. E, pela expressão no rosto dele, achou que ele também. Deixou suas mãos subirem pelos ombros dele. E depois, lentamente, inclinou-se adiante e o beijou.

Ele correspondeu ao beijo, a princípio com suavidade, com gentileza. Mas em seguida o beijo mudou, tornou-se urgente, insistente. Podia afirmar, pelo beijo dele, pelo modo como a puxava para mais perto, que ele queria isso tanto quanto ela.

AMOR ENTRE LIVROS

Beijaram-se por muito tempo enquanto o sol se punha diante de ambos, até que, enfim, Beau descansou a testa contra a de Izzy.

— Sabe há quanto tempo eu queria fazer isso? — perguntou. — A resposta é muito, muito tempo.

Ela recuou e o encarou.

— Não sabia disso, não — disse ela. — Eu meio que achei que estava sozinha em querer isso. Nem me permitia pensar a respeito, porque achava que...

Ele riu e depositou um beijo no cabelo dela.

— Não sei bem se devo ficar contente por ter escondido meus sentimentos tão bem ou ficar furioso por termos desperdiçado tanto tempo, quando podíamos já estar fazendo isto. — Ele roçou a ponta do dedo pelo lábio inferior dela. — Mas, principalmente, estou feliz só por estar aqui com você agora.

Izzy inclinou-se para a frente e o beijou de novo.

— Estou muito feliz por estar aqui com você agora.

Ficaram ali sentados por mais um tempo, abraçando um ao outro, beijando-se, conversando à toa, beijando-se mais um pouco. Por fim, Beau se levantou e estendeu a mão para ela.

— Aqueles petiscos não vão sumir sozinhos, sabe — disse ele.

Ela riu e segurou a mão dele enquanto ficava de pé.

Ficaram de mãos dadas no caminho de volta ao carro. Izzy sorria enquanto colocava o cinto de segurança.

— O que foi? — perguntou Beau.

Ela balançou a cabeça.

— Estou feliz, só isso.

Ele colocou a mão no rosto dela.

— Eu também.

Beau colocou o cinto de segurança e deu partida no carro. Izzy sentia que estava desafiando o destino, de tão feliz. Tentou se controlar, conter o sorriso, só para garantir. Mas depois pensou: *Para o inferno com isso* e abriu um sorriso tão grande pela janela que desconhecidos lhe sorriam em resposta.

223

CAPÍTULO VINTE E QUATRO

Quando entraram na casa, Beau procurou por Izzy e a puxou para junto de si.

— Só precisava poder fazer isso de novo quando estivéssemos sozinhos — disse ele, a voz soando abafada contra o cabelo dela.

Suas palavras, seu toque, foram direto para o coração de Izzy. Não podia acreditar que isso havia acontecido de fato, que ela beijara Beau na praia e ele também a beijara, que ele havia dito todas aquelas coisas sobre há quanto tempo queria beijá-la, que estavam de volta à casa juntos, assim. Ela pousou a cabeça contra o peito firme e amplo dele, e sentiu os braços de Beau ao seu redor, e a sensação era maravilhosa. Mas então, de súbito, não era o bastante, e ela levantou o rosto e o puxou para baixo, e estavam se beijando outra vez, e logo o beijo era algo a mais do que havia sido na praia. Mais rápido, mais próximo, mais íntimo. As mãos grandes e quentes dele subiram pelas costas dela, e o jeito como a segurava, a beijava e a tocava fazia Izzy se sentir como se o mundo todo tivesse acabado de se acender, indo de preto e branco para um mundo em cores.

Beau acabou se afastando. Ela ficou feliz por ele estar respirando com tanta dificuldade quanto ela.

— Temos que ir com calma, Izzy — falou ele. — Mal acabamos de passar da porta.

Ela o puxou de volta para si e o beijou nos lábios com suavidade antes de dar um passo para trás.

AMOR ENTRE LIVROS

— Prefiro pensar nisso como "compensando o tempo perdido", não concorda?

Ele lhe deu um sorriso lento e muito sexy.

— Hum, é uma ótima descrição.

Ela abriu um sorriso.

— Mas também estou morrendo de fome.

Ele riu e se moveu para a cozinha.

— Eu também.

Izzy se virou para ir com ele, mas Beau balançou a cabeça e a girou no sentido da escadaria.

— Vou preparar a comida; suba e troque de roupa — falou ele.

Ela ergueu uma sobrancelha.

— Não gosta do meu vestido?

Beau estreitou os olhos para ela.

— Ah, não, não vou cair nessa armadilha. Em primeiro lugar: seu vestido é lindo, mas esta é só a segunda vez que eu te vi com ele, e não quero ser o babaca que derruba um dos vários molhos que vamos comer com o jantar na sua roupa. Se está pensando: "Isso significa que Beau tem prestado tanta atenção assim ao que eu visto?", a resposta é sim. O que nos leva ao "em segundo lugar": você sempre troca de roupa antes do jantar.

Era *mesmo* a segunda vez que ela colocava aquele vestido e sempre trocava de roupa antes do jantar.

Beau sorriu ao ver a expressão dela.

— Viu? Além disso, essas duas coisas levam ao terceiro ponto: estava na esperança de que você talvez colocasse uma daquelas regatinhas que têm me deixado maluco há semanas.

Bem, falando assim...

Ela empinou o queixo e sorriu para ele.

— Hum, verei o que posso fazer. Vejo você na sala de TV daqui a vinte minutos?

O sorriso dele se ampliou.

— Definitivamente.

Izzy subiu as escadas correndo, ciente o tempo todo de que ele tinha ficado no patamar da escadaria observando-a. Quando chegou ao quarto, parou por um instante e sorriu. Não fazia ideia de onde chegariam, sabia que não deveria estar fazendo isso, na verdade, porque, considerando tudo o que sabia sobre Beau, tinha uma impressão de que havia um coração partido no horizonte. Pelo menos uma vez, porém, ela ignoraria essa impressão.

Rapidamente colocou uma legging e uma das regatas que ela, com certeza, não havia se dado conta de que estavam deixando Beau maluco, lavou o rosto, colocou o blusão de moletom de Beau e correu de volta lá para baixo. Sabia que deveria ficar para trás, não ir com muita sede ao pote, descer dali a trinta minutos em vez de vinte, como havia dito. Não estava nem aí.

Beau já estava na sala de TV, arrumando algo na mesinha de centro. Ele levantou a cabeça quando ela entrou na sala.

Um sorriso lento se espalhou pelo rosto dele quando a viu, e seus olhos percorreram o corpo de Izzy. Sentiu um arrepio atravessá-la.

— Oi — disse ele.

— Oi — ela respondeu. De repente, sentiu-se tímida. — Precisa de alguma ajuda? Com o jantar, digo.

Ele fez que não com a cabeça enquanto ela ia em sua direção.

— Está tudo em aquecimento. Estava só esperando o timer apitar. Mas... — Beau baixou o olhar por um momento. Agora era *ele* enrubescendo? — Não te perguntei o que queria beber, mas achei que, talvez...

Izzy se aproximou e viu o que havia na mesinha de centro. Uma garrafa de champanhe e duas taças.

Ele tinha feito isso só para ela? Beau queria celebrar tanto quanto ela?

Seu sorriso ficou maior. Ela nem tentou esconder.

— Achou que talvez o quê? — perguntou.

Izzy não o deixaria se safar aqui, não importa o quão doce fosse o momento. Queria saber qual era o resto daquela frase.

Ele respirou fundo.

— Pensei que talvez esta noite fosse uma boa ocasião para pegar uma champanhe do meu avô.

— Acho que foi uma ótima ideia.

AMOR ENTRE LIVROS

Ela se sentou no sofá, no mesmo lugar que usava o tempo todo. Mas a sensação era bem diferente agora.

Ele apanhou a garrafa, soltou o alumínio em torno da tampa e então lentamente abriu a gaiola em torno da rolha. Serviu a champanhe em duas taças e entregou uma para ela antes de se sentar ao seu lado.

— Saúde — disse ele. — A um dia compensando o tempo perdido.

Izzy bateu a taça na de Beau e tomou um gole de champanhe. Depois fitou a taça por um momento.

— Acho que o estoque de bebidas do seu avô vai me deixar mal-acostumada para o resto da vida — falou ela.

Beau riu.

— Essa champanhe é incrível, né? Perfeita para a ocasião.

Eles sorriram um para o outro de novo. Ele tirou a taça da mão de Izzy e a colocou na mesinha. A seguir, inclinou-se adiante e a beijou de novo.

Ela passou os braços em torno dele e o puxou para perto. Sentia a cobiça invadi-la, querendo-o por inteiro. Era como se tivesse que se agarrar a cada toque, gravar cada carícia na memória, absorver cada momento em sua corrente sanguínea.

Ele lhe beijou o cabelo e riu baixinho.

— Queria te beijar desde aquele primeiríssimo dia, sabe — confessou ele.

Ela se recostou no sofá e revirou os olhos.

— Queria nada. Só queria me botar para fora da sua casa.

Ele riu.

— Bem, no começo, era isso mesmo. Mas o negócio é que, quando você pareceu tão confiante, tão sem medo de mim, quando se recusou a deixar que eu te intimidasse, fiquei intrigado.

O dedo dele deslizou pelo rosto de Izzy, descendo pelo maxilar e chegando à clavícula.

Ela enfiou os dedos no cabelo dele.

— Humm, ficou, é?

Ele assentiu enquanto as mãos desciam pelo corpo dela.

— Fiquei.

Ela o puxou para junto de si. Quando estava prestes a beijá-lo outra vez, o alarme do celular dele disparou.

Beau riu.

— Jantar. — Ele balançou a cabeça e se levantou. — O momento perfeito.

Minutos depois, voltou para a sala de TV com uma bandeja cheia de comida.

— Não sei como se tornou tarefa minha trazer comida para você o tempo todo — disse.

Izzy abriu um sorriso brilhante para Beau.

— Eu também não sei, mas gosto muito disso. — Olhou para a bandeja. — Aaaah, brie assado? De onde veio isso?

Ele abaixou a bandeja até a mesinha de centro e se sentou.

— Encontrei no fundo da geladeira. Bem empolgante, certo? — Apontou para a tigela na mesa cheia de bolachinhas. — Foi por isso que trouxe as bolachas.

Ela se debruçou para a frente e cortou um pedaço de brie.

— Você pensa em tudo. Viu? Por isso que a comida ficou por sua conta. Não teria me lembrado das bolachinhas!

Ele estreitou os olhos para ela.

— Isso, minha amiga, é uma baboseira sem tamanho, e sabe disso.

Izzy gargalhou.

— Estava tentando *te* elogiar, tá?

Beau colocou uma pilha de fatias de salame e um punhado de bolachinhas em seu prato.

— Ah, perdi a parte em que *você* me dizia que queria me beijar desde o primeiro dia?

Izzy olhou de cantinho de olho para Beau. Ele sorria, mas com um pouco de timidez. Ela percebeu que ele queria mesmo uma resposta.

— Bem... não desde aquele primeiro dia. Na época, eu só te achava um idiota mesmo. Mas depois daquele dia na piscina...

Ele se recostou no sofá e sorriu.

— Sério? Você não pareceu nem um pouco afetada pela minha presença!

Ela revirou os olhos.

— Ah, vá! Com você desfilando seminu para lá e para cá daquele jeito?

Beau riu.

— Digo, eu estava *mesmo* tentando te impressionar, só não sabia se tinha conseguido.

Ela se voltou inteira para ele.

— Estava tentando me impressionar? — Beau não respondeu; apenas estendeu a mão para o prato. — Beau.

Ele parecia estar se concentrando muito em espalhar brie numa bolachinha. Finalmente, encolheu os ombros.

— Acho que sim... depende... do que você quer dizer com "tentando". Eu sabia que você estava sentada perto da piscina quando saí para nadar? Suponho que a resposta seja "sim". Eu nadei em estilo borboleta para me exibir um pouquinho? Talvez "sim" também. — Ele sorriu para ela. — Eu não fazia aquilo havia anos. Fiquei contente por lembrar.

Izzy não podia acreditar que ele fora para a piscina de propósito, só para vê-la. Colocou a mão na dele e deixou que ela subisse até o punho, o antebraço, para enfim pousar no ombro de Beau.

— Inclusive, você também não parecia ter sido afetado em nada pela minha presença — falou ela. — Pensei que nem gostasse de mim.

Beau riu.

— Ah, pode confiar, eu fui *muito* afetado pela sua presença desde o primeiro instante — disse ele. — E tenho gostado de você mais e mais a cada dia desde que chegou aqui. Eu só era... não sou, provavelmente, muito bom em demonstrar isso.

Esta era uma das conversas mais incomuns que Izzy já tivera com um cara. Usualmente, com os caras que ela namorava, eles esgrimavam um com o outro por algum tempo com flertes aleatórios e insultos ocasionais. Entretanto, depois de ficarem pela primeira vez (ou segunda, e geralmente até a décima vez), tudo era vago, no ar, sobre quando — ou se — eles se veriam de novo, o que estava rolando entre eles, como se sentiam um sobre o outro.

Beau e ela, porém, já tinham falado sobre tanta coisa nas últimas semanas que parecia natural falarem sobre isto também.

Talvez isso significasse que Izzy podia lhe fazer a pergunta em que vinha pensando.

Ele a cutucou.

— O que foi?

Ele a conhecia bem demais a essa altura para que Izzy hesitasse.

— Se queria isso desde o começo, por que não me beijou antes?

Beau colocou o prato na mesa e pegou a mão dela.

— Izzy. Você está morando na minha casa. Estamos trabalhando juntos. Essa situação toda já é estranha. Sei que posso ser um babaca às vezes, mas não queria ser esse tipo de babaca. — Ele sorriu suavemente. — Eu cheguei muito perto. Aquela vez, na cozinha. E na fila para o sorvete. Mas não queria fazer nada que você não quisesse também.

Ela se inclinou adiante e o beijou de novo. Amava o jeito como ele a beijava, como passava de gentil a apaixonado em segundos, como a tocava, como se cada parte do corpo dede Izzy fosse especial para ele.

E eles tinham mais três semanas juntos. O que aconteceria depois disso? Não. Não ia se permitir preocupar com o futuro agora.

Finalmente, ela se recostou no sofá.

— Não quero deixar o brie esfriar.

Ele riu e pegou o controle remoto.

— Não podemos deixar que isso aconteça. Nesta casa, não desperdiçamos queijo.

Beau colocou seu braço ao redor dela enquanto ligava a TV, e Izzy se apoiou nele para assistir. Depois de um episódio da série, ele voltou para a cozinha e regressou com brownies e sorvete.

— Eu me esqueci de perguntar — disse ele. — Conseguiu trabalhar bem hoje? Ah, e comprou o chá para Michaela?

Em toda a empolgação sobre a visita de Beau à mãe e depois com tudo o que ocorrera entre os dois, Izzy quase se esquecera das horas que havia passado naquele dia lendo seu manuscrito e do que tinha percebido.

Não, isso não era verdade; não se esquecera — o fato era uma vibração silenciosa e feliz implícita em tudo.

— Sim para as duas coisas — respondeu ela. — Comprei o chá da Michaela. E trabalhei bastante. — Izzy lhe sorriu. — Eu li meu livro todo. Aquele que eu tinha escrito antes.

Ele se sentou juntinho dela.

— Não sabia que ia fazer isso. Como foi?

Ele deslizou a mão para a dela. Ela sabia que Beau se importava com a resposta.

— Não sabia se teria coragem realmente. Estava com medo de perceber quanto o texto era ruim, fazendo-me sentir que não deveria seguir adiante. Mas resolvi que, se você podia ir visitar sua mãe hoje, eu podia enfrentar algumas palavras numa tela de computador. — Izzy não pôde conter o sorriso. — Ainda adoro o livro. Claro, ele tem seus defeitos, não é perfeito...

Antes que ela pudesse terminar aquela frase, Beau a envolveu em um abraço de urso.

— Ah, Izzy, fico tão contente! — falou ele. — E é claro que é perfeito; ele é seu.

Ele parecia tão feliz por ela. Tão confiante nela. Izzy aninhou-se nele, escondendo o rosto em seu peito para que ele não pudesse ver as lágrimas escaparem e escorrerem pelo rosto dela. Depois de um tempinho, ela se aprumou e tentou pegar sua sobremesa.

— Obrigada — falou Izzy. — Por ficar tão feliz por mim. Também estou muito feliz pelo livro. Ainda não sei o que vou fazer, se vou tentar encontrar uma agência ou só partir para escrever o próximo, sei lá. Mas ao menos sei que consigo escrever, que consigo fazê-lo. Só isso já faz toda a diferença.

Izzy se perguntou o que aconteceria no fim da noite. Por mais perfeito que o dia de hoje tivesse sido, por mais que ela amasse estar tão próxima de Beau, não tinha certeza se queria que o relacionamento fosse para um nível além do atual — pelo menos por enquanto.

Bem, não, ela sabia que queria, isso não estava em questão. Não quando ele a beijava, quando ela o beijava, quando os corpos deles estavam juntinhos e pressionados um contra o outro, quando as mãos grandes e fortes de Beau a seguravam e se moviam lentamente, subindo e descendo por seu corpo. Era só que tudo tinha mudado rápido demais. Era tão bom, ela estava tão feliz, que isso a deixava com medo. Não fazia ideia se estava certa em confiar nele, em se permitir mergulhar nisso com ele. E era por isso que não queria ir além, pelo menos não naquela noite.

Mais tarde, depois de organizarem a louça, Beau a acompanhou até o patamar da escadaria. Ela se perguntou se ele esperava subir, mas não deveria ter se preocupado.

— Boa noite, Izzy — falou ele.

Beau se abaixou e deu-lhe um beijo intenso, depois recuou um passo.

— Boa noite, Beau — disse ela.

Estava no meio da subida quando ele a chamou.

— Izzy.

Ela se virou e olhou para ele, lá embaixo.

— Hoje foi o melhor dia que eu tive há anos.

Ela se permitiu um sorriso tão amplo quanto o dele.

— Posso dizer o mesmo.

CAPÍTULO VINTE E CINCO

No domingo de manhã, quando Izzy entrou na cozinha, Beau estava de pé na frente de uma panela especial para waffles com uma tigela enorme de massa ao lado.

— Ah, que bom que está de pé — disse ele. Abriu a panela e colocou uma concha de massa dentro dela. — Não queria te acordar, mas também queria waffles, então estava num dilema significativo.

Izzy se serviu de café e sentou-se à mesa.

— Podia ter começado sem mim, eu não teria ligado — falou ela.

Ela não sabia bem o que esperar aquela manhã, depois de tudo o que acontecera. Tinha adormecido tão feliz na noite anterior, mas naquela manhã questionara tudo, perguntando-se se havia imaginado a forma como ele a olhara, sorrira para ela e a beijara.

Beau balançou a cabeça.

— Mas eu teria ligado.

Ele abriu um sorriso lento e muito meigo.

Izzy não tinha imaginado tudo.

— Além disso — continuou ele —, não sei do que gosta junto com os waffles. Não queria acabar com o chantili e os morangos e deixar você sem nada.

Ela meneou a cabeça.

— Pode ficar com eles. Para mim, manteiga e xarope de bordo, por favor. E bacon.

Normalmente, teria dito "Se você tiver" ou "Eu aceito o que tiver", algo assim. Mas Izzy precisou apenas de alguns dias na casa para saber que sempre havia literalmente qualquer coisa que quisesse na cozinha. Não fazia sentido não pedir exatamente aquilo que desejava.

Beau indicou o forno.

— O bacon está sendo aquecido ali, a manteiga está bem aqui na bancada, e vou pegar o xarope de bordo.

Ela tirou o bacon do forno, transferiu-o para um prato e colocou-o na mesa. Beau colocou um vidrinho de xarope de bordo na frente dela.

— Eis aí, diretamente de Vermont, um lugar em que nunca estive. Mas me disseram que xarope de bordo dá em árvores por lá.

Izzy tentou não sorrir com aquilo, mas fracassou.

Ele voltou para a panela de waffle, abriu-a de novo e serviu um waffle dourado e imenso em um prato.

— Venha pegar o seu waffle — pediu, colocando mais massa na panela.

Izzy foi até Beau.

— Não deveríamos dividir este? Agora eu que vou começar sem você — disse ela.

Ele fez que não com a cabeça.

— Quando tiver preparado seu waffle com manteiga e xarope, todo certinho, o meu estará pronto, não se preocupe. — Então ele passou o braço ao redor da cintura dela. — Humm, espere um segundo aí. Tem algo que esqueci de fazer.

Ele a puxou para perto e Izzy rodeou o pescoço dele com seus braços. Será que algum dia se cansaria do jeito como Beau a abraçava? Alguma coisa já tinha sido tão gostosa assim? Então ele a beijou e ela parou de pensar em qualquer coisa. Por fim, soltou-a com um longo suspiro.

— Seu waffle está esfriando — ele falou.

Ela lhe sorriu.

— Não me importo.

Ele a espantou na direção da mesa.

— Tá, mas o *meu* waffle vai queimar. Não podemos permitir isso.

Izzy se sentou com — tinha certeza — um sorriso muito convencido, exatamente como o que estava estampado no rosto de Beau. Colocou manteiga e xarope em seu waffle e duas fatias de bacon em seu prato. E, de fato, quando apanhou o garfo e a faca, Beau deslizou para o assento em frente ao dela com um monte de chantili e morangos por cima de seu waffle.

— Viu? — disse ele. — O que foi que eu falei?

Ela chacoalhou o garfo carregado de waffle para ele.

— Desculpe, mas não teria levado tanto tempo se não fosse pelas suas táticas de procrastinação.

O sorriso de Beau ficou mais convencido ainda.

— Acho que você gosta muito dessas minhas táticas.

Ela deixou o sorriso se ampliar.

— Até que pode estar certo quanto a isso — concordou ela.

Sorriram um para o outro por alguns segundos antes de se concentrarem na comida.

Ela estava apenas na metade de um waffle quando Beau se levantou para fazer um segundo.

— Quer outro? — ele ofereceu, antes de colocar a massa na panela.

Izzy balançou a cabeça.

— Agora não, talvez mais tarde.

Ele se virou para ela depois de fechar a panela.

— Falando em mais tarde, estava pensando que talvez pudéssemos terminar o trabalho mais cedo hoje e daí fazer uma caminhada à tarde ou algo assim.

Izzy arqueou as sobrancelhas para ele.

— Você faz muitas caminhadas por aqui?

Ele anuiu.

— Ah, sim, eu fui, tipo... — Ele levantou um dedo, depois mais um, como se estivesse contando. — Absolutamente zero vez no ano passado.

Izzy caiu na risada.

— Então por que...

— Olha — ele falou —, estava tentando pensar em algo parecido com um encontro que não fosse só você e eu sentados no sofá na sala de TV jantando! Porque, por mais que eu ame isso... e eu amo, não me entenda mal... pensei que talvez hoje pudéssemos fazer algo diferente.

Ah. Aquilo era de fato... meigo.

Beau olhou fixamente para a panela de waffle e o sorriso dela ficou ainda mais amplo. Será que ele estava embaraçado? Talvez ela não fosse a única a se sentir um pouco insegura naquele dia.

— E que tal isto? — propôs Izzy quando Beau tornou a se sentar com seu prato. — Talvez, depois de escrevermos durante a manhã, a gente possa ficar na piscina à tarde. Eu tenho que ler um pouco, mesmo...

Ele sorriu.

— É uma ideia ótima. E se saíssemos para jantar à noite?

Ela ergueu as sobrancelhas.

— Você quer dizer jantar na frente um do outro numa mesa, em vez de no sofá? — Ela sorriu. — Parece ótimo.

Izzy levou os pratos e os colocou na lava-louças quando ambos terminaram.

— Deixe eu subir e pegar minhas coisas, te encontro na biblioteca.

Cinco minutos depois, Izzy entrou na biblioteca, mas não viu Beau à mesa. Ela deu um pulo quando ouviu a voz dele. Virou-se e o avistou apoiado à porta. Esperando por ela.

— Por que demorou tanto?

Ele deu um passo e a puxou contra si.

— Tive que achar meu carregador — explicou, enquanto ele movia a boca cada vez para mais perto da dela. — Não o levei comigo ontem, então a bateria do meu notebook está no fim.

— Hum... — Os lábios dele estavam quase encostados nos dela enquanto ele falava. Izzy fechou os olhos para ouvir a vibração na voz dele. — Suponho que seja uma desculpa aceitável. Mas vou precisar fazer isto antes de nos sentarmos para trabalhar.

E então seus lábios estavam nos dela, e as mãos dela estavam no cabelo dele, e as mãos dele nas costas dela, pressionando-a para perto, e o corpo todo de Izzy se retesou em direção ao de Beau. Tinham acabado de se beijar na cozinha, mas daquela vez foi diferente, um pouco hesitante da parte de ambos, um beijo mais de "A gente vai fazer isso mesmo? Vai, sim" e "manhã seguinte ao primeiro beijo". Esse beijo era entusiasmado, seguro, confiante. Tudo o que pôde fazer foi se manter de pé. Os lábios dele em sua pele a faziam se esquecer de tudo, desejar tudo.

Beau escorregou as mãos por baixo da regata dela e abriu os dedos, espalhando-os na parte baixa das costas dela. Deus do céu, o jeito como ele a tocava a fazia estremecer. Ele fazia Izzy se sentir valorizada em cada centímetro dela, como se cada segundo que ele passava tocando-a, beijando-a, fosse importante para ele. Ela queria ignorar o notebook na bolsa pendurada no ombro, ignorar o livro dele, que era toda a razão para estar ali, e só ficar ali de pé e beijá-lo para sempre.

Izzy se obrigou a dar um passo para trás.

— Beau Towers. Temos trabalho a fazer.

Ele deu outro passo na direção dela e a tocou de novo.

— Humm, eu sei — falou ele. — Mal começamos. Preciso saber se você gosta de ser beijada aqui... — Ele beijou embaixo da orelha. — E aqui... — Beijou sua clavícula. — E aqui...

Izzy colocou o dedo nos lábios dele.

— Tá bem, você me forçou a isto. Regra nova: nada de beijos na biblioteca. — Ele balançou a cabeça, mas ela continuou a falar. — Na verdade: nada de *toques* na biblioteca.

Ela abaixou o dedo e se afastou dele.

Beau a encarou carrancudo.

— Nenhum toque? Nadinha? Isso é crueldade!

Izzy foi até a mesa e se sentou em seu lugar.

— Você não me deixou escolha. Esta sala é para trabalhar. Temos todo o resto da casa para os beijos.

Ela pensou a respeito daquilo. Em como seria a sensação de beijá-lo por toda a casa. Na sala de estar, num daqueles sofás grandes e compridos. Na cozinha de novo, pressionados contra o refrigerador, onde eles quase se beijaram antes. No quarto dela...

Ela olhou para ele e podia ver que ele também estava pensando a respeito disso.

— Bem, nunca estive tão inspirado para terminar meu trabalho do dia — disse, sentando-se.

Izzy empurrou o caderno de Beau por cima da mesa e ele o abriu na primeira página.

— Tá bem, colocando o cronômetro agora mesmo.

Ela abriu seu notebook.

No começo, foi difícil se concentrar. Ela escrevia uma frase ou duas, aí olhava de esguelha para Beau para ver se ele estava escrevendo ou olhando para ela e daí baixava o olhar. Depois de alguns minutos, porém, forçou-se a fingir que ele não estava ali. Funcionou mais ou menos, mas, depois de um tempo, ela mergulhou no que estava escrevendo. Essa coisa de que ela estava com medo demais para chamar de livro, porque, da última vez que o chamou assim, isso levou a um coração partido. No entanto, depois das últimas semanas de trabalho na coisa, de pensar na coisa, ela estava se tornando real para Izzy. Agora ela podia ver os personagens, a história, o formato do restante de tudo. Do restante do livro.

Quando o cronômetro disparou, digitou na correria por mais trinta segundos e então tirou as mãos do teclado. Levantou a cabeça e encontrou Beau sorrindo para ela.

— Não precisa parar por minha causa, pode continuar — disse ele.

Izzy balançou a cabeça enquanto salvava o arquivo, depois fechou o notebook.

— Tudo bem — respondeu. — Para mim, é bom terminar no meio de algo. Facilita a retomada na próxima vez. Se começo no início de um trecho, levo muito tempo para a coisa voltar a fluir.

Beau empurrou o caderno de volta para ela na mesa.

— Isso é bem estratégico — falou ele. — Você é ótima nisso.

As bochechas dela esquentaram enquanto se levantava.

— Obrigada — disse ela. — Mas é só...

— Não é só nada — respondeu ele. — É só você sendo boa nisso.

Talvez ela precisasse aprender a aceitar um elogio. Não tivera muitas oportunidades nos últimos anos.

Saíram da biblioteca juntos. Assim que passaram do batente da porta, Beau se virou para ela e lentamente a encurralou contra a parede.

— Não estamos mais na biblioteca — avisou ele.

Izzy lutou para conter o sorriso enquanto o olhava.

— Tem razão. Não estamos.

Ele levou a mão para a curva da cintura dela e movimentou o polegar lentamente para cima e para baixo.

— Sabe o que isso quer dizer? — perguntou ele.

— O que isso quer dizer?

Ele apoiou a outra mão na parede, prendendo-a ali com ele. Mas não havia nenhum outro lugar onde Izzy preferisse estar.

— Que eu posso fazer isto.

E então ele abaixou a cabeça e a beijou. Foi demorado, lento, gentil, mas cheio de ardor. Beau se manteve à distância e, quando ela estendeu as mãos e tentou puxá-lo para perto, Beau permaneceu onde estava. Ela podia sentir o sorriso dele contra seus lábios, mas ele apenas continuou beijando-a devagar, até ela sentir que podia enlouquecer. Depois de um longo tempo, ele se afastou e a olhou, com aquele sorriso ainda em seu rosto.

— A gente se encontra na piscina? — perguntou ele.

Ela respirava com dificuldade.

— A piscina. — Por que ele... Ah, é, este era o plano para a tarde.

— Isso. A gente se encontra lá daqui a alguns minutos. Só vou me trocar.

Ela subiu a escada correndo, ainda zonza depois daquele beijo. E ele sabia disso, aquele cretino. Ela sorria ao entrar no quarto.

Izzy estendia a mão para pegar um vestido de verão quando se lembrou de algo. Em um rompante de otimismo, ou coragem, depois que Marta dissera que ela podia ficar por mais tempo, comprara um biquíni on-line. Havia experimentado quando ele chegou, na sexta-feira; era listrado em branco e azul, e Izzy se achou bonitinha nele. Mas será que se sentia confortável o bastante nele — e confortável o bastante com Beau — para colocá-lo hoje? Ele costumava sair com modelos e atrizes, afinal de contas. Não, talvez não devesse usá-lo.

E então ouviu a voz de Priya em seu ouvido.

COLOQUE O BIQUÍNI!

Izzy riu alto.

— Tá bom, Priya, você venceu. Vou colocar.

Sentia que tinha que obedecer à Priya invisível, já que não havia contado a ela ontem sobre Beau. Queria contar — quase mandara uma mensagem de texto ontem à noite, depois de voltar para o quarto.

Entretanto, tudo com Beau estava tão bom neste momento, tão perfeito, quase mágico. Parecia que contar sobre isso a alguém, a qualquer pessoa, podia quebrar o encanto.

Beau não estava lá quando Izzy saiu para a piscina. O jardim das rosas ficava logo depois da piscina, e as flores começavam a desabrochar — ela podia sentir o perfume delas desde lá. Arrumou uma das espreguiçadeiras da piscina para que ela reclinasse no ângulo perfeito e se recostou. Alguns minutos depois, ele foi para fora, uma bolsa numa das mãos e duas toalhas jogadas por cima do ombro.

— Pensei que talvez desse uma fominha aqui fora — disse Beau. — Então trouxe petiscos.

Ele tirou da sacola uma tigela, que colocou na mesa perto de Izzy. Depois, pegou um saco de batatinhas fritas, que despejou na tigela. Em seguida, tirou da sacola um potinho com molho, que serviu em outra tigela.

— Sabe — comentou Izzy —, uma das coisas que sempre gostei em você é o seu compromisso com as guloseimas.

Ele lhe sorriu enquanto tirava garrafinhas de uma limonada alcoólica da sacola.

— Acredita que estava pensando a mesma coisa a seu respeito?

Ele jogou uma toalha nas costas da cadeira dela e a outra nas costas da cadeira mais próxima.

— Vou nadar algumas voltas na piscina antes de beliscar. Volto já.

Izzy assistiu enquanto ele caminhava até a piscina e entrava. E então apenas olhou fixamente os braços dele cortando a água, aqueles músculos nas costas se flexionando. Dessa vez, não tinha que fingir desviar o olhar.

Ela olhou para seu vestido. Estava nervosa, muito nervosa quanto a usar o biquíni, mas sabia que, em algum lugar de Nova York, Priya estava gritando para ela tirar o vestido, sem nem saber o porquê. Então puxou o vestido por cima da cabeça e ficou ali, na espreguiçadeira, de biquíni.

Ela olhou para seu e-reader e tentou se concentrar no manuscrito, falhando miseravelmente. No final, Beau saiu da água e se virou na direção dela. E então parou, caminhando bem devagar até Izzy.

Ele ficou de pé, assomando sobre ela e bloqueando a luz do sol enquanto seu cabelo respingava sobre as pernas dela. Izzy o encarou.

— Você disse que não tinha roupa de banho aqui — falou ele, um tom de acusação na voz. — Não foi por isso que precisamos arranjar uma para você surfar?

— Eu não tinha — respondeu ela. — Naquele momento.

Os olhos dele lhe esquadrinharam o corpo todo. Deus do céu, aquela expressão no seu rosto fazia-a se sentir bem.

— Bom. — Ele se sentou na frente dela, ainda a encarando. — Seja lá onde comprou isso, benza Deus, é tudo o que tenho a dizer.

Ela riu, meio de alegria, meio de puro alívio.

— Ah, você gostou? — perguntou.

— Se eu gostei? Tenho a sensação de que sabe exatamente quanto eu gostei — disse Beau.

O sorriso dela ficou maior.

— Mas pode ficar à vontade para me contar em detalhes.

Ele se levantou de novo e depois se juntou a ela na mesma espreguiçadeira.

— Ah, vou fazer melhor do que isso — falou.

Isabelle conseguiu ler pouquíssimo junto à piscina naquele dia.

CAPÍTULO VINTE E SEIS

Quando entraram no carro depois do jantar, Izzy olhou para Beau.

— Então... isso foi esquisito, certo?

Beau suspirou.

— Eu esqueci. Você nunca tinha visto, né? — Ele deu partida no carro. — Não fomos a lugar nenhum juntos onde alguém tenha prestado atenção em mim. Ninguém na praia se importa com quem eu sou, isso se é que sabem. Tudo com que os surfistas se importam é como o mar está naquele dia, por isso gosto deles. Mas aquele garçom definitivamente sabia.

Ela o fitou de esguelha.

— Ele parecia meio... com medo de você? Ou estou vendo coisas?

Beau sacudiu a cabeça.

— Não. — Ele encarou a rua. Izzy pensou que Beau ficaria zangado com a hostilidade do garçom em relação a ele, mas a expressão em seu rosto era mais resignada do que qualquer outra coisa. — Criei uma reputação quando era mais novo, e ela nunca chegou a se desfazer. Depois daquela briga no bar e daquele acidente de carro e tudo o mais. Ninguém vai acreditar nisso... especialmente depois do que fiz com minha mãe no funeral... e não estou tentando fingir que sou perfeito, mas muito daquela reputação foi imerecida. Na briga de bar, estava só defendendo minha amiga Madison. Um cara apertou a bunda dela, então eu lhe dei um soco. Provavelmente não foi a maneira mais apropriada de lidar com isso, mas as pessoas sempre faziam isso com Madison, e eu sabia quanto ela estava cansada disso. E daí, no acidente de carro, estava levando outro amigo para casa... ele estava *bem chapado* e agarrou o volante porque achou que seria engraçado. — Ele se virou e olhou para Izzy. — Eu estava totalmente sóbrio naquela noite.

Ela colocou a mão no braço dele.

— Acredito em você.

Ele abriu um sorriso.

— Obrigado. Mas, enfim, virou essa coisa toda. Eu era o nervosinho, o bad boy do grupo, sabe? — Beau a olhou novamente quando parou no semáforo. — Também era o único negro.

Ela assentiu.

— É. — Ela levantou as sobrancelhas para ele. — Está escrevendo sobre tudo isso?

Ele suspirou dramaticamente.

— Ela tem uma fixação, não é? — Beau sorriu para Izzy. — Vou escrever a respeito. Tá na minha lista. Só não cheguei lá ainda. Tenho escrito um pouco fora da ordem. Alguém me disse que eu podia.

Ela lhe deu uma cotovelada e Beau caiu na risada.

Izzy se virou para ele no caminho para casa.

— Conversou com algum de seus amigos desde que veio para cá?

Ele balançou a cabeça.

— Eles me enviaram mensagens de texto por algum tempo, conferindo como eu estava. Bem, meus amigos enviaram. Mas eu os ignorei. E agora parece tarde demais.

Izzy colocou sua mão na dele.

— Se eles são bons amigos, não é tarde demais.

Ele engoliu em seco.

— É. Acho.

Ela não o pressionou.

Quando entraram na casa, Beau a fez parar junto da porta outra vez e se curvou para beijá-la. Ela ainda não conseguia acreditar que aquilo estava acontecendo. O fim de semana todo parecia quase mágico.

— Sabe — disse ela —, a partir de amanhã, teremos que parar de nos beijar no corredor desse jeito. Michaela estará por perto. Não queremos deixá-la desconfortável.

Ele afastou o cabelo do rosto dela e se inclinou para beijá-la de novo.

— Humm, bem pensado — constatou. — Acho que isso significa que temos de tirar vantagem disso enquanto ainda podemos.

Por fim, algum tempo depois, ela se afastou.

— Tenho que acordar cedo amanhã, então...

Beau lentamente a soltou.

— Vejo você amanhã, Izzy.

Ela lhe sorriu antes de se virar para ir ao segundo andar.

— Vejo você amanhã, Beau.

Enquanto ia até a cozinha de manhã para tomar café, Izzy ouviu a risada dele desde o corredor.

— O que te deixou nesse humor tão alegre logo cedo? — Michaela lhe perguntou, bem quando Izzy entrou na cozinha.

— Ah, sabe como é, o clima estava ótimo esse fim de semana, é provável que seja isso. — Beau se virou quando ela entrou. — Bom dia, Izzy.

Ela tentou sorrir para ele como sempre, do mesmo jeito que fazia antes. Como, exatamente, sorria para ele antes? Não conseguia lembrar agora. Primeiro tinha sido um sorriso alegre e falso, sabia disso. Mas, em algum momento, isso havia mudado. E daí mudara de novo. Sabia que não podia sorrir do jeito que queria, que dizia "Eu me diverti muito te beijando o fim de semana inteiro e, se Michaela não estivesse a apenas alguns metros da gente, estaria te beijando agora mesmo", em especial porque Michaela a encarava fixamente. Izzy torceu para estar com cara de sono e foi direto para a cafeteira.

— Bom dia — cumprimentou, tentando dirigir a saudação aos dois.

— Como foi seu fim de semana? — perguntou Michaela.

Izzy podia sentir os olhos de Beau sobre si enquanto ia até a geladeira pegar leite.

— Ah, foi bom — disse ela, sem olhar para ele. Ela colocou o leite em seu café e o devolveu ao interior da geladeira. — Pelo visto, teve uma nevasca em Nova York nesse fim de semana, então estou intragável por estar aqui, obviamente.

Beau e Michaela riram.

Ela olhou para o cantinho dos pães e dos doces assados. Havia muffins de limão e sementes de papoula, e Izzy colocou um em um prato.

— Tá bom, é melhor eu voltar lá para cima. Eu, hã, tenho uma ligação daqui a poucos minutos.

Ela começou a sair da cozinha.

— Izzy.

Ela se virou ao som da voz de Beau. Os olhos dele pareciam tão afetuosos...

— Sim?

— Duas e meia? Na biblioteca?

O sorriso dele era ínfimo, mas ela podia senti-lo do outro lado do cômodo.

— Isso — falou ela. — Duas e meia na biblioteca. Vejo você lá.

Quando ela entrou na biblioteca aquela tarde, Beau já estava lá, sentado à mesa, o notebook aberto.

— Finalmente — disse ele, quando ela chegou. — Estou esperando há uma eternidade.

Ela apertou os lábios.

— Em primeiro lugar, só estou cinco minutos atrasada; tive uma ligação que se estendeu demais. Em segundo, costumamos nos reunir às três, então, na verdade, estou vinte e cinco minutos adiantada.

Beau lhe sorriu.

— Eu sei. Mas não podia esperar tudo isso hoje. — Ele pegou o caderno que Izzy empurrara sobre a mesa. — Além disso... antes de começarmos a trabalhar, gostaria de solicitar uma leve emenda às regras.

Ela inclinou a cabeça enquanto abria o notebook. Tinha razoável certeza do que viria.

— Hum, isso depende de quais regras estamos falando.

Izzy gostava daquela expressão nos olhos dele. Mas então se deu conta de que gostava de quase todas as expressões dos olhos dele.

— As regras sobre a biblioteca. E sobre o que podemos ou não fazer aqui.

Ela tentou manter uma expressão de seriedade.

— Entendo. De que tipo de emenda estamos falando?

Ele juntou as pontas dos dedos e a fitou por cima deles.

— Bem. Eu acho que quando nós... ou melhor, quando você... fez essa regra, nós, digo, você não considerou que, durante a semana, Michaela estaria por perto, e então esse tempo na biblioteca seria nosso único momento sozinhos durante o dia. Então eu *acho* que deveríamos ao menos intercalar o horário de trabalho com... outras coisas. Digamos, cinco minutos no começo e cinco no final para fazermos... o que quisermos enquanto estamos aqui.

Izzy sorriu para Beau.

— Boa tentativa. Mas este ainda é nosso horário de trabalho. Apenas trabalho por aqui.

Ele soltou um suspiro.

— Sabia que diria isso. Mas tinha que tentar.

Ela riu e preparou o cronômetro.

Quando saíram da biblioteca, Beau olhou para um lado, depois para o outro. Em seguida, agarrou a mão dela, puxou-a pelo corredor para dentro da sala de TV e fechou a porta.

— É melhor não tentar me dizer que não podemos nos beijar *nesta sala* — disse ele, abaixando a cabeça.

Ela passou os braços ao redor do pescoço dele e o puxou para perto.

— Acredito que esta seja a sala "cala a boca e me beija", na verdade.

Ele sorriu.

— Bem, então acho melhor eu fazer o que a sala manda.

Na manhã de quarta-feira, algumas horas depois de ela ter descido para pegar café e uma das delícias mais recentes de Beau, Izzy ouviu uma batida na porta aberta do quarto. Levantou a cabeça com um sorriso, esperando que fosse Beau. Em vez disso, Michaela estava na porta.

— Ah, oi, Michaela — disse Izzy.

Por que ela pensara que seria Beau? Ele nunca subia até ali. Talvez apenas esperava que fosse ele.

— Oi, Izzy. Espero não estar interrompendo nada... — Michaela lhe sorriu. — Tenho um favor para lhe pedir.

Izzy gesticulou para que ela entrasse.

— Claro, pode entrar. Estava só tentando responder a um e-mail irritante, nada de mais.

Michaela sorriu de novo.

— Bem, então fico feliz por ter te resgatado. — Ela se sentou e olhou ao redor, observando o quarto e depois a vista da janela. — Este quarto é realmente ótimo. Não é de espantar que Beau tenha te colocado aqui.

Izzy olhou para o quarto também.

— É, eu adoro este lugar.

Michaela deu as costas para a janela com um sorriso.

— Estava pensando se teria tempo para vir fazer compras comigo mais tarde.

Fazia sentido que Michaela precisasse de mãos extras às vezes, com o tanto de comida armazenada na casa.

— Claro, ficaria feliz em ir — respondeu Izzy. — Mal posso esperar para ver como acontece a magia do armário de guloseimas.

Michaela riu.

— Ah, não, não é compra de comida. — Ela fez uma careta. — Comprar roupas. Vou a um casamento neste fim de semana e preciso de um vestido. As suas roupas são sempre tão bonitas que pensei que talvez pudesse me ajudar a encontrar um.

Izzy ficou lisonjeada. Sua coleção de vestidos havia *mesmo* crescido consideravelmente desde que estava ali. Vinha economizando tanto dinheiro com a estadia naquela casa, sem ter que pagar por transporte, alimentação, passeios nem quase mais nada, que se permitira desfrutar um pouco. Além disso, tinha acabado de receber um *save the date* para o casamento de uma amiga no verão; provavelmente também precisaria encontrar um vestido para um casamento próximo.

— Ah, adoraria, parece divertido! Beau e eu costumamos encerrar na biblioteca por volta das quatro e meia, cinco horas. Quer ir nesse horário?

Michaela se levantou.

— Perfeito! Obrigada, fico muito grata.

— Obrigada por vir comigo — disse Michaela, enquanto desciam a colina de carro.

— Ah, sem problemas — falou Izzy. — Tem tantos lugares bons para comprar por aqui! Apesar de a maioria ser cara demais para meu orçamento. Mas encontrei algumas pechinchas.

Michaela parou para deixar alguém atravessar a rua com um cachorro na coleira.

— Nem me diga. Estou disposta a esbanjar um pouco, se encontrar algo ótimo, mas quem sabe? Essa é a primeira coisa mais ajeitadinha a que preciso ir desde que tive Mikey, e a ideia de fazer compras é meio aterrorizante. Especialmente porque estive trabalhando para o Beau durante o último ano, o que quer dizer que vestir qualquer coisa além de uma peça com elástico na cintura me faz estar arrumada demais.

As duas riram.

— Como isso acabou acontecendo? — perguntou Izzy. — Você trabalhar para Beau, quero dizer.

Ela vinha se perguntando isso desde o começo e, de algum modo, acabara nunca perguntando a ele.

— Ah, é uma longa história — falou Michaela.

Izzy se perguntou se esse era o jeito dela de ignorá-la e não contar a história, mas Michaela começou a falar outra vez.

— Eu conhecia os avós dele. Meu pai trabalhou para o avô dele há muito tempo, e eles continuaram próximos, então conheço Beau desde sempre. Sempre gostei dele, embora tivesse a reputação de ser um babaca. Mas ele nunca foi assim por aqui. A avó dele e eu sempre tomávamos chá juntas, e ela me deu uma chaleira de presente no meu aniversário certa vez; fiquei tão empolgada! Ele me provocava por causa disso e me chamava de Bule, e aí meio que... pegou. — Ela riu. — Enfim, depois que o avô dele faleceu, os advogados contrataram meu pai para ficar de olho na casa, dar uma conferida de vez em quando. E, um dia, um dos vizinhos ligou para meu pai para dizer que tinha visto alguém entrando e saindo da casa, e só queria se certificar de que não tinha sido ele, antes de chamar a polícia. Meu pai pensou que podia ser Beau, então ele e eu, e o bebê Mikey, subimos até a casa para conferir. Quando entrei na cozinha, tudo estava... — Michaela arregalou os olhos — o puro caldo do caos, e Beau de pé, batendo algo numa tigela e respingando aquilo por todo lado.

Izzy sorriu. É, ela podia imaginar isso.

— Ele ficou furioso por você estar lá?

Michaela riu.

— Eu ia dizer *Você pode imaginar?*, mas não precisa imaginar. Quando ele se deu conta de quem nós éramos, se acalmou. Deixamos nosso contato e, dias depois, Beau me mandou uma mensagem de texto perguntando se eu conhecia alguém que pudesse cozinhar para ele e coisas assim, já que estava cansado de pedir delivery. Eu sempre trabalhei em restaurantes, mas tinha acabado de ter um bebê alguns meses antes e estava apavorada em voltar para aquele mundo, então disse que faria isso. No começo, era só entregar comida caseira para ele algumas vezes por semana, então comecei a ficar para cozinhar lá mesmo, lavar a louça, essas coisas, e daí ele teve a ideia para a fundação... Ele te contou sobre isso, né?

Izzy assentiu e tentou manter uma expressão neutra. Beau lhe contara sobre a fundação antes que eles fossem qualquer coisa além de colegas de trabalho.

Não que ela se incomodasse de Michaela saber que havia algo acontecendo entre ela e Beau. Porém, pelo mesmo motivo que não contara para Priya, não queria dizer nada para Michaela ainda. Era gostoso que isso ficasse apenas entre Beau e ela. Pelo menos por enquanto.

— Enfim, ele me pediu se eu podia ajudá-lo com essas coisas, então, acabei trabalhando para ele em período integral. — Ela deu de ombros. — É um emprego meio esquisito, mas é superflexível para quem tem um bebê. Beau não liga se eu chegar mais tarde algumas manhãs, se o bebê tornar impossível que eu passe pela porta de casa ou caso eu precise de uma folga de emergência porque ele está doente, ou se eu levar o bebê alguns dias por uma ou duas horas se precisar, ou qualquer coisa assim.

Izzy tentou imaginar como Beau teria sobrevivido durante o último ano se não tivesse Michaela por perto. Não conseguiu.

— Bem, graças aos céus ele tem você — disse Izzy. — Senão, tudo teria ficado uma bagunça.

— Uma bagunça maior, você quer dizer. — Michaela olhou de relance para Izzy. — Estava preocupada com ele, sabe?

— Ah, é? — Izzy a fitou, mas os olhos de Michaela estavam na estrada. — De modo geral ou...?

Michaela anuiu.

— De modo geral. E *ou* também.

É. Qualquer um que visse Beau todos os dias ficaria preocupado com ele. Ao menos, qualquer um que se importasse com ele.

— Sabia que ele estava ansioso sobre esse livro, apesar de... ou talvez especialmente porque... ele nunca falava a respeito — falou Michaela. — Como está indo, afinal? Bem, parece.

Izzy sorriu.

— Muito bem. Nem sei se Beau se dá conta de quanto ele já fez e até onde já chegou. Ele trabalhou tanto no livro. Estou realmente orgulhosa dele por tudo o que fez e acho que o livro vai ser ótimo.

— Ah, é tão bom ouvir isso — disse Michaela.

Izzy sabia que era muita animação, mas era verdade. Ele tinha trabalhado bastante. Mas precisava parar de conversar sobre Beau antes que falasse demais.

— Certo, me conte mais sobre esse casamento e que tipo de vestido está procurando. Precisamos de um plano de ataque.

O sorriso de Michaela se desvaneceu.

— Gostaria, de preferência, de algo que se pareça com uma toalhinha de crochê. Será que conseguiremos algo assim?

Izzy riu.

— Verei o que posso fazer.

CAPÍTULO VINTE E SETE

Na sessão de sexta-feira na biblioteca, Beau fechou seu notebook e sorriu para ela.

— Quer ir surfar amanhã cedo? A previsão é de chuva, então a praia não estará lotada.

Izzy levantou as sobrancelhas para ele.

— Sinto que essa é uma daquelas vezes em que o público tem sua razão. A água não vai estar congelante? E as ondas não estarão grandes demais para mim?

Beau chacoalhou a cabeça enquanto ambos se levantavam para deixar a biblioteca.

— Eu conferi a previsão para as ondas: não estarão tão altas assim. E não vai ter vento, só uma chuvinha. O tempo perfeito para uma novata. — Ele estendeu a mão para o ombro dela quando ambos caminharam na direção da porta, mas se segurou. — Além do mais, eu estarei lá. Você não tem nada com que se preocupar.

— Tá bem — disse ela. — Surfe amanhã cedo parece ótimo.

Seria um encontro?, perguntou-se. Estariam "namorando"? Tecnicamente, tinham ido a precisamente um encontro. Também, tecnicamente, fazia menos de uma semana desde que tinham se beijado pela primeira vez, mas passaram o dia todo juntos no sábado e no domingo, e daí essa semana haviam passado o máximo de tempo que podiam bem próximos. Era meio esquisito namorar alguém com quem se morava.

Sorriu para si mesma. Esquisito, mas bom.

Partiram para a praia às sete na manhã seguinte. Izzy se opôs quando Beau sugeriu o horário — ele disse que era quando "surfistas de verdade" iam para a praia —, mas estava tão acostumada a se levantar às seis para o trabalho durante a semana que o protesto foi frágil.

Assim que estavam dentro d'água, Izzy conseguiu ficar de pé na prancha já na segunda vez que tentou. E continuou de pé por cinco segundos inteiros antes de cair. Ela contou.

— Uau — disse Beau, depois que ela voltou à superfície. — Tô impressionado. Parece que alguém andou treinando equilíbrio.

Ela treinara, de fato.

— Bom trabalho — falou ele, curvando-se na direção dela.

De modo geral, quando ficavam tão perto assim um do outro, Izzy se sentia muito menor do que Beau. Porém ali, na água, estavam cara a cara. Ela gostava disso.

E isso a fez pensar em como seria em outro lugar, ficar perto assim quando olhassem um para o outro, quando se beijassem.

Beijaram-se dentro d'água por um tempo, Izzy se segurando em Beau com um dos braços, até alguém passar nadando por eles e assoviar. Então se separaram.

Beau gesticulou para Izzy.

— Certo, vamos tentar de novo — falou, com uma expressão de divertimento. — Mas... estou curioso. Qual roupa de banho você está usando por baixo desse macacão de neoprene?

Izzy nem tentou conter o sorriso que se esparramou por seu rosto.

— A listrada.

Beau fechou os olhos e respirou fundo antes de tornar a abri-los.

— Era o que eu temia. Certo. Tudo bem. Vou me empenhar ao máximo para me concentrar nisso... — ele indicou a água — e não nisso aí. — Ele indicou Izzy. — Mas vai ser um desafio.

Izzy sorriu enquanto subia na prancha. Nunca antes havia estado com alguém que ficasse tão excitado por ela. Os caras ficavam interessados nela, claro. Mas excitados e dispostos a demonstrar isso? Não tinha certeza de se algum dia soubera que era possível.

AMOR ENTRE LIVROS

Respirou fundo e se levantou. Enquanto olhava para a praia calma, fria e chuvosa, deu-se conta de outra coisa. Estava tão excitada por Beau quanto ele por ela. Será que ele sabia? Não tinha certeza. Izzy havia se contido e sabia o motivo para isso. Sentia um nervosismo em confiar nele, em se declarar, pedir aquilo que queria. Um nervosismo de que, se ela o fizesse, tudo desmoronaria.

Mas, se havia aprendido algo com toda essa experiência na Califórnia, era que não conseguiria o que queria se não pedisse.

Uma onda ergueu a prancha e a carregou até a praia. Ela levantou os braços, triunfante, e, antes que se desse conta, Beau a apanhou e rodopiou.

— Você conseguiu!

Ela jogou os braços em torno dele e o beijou.

— Consegui!

Após um longo beijo, ela deslizou pelo corpo dele e voltou para a areia.

— Beau? — disse Izzy.

— Oi! — Ele lhe sorriu.

— Vamos para casa.

Ele pegou a mão dela no caminho até o carro, como havia feito depois de se sentarem nessa mesma praia e se beijarem pela primeira vez. Manteve a mão dela na sua por todo o caminho para casa enquanto dirigiam debaixo de chuva, que começara a cair mais pesada depois que tinham saído da praia.

— Acabo de me lembrar de uma coisa — falou Beau, quando entrou com o carro até a porta da garagem.

Izzy se virou para ele.

— O quê?

Ele apertou a mão dela.

— Hoje é sábado. Temos a casa só para nós.

Começaram a se acariciar assim que passaram pela porta principal. Os braços dela envolveram o pescoço dele, as mãos dele agarraram as costas de Izzy, e ambos se beijaram como se fizesse semanas que não se tocavam, meses que não se beijavam. Beijaram-se como se os beijos fossem oxigênio, como se precisassem deles para respirar. Beau empurrou as alças do vestido dela para baixo e beijou seu pescoço, a clavícula, o ombro, o braço. Os lábios dele na pele dela a fizeram ofegar.

Beau se endireitou e ela subiu as mãos pelo peitoral dele. Fechou a mão, segurando a camisa dele em seu punho, e o puxou mais para perto. Ela podia sentir o sorriso nos lábios dele quando a beijou de novo.

Por fim, recuou e o encarou.

— Beau?

— Oi!

Ele estava sem fôlego. Ela também.

— Por que não vamos para o seu quarto?

Ele deslizou o dedo pela bochecha dela.

— Izzy. Tem certeza?

Ela assentiu.

— Absoluta.

Ele sorriu e pegou a mão dela. Guiou-a pelo corredor, passando pelo escritório de Michaela, pela cozinha, e abriu a porta bem no finalzinho do corredor. Ela olhou em torno enquanto entrava. O quarto de Beau tinha paredes cinza-claro, uma janela imensa que dava para o jardim de rosas e uma cama bem grande. Olhar para a cama de repente a deixou ansiosa.

— Sabe que, até este minuto, eu não fazia ideia de onde ficava o seu quarto? — perguntou.

Ele sorriu.

— Onde mais você achava que podia ficar?

Ela encolheu os ombros.

— Esta casa tem tantas salas secretas e escondidas que podia estar em qualquer lugar! Se me levasse até o terceiro andar, eu teria apenas concordado e feito algum comentário do tipo: "Sempre achei que houvesse apenas dois andares; acho que não vi essa outra escadaria."

Ele encaixou o rosto dela em suas mãos e riu. Ela riu com Beau. Não estava mais ansiosa. Estava contente por estar ali com ele.

— Como foi que eu dei tanta sorte para que entrasse nesta casa naquele dia?

Então, ele a beijou de novo. Ficaram ali de pé, beijando-se, até se sentarem na cama, ainda se beijando, e deitarem na cama, continuando a se beijar. Era uma delícia estar tão perto dele, vê-lo desse jeito, beijá-lo, tocar nele.

Ele a beijava suavemente enquanto deslizava a mão pela lateral de seu corpo.

— Está feliz? — perguntou.

Ela sorriu e estendeu a mão para ele.

— Muito.

Depois, ficaram ali deitados juntos, aquecidos, confortáveis, felizes. Ela repousou a cabeça no peito amplo dele e acariciou os pelos macios. Virou a cabeça e beijou o peitoral dele, e Beau segurou sua mão e a levou até os lábios.

— Ei, Beau... — disse ela.

— Humm?

Ela podia sentir o peitoral dele vibrar contra seu rosto.

— Temos os ingredientes para fazer mais daqueles waffles?

Ele riu e se virou para que os dois ficassem frente a frente.

— Está me dizendo que, depois de tudo o que já fiz nesta manhã, quer que eu vá para a cozinha e faça waffles para você?

Izzy traçou as sardas dele com o dedo.

— É exatamente o que estou te dizendo — disse ela. — Lembre-se, eu gosto deles com manteiga e...

— Xarope de bordo — terminou ele, jogando as cobertas para o lado e saindo da cama. — Aposto que também quer café e bacon para acompanhar, não quer?

Izzy puxou as cobertas até o queixo e sorriu para ele.

— Ah, sim. Definitivamente, quero, sim.

CAPÍTULO VINTE E OITO

Eles não trabalharam na biblioteca naquele dia, pela primeira vez em mais de um mês. Tinham distrações demais. No dia seguinte, porém, Izzy se virou para Beau depois que ele lhe levou café na cama de novo — desta vez, panquecas.

— Sinto-me culpada por ontem — disse ela. Ele arqueou uma sobrancelha para ela, que riu. — Não essa parte de ontem. Nós não...

— Ah, podemos mudar isso agora mesmo — disse ele, aproximando-se de Izzy. Ela colocou a mão sobre a boca dele.

— Ai meu Deus! Não, não era isso o que eu queria dizer! Não trabalhamos nadinha ontem, era disso que estava falando. Nós dois temos trabalho pendente. Vou tomar um banho e te encontro na biblioteca daqui a trinta minutos, tá bem?

Os lábios de Beau se curvaram em um muxoxo. Izzy se obrigou a resistir ao impulso de beijá-lo.

— Você quer dizer na sala onde não tenho permissão para tocar você?

Izzy assentiu.

— Exatamente, é dessa sala que estou falando. Uma hora. Talvez duas. Você aguenta. Aguentou na semana passada...

Beau colocou a mão no quadril dela e sorriu.

— É, mas isso foi antes — falou ele. — Vai ser muito mais difícil agora que eu sei...

Izzy se levantou da cama em um salto.

— Termine essa frase depois que sairmos da biblioteca.

Saíram para jantar naquela noite em um restaurante pequeno, onde se sentaram ao fundo, perto do jardim, cercados por lâmpadas de calor e pelo perfume de jasmim. O garçom sorriu para eles enquanto anotava o pedido — se reconheceu Beau, não demonstrou.

— Passamos muito tempo falando sobre o meu livro — disse Beau — e pouco tempo falando do seu. Posso perguntar como as coisas estão ou não quer conversar sobre isso?

Izzy gostou de como ele apresentou a pergunta.

— Pode perguntar, sim — falou. — Pode ser só o período de lua de mel, ou estou reenergizada com a escrita por causa do trabalho com você, ou, sei lá, só por estar aqui, mas está fluindo mesmo, de um jeito que é tão raro acontecer... — Izzy tentou encontrar uma maneira de explicar o que queria dizer. — Sinto como se vivesse com essas pessoas, e não que só escrevo sobre elas. É como se mal pudesse esperar para ver o que vão fazer na sequência. Acordo de manhã feliz por poder trabalhar no livro naquele dia. Tenho acordado um pouquinho antes para trabalhar nele... bem, tirando hoje. — Sorriram um para o outro. — Acho que estou me apaixonando por ele, de certa forma, e a sensação é maravilhosa.

O garçom trouxe os aperitivos deles naquele momento, graças a Deus, porque Izzy podia sentir aquela última frase pairando no ar. *Estou me apaixonando por ele.* Ela *tinha* que usar essas palavras?

Será que as havia usado por um motivo? Será que estava se apaixonando por algo mais além do livro? Não queria pensar sobre isso agora, com Beau sentado diante dela, a luz das velas na mesa aquecendo a pele dele, as mãos fortes em volta do copo d'água, o riso da piada ruim contada pelo garçom fazendo Izzy sorrir.

O garçom se afastou, e Beau colocou um pouco da salada que dividiam no prato dela.

— É ótimo que esteja indo tão bem. — Ela soltou um suspiro de alívio por ele ter levado a conversa de volta à escrita. — Também está trabalhando no outro?

Ela balançou a cabeça.

— Fiz uma porção de anotações para mim mesma nele, mas agora estou deixando tudo marinar. Não quero fazer nada às pressas. — Izzy sorriu. — Além disso, andei um tanto ocupada esta semana.

Beau estendeu a mão sobre a dela por cima da mesa, e sorriram um para o outro.

Naquela semana, ficou ainda mais difícil esconder de Michaela tudo o que havia entre eles, especialmente porque Izzy acordou na cama de Beau todas as manhãs. Claro, costumava acordar bem antes de Michaela chegar, beijava Beau no rosto, ainda adormecido, e corria de volta para seu quarto, a fim de dar início aos trabalhos. Mas sobretudo porque sua rota de retorno ao quarto a levava a passar pela cozinha, pelo escritório de Michaela e pela porta principal, Izzy estava sempre com medo de que Michaela fosse chegar na casa mais cedo um belo dia e que a visse passar correndo de regata e calça de pijama, descobrindo, assim, de onde estava vindo.

Não tinha certeza exata de por que ambos se empenhavam tanto em esconder de Michaela o relacionamento deles — com certeza ela era capaz de compreender o que podia acontecer quando duas pessoas na casa dos vinte anos moravam juntas. Não estavam escondendo o relacionamento do mundo lá fora; tinham saído para jantar duas vezes e haviam dado uns amassos na praia feito adolescentes várias vezes.

Seria porque nenhum deles queria — ou estava pronto para — responder às perguntas de Michaela sobre o que acontecia entre os dois?

Izzy não sabia o que aconteceria quando tivesse de voltar para Nova York. Evitava pensar nisso tanto quanto possível. Habitualmente, Izzy gostava de planejar o futuro, mas tudo o que queria era viver no presente por quanto tempo pudesse.

Sorria ao entrar na biblioteca na quinta. Só mais duas horas até Michaela terminar seu dia, e então Beau e ela estariam a sós. E daí só mais um dia até que tivessem a casa toda só para eles no fim de semana.

Os dois puseram mãos à obra com rapidez e, quando o cronômetro disparou, Beau empurrou o notebook e o caderno para Izzy por cima da mesa. Ela leu o que estava na tela. Era a versão revisada do dia em que ele descobrira tudo sobre os pais e como fugira para Santa Bárbara para tentar escrever e fracassara por meses. Ela encarou a tela por algum tempo enquanto pensava no que dizer.

— Você está com aquela expressão no rosto de novo — disse ele. — Como se houvesse algo errado.

Ela o olhou e tentou sorrir, e ele fez uma careta exagerada.

— Tá, por favor, nunca mais faça *essa cara*. Foi um híbrido esdrúxulo entre cenho franzido e sorriso falso, e foi apavorante.

Ela riu e ele também, por um instante.

— Vamos lá, Izzy. O que foi?

Ela suspirou.

— Não é que...

— Tá, tá, eu sei, não é que exista algo errado. Você sabe o que quero dizer.

Ela sabia.

— Tá. Bom, a leitura está superfluida, você conta essa parte da história muito bem, os leitores ficarão muito envolvidos nela. Mas o negócio é que este livro é composto das suas memórias, da sua história. As pessoas querem saber de você. Você não diz por que atacou sua mãe, como fez, como se sentiu sobre o que disse a ela quando descobriu tudo nem por que levou tanto tempo para entrar em contato com ela. Os fatos são importantes, claro, mas o mais importante é como se sentiu sobre todo mundo e sobre si mesmo.

Ele cruzou os braços e se recostou na cadeira. Aquela expressão pétrea estava de volta ao seu rosto.

— Mas você sabe de tudo isso — respondeu.

Ela quis suavizar o tom de voz, mas tentava manter as coisas no âmbito profissional entre os dois na biblioteca quando conversavam sobre trabalho, então não o fez.

— É, *eu* sei de tudo isso — disse Izzy. — Mas o leitor não. As pessoas podem supor os motivos, mas vão supor todo tipo de coisa. Talvez esteja planejando falar sobre isso num capítulo posterior. Se for esse o caso, deveria pelo menos lançar um alicerce aqui para não parecer que está apenas... faltando.

Beau parecia zangado. De novo. Ela tinha achado que aquela conversa seria mais fácil do que da última vez, por causa de tudo o que acontecera entre eles desde então. Mas era tão difícil quanto antes. Ao menos, para ela.

Ele plantou as mãos espalmadas sobre a mesa.

— Não posso acreditar que você... — Ele se levantou. — Preciso de um tempo.

E, antes que ela pudesse dizer mais alguma coisa, Beau já tinha deixado a biblioteca.

Izzy o observou se afastar. Ele ia deixá-la sozinha ali? Pensou que voltaria logo, mas, quando dez minutos se passaram e ele não voltou, ela pegou o notebook e o caderno e subiu para o quarto.

Sentou-se na cama, sem saber o que fazer. Em geral, depois de deixarem a biblioteca, Beau a puxava pelo corredor até a sala de TV, e depois Izzy subia para o quarto e escrevia mais um pouco, voltando mais tarde ao térreo para ficar com ele. Jantavam, assistiam à TV, aninhavam-se juntos no sofá e acabavam de volta ao quarto dele. Agora, não sabia bem o que fazer.

Abriu o notebook e tentou trabalhar em seu livro, mas estava distraída demais. O que acontecia quando se brigava com o namorado se ambos moravam juntos? Aquilo tinha sido mesmo uma briga? Beau era mesmo seu namorado?

Quis chorar, mas nem tinha certeza de qual era o motivo do choro. A expressão no rosto de Beau quando despejara aquelas palavras sobre ela na biblioteca, o vazio que sentia com a ideia de não jantar com ele naquela noite, a saudade que sentia dele naquele momento — não do Beau que saíra daquele jeito da biblioteca, mas do Beau que a acordara e a beijara naquela manhã antes de ela sair do quarto dele.

Izzy já devia saber que essas últimas duas semanas eram boas demais para serem verdade. Na verdade, ela sabia. Tudo tinha sido tão bom entre eles, tão idílico, com praias, piqueniques, natação, surfe e leituras um para o outro na cama. Sabia que não podia durar.

Quis enviar uma mensagem para Priya, pedir o conselho dela, mas, como não contara a Priya nada disso, teria de fazer muitas atualizações primeiro, e não tinha energia para isso. Está vendo? Era por isso que deveria ter contado tudo para Priya sobre a última semana, já antecipando que algo assim fosse acontecer.

Foi até o banheiro lavar o rosto. Sempre ajudava a renovar seu humor. Em seguida, tornou a se sentar na frente do computador. Se ia sentir todas essas emoções — frustração, lágrimas acumuladas, tristeza —, podia muito bem utilizá-las. Abriu seu manuscrito.

Enquanto escrevia, a frustração só aumentava, e a tristeza tornou-se raiva. Viu? Assim era muito melhor. Ela — e sua personagem principal — deviam ficar zangadas em vez de tão tristes. O que a tristeza já fizera por ela? Nada.

Quando levantou a cabeça, deu-se conta de que o sol já estava quase se pondo. Ela e Beau costumavam jantar nesse horário; não era de espantar que estivesse com fome. No entanto, estava com tanta raiva dele que queria esperar para comer depois que ele estivesse a salvo, fora da cozinha.

Não. Que bobagem. Não ficaria sentada em seu quarto, escondendo-se dele.

Levantou-se e foi para o térreo.

A cozinha estava vazia quando entrou, e Izzy sentiu uma mistura de alívio e decepção. Abriu a porta do refrigerador para ver o que Michaela deixara para eles. Não fazia isso havia muito tempo, percebeu. Beau estava sempre encarregado de preparar o jantar para eles.

— Oi.

Ela se virou e ele estava lá de pé, apoiado na porta da cozinha.

— Oi.

Izzy pegou uma tigela de salada no refrigerador e a colocou na bancada.

— Não tinha certeza se ia descer — disse ele, dando alguns passos para dentro da cozinha.

Aquilo era tudo o que ele diria?

— Ah. Já acabou sua pausa? — perguntou ela.

Beau se encolheu. Certo, tinha soado um tanto rude — talvez muito rude — quando dissera aquilo, mas o que ele esperava?

— Peço desculpas por mais cedo, na biblioteca — falou. — Deveria ter começado por aí. Mas, Izzy, estou tentando. Isso tudo é difícil para mim, você sabe. O que disse hoje faz todo sentido, claro. Mas para mim foi difícil ouvir, difícil perceber que tenho de fazer isso, que tenho de revelar para o mundo inteiro mais das minhas partes endurecidas se quiser que o livro seja bom. E odeio sentir saudade do meu pai, apesar de tudo. Comecei a ficar zangado com você lá dentro e me dei conta de que precisava parar e respirar. Então, em vez de te atacar, em vez de dizer algo de que me arrependeria depois, falei que precisava de um tempo. Por favor, não fique brava comigo por causa disso.

Ah.

Ela deveria ter entendido que era isso o que ele estava fazendo. Beau praticamente lhe dissera, mas ela estava tão surtada pela primeira briga deles depois de se tornarem... seja lá o que fossem... que não se dera ao trabalho de pensar na questão sob a perspectiva dele.

Ela descruzou os braços.

— Também te peço desculpas. Você fez o certo. Eu deveria ter considerado mais o seu lado.

Beau soltou um suspiro.

— Não, tudo bem. Voltei para a biblioteca para pedir desculpas, mas a essa altura você já tinha saído e esqueceu seu telefone lá, então não podia te mandar mensagem. E não podia subir para o seu quarto, aí...

— Você pode ir para o meu quarto — disse Izzy.

Ele meneou a cabeça.

— Prometi que não faria isso.

Ela quase se esquecera de que ele havia dito, bem no comecinho, que não iria ao segundo andar.

— Sim, mas as coisas são diferentes agora — falou ela. — Estou dizendo que pode subir.

Ele assumiu o preparo do jantar — uma salada Caesar com frango e croutons fresquinhos — enquanto Izzy pegava os pratos. Sentia-se mal por ter se deixado levar, por ter ficado tão zangada por algo que deveria ter compreendido.

Havia se desculpado de forma satisfatória? Era provável que não. Deveria ter explicado melhor como se sentia, como tinha sido o efeito das palavras dele sobre ela, por que tivera uma reação tão exagerada.

Mas, para fazer isso, teria que explicar como se sentia a respeito dele, e não tinha certeza de se sabia como colocar esses sentimentos em palavras. Ou se estava preparada.

Foram para a sala de TV com os pratos, Beau carregando quase tudo, como sempre. Ela tentara uma vez, mas ele podia carregar com facilidade mais do que o dobro do que ela era capaz, por isso Izzy desistira e deixara por conta dele. Ele estava em silêncio enquanto colocava a comida na mesinha.

Quando Beau se sentou, ela se forçou a se virar para ele.

— Está zangado comigo?

Ele pareceu surpreso.

— Não. Por que estaria?

— Bem, não fui... eu fui meio maldosa agora há pouco. Deveria ter te dado o benefício da dúvida. Não devia...

Beau fez que não com a cabeça.

— É, mas não sei se mereço o benefício da dúvida. Fui um babaca total da última vez que passamos por isso.

Izzy encolheu os ombros.

— É, mas isso foi antes.

Ele lhe deu um sorriso muito meigo.

— É. Isso foi antes. — Passou o braço ao redor dela e a puxou para perto. Não se tocavam desde que ela deixara o quarto de Beau logo cedo naquela manhã. Izzy sentira saudades disso. — E não, não estou bravo com você.

Ela colocou a mão no rosto dele.

— Que bom. — Encarou-o. — Tudo bem você sentir saudades do seu pai. Ele ainda é seu pai, você ainda está lamentando a perda dele. E nunca pôde ficar zangado com ele pessoalmente; também está lamentando essa perda. — Ela tocou o rosto dele e o beijou. — E você merece o benefício da dúvida, sim.

Beau abriu um sorriso.

— Obrigado. Por tudo isso.

Ela queria dizer mais; porém, por enquanto, parecia o bastante se enrodilhar no sofá com ele, jantar e assistir à série deles, e apenas ficar ao seu lado.

CAPÍTULO VINTE E NOVE

Na manhã seguinte, pouco depois das nove, um e-mail apareceu na conta pessoal de Izzy.

> Oi, Isabelle!
> Espero que esteja tudo bem com você; foi ótimo te encontrar em fevereiro. Acaba de surgir uma vaga de editor-assistente aqui na Maurice, e pensei de imediato em você. Não sei se está pensando em deixar a TAQOT, mas pensei em entrar em contato só para garantir. Gostaríamos que esse processo fosse relativamente acelerado, então, por favor, caso esteja interessada, avise-me assim que puder. Adoraria trazê-la para uma entrevista na semana que vem, se for possível.
>
> Muito obrigada,
> Josephine Henry

Izzy ficou encarando o telefone por mais de um minuto. Estaria imaginando coisas? Tirou uma captura de tela do e-mail e o enviou para Priya.

ISSO ESTÁ ACONTECENDO DE VERDADE?????

Priya respondeu segundos depois.

ESTÁ, ESTÁ, SIIIIIIM!!! AEEEEEEE!!!

AMOR ENTRE LIVROS

Izzy digitou sua resposta correndo.

Oi, Josephine!
Muito obrigada por entrar em contato! Definitivamente,
estou interessada na vaga de editora-assistente na
Maurice! Por favor, avise-me se precisa de mais alguma
coisa de mim e quais são os próximos passos.

Cordialmente,
Isabelle

Não, não, muitos pontos de exclamação. Ela os tirou. Espere, agora
estava truncado demais. Quase antipático. Enviou o texto para Priya.

ME AJUDA A REDIGIR ESSA RESPOSTA, POR FAVOR! TINHA TRÊS PONTOS
DE EXCLAMAÇÃO, MAS EU OS TIREI E AGORA O TEXTO PARECE ESTRA-
NHO, E SERÁ QUE "CORDIALMENTE" É FRIO DEMAIS?
Ah, e você acha melhor "Oi, Josephine" ou só "Josephine"?

Priya enviou sua mensagem quase na sequência.

Sem pontos de exclamação, oi, cordialmente estão bons.
Eu sei, eu sei que os pontos-finais parecem estranhos,
mas ela não pôs nenhum ponto de exclamação, então
faça como ela fez.

Izzy ia pressionar o ENVIAR, mas parou. O e-mail de Josephine
tinha mencionado uma entrevista na semana seguinte.
Uma entrevista em Nova York na semana seguinte.
Ela teria que deixar a Califórnia.
Salvou o e-mail na pasta de rascunhos e foi procurar Beau.
Por sorte, ele estava no primeiro lugar que ela procurou: a cozinha. Infelizmente, Michaela também estava lá. Não que ela costumasse
se incomodar com Michaela por perto, mas, naquele momento, precisava falar a sós com Beau.

Ela se serviu de mais café e tentou chamar a atenção de Beau, fazê-lo perceber, talvez pelo sexto sentido, que precisava falar com ele. Entretanto, ele não estava olhando para ela.

Michaela, ao contrário, estava, e com um sorrisinho no rosto. Izzy abaixou a cabeça para o café. Deveria ter enviado uma mensagem para Beau antes de sair correndo do quarto, mas a maior parte do tempo ele não andava com o celular, então talvez não teria adiantado muito. Só tinha que dizer alguma coisa.

— Hã, Beau?

Ele imediatamente se virou e sorriu para Izzy.

— Marta me mandou uma pergunta sobre seu livro e queria conferir com você antes de responder. Pode me encontrar na biblioteca para podermos conversar? Deve levar só uns minutinhos.

— Ela mandou?

De súbito, Beau parecia nervoso. Ah, não, deveria ter inventado alguma outra história para fazê-lo sair da cozinha.

— Tá bom. Agora?

— É, mas não é nada ruim ou coisa do tipo — falou ela, tentando corrigir seu engano.

Nada. Ainda parecia estressado.

Ele se levantou.

— Já volto — falou Beau para Michaela.

Michaela assentiu, ainda com aquele sorriso no rosto.

— Claro, sem problemas.

Izzy fechou a porta da biblioteca assim que Beau entrou.

— Marta não me perguntou nada sobre o livro — disse ela, logo de cara. — Desculpe, só precisava ficar sozinha com você para conversar sobre um assunto, e foi a primeira coisa que me passou pela cabeça.

Beau pareceu aliviado. E depois sorriu.

— Bem... — Ele deu um passo na direção dela. — Que surpresa boa. Não podia esperar até mais tarde? Gostei. Isso significa que suspendemos a regra da biblioteca?

Izzy riu.

— Não, também não é isso.

Beau a observou com mais atenção.

— Aconteceu algo bom?

Ela mordeu o lábio e concordou.

— Acho que sim... Pelo menos, tem potencial para ser bom. Mas também é...

Izzy tentou encontrar uma palavra para descrever como se sentia naquele momento. Empolgada? Apavorada? Preocupada? Dividida? Emocionada? Não sabia.

Beau foi até a mesa e puxou a cadeira para ela.

— Sente-se.

Ela se sentou e ele contornou a mesa, sentando-se na frente dela.

— Agora, me conte.

Izzy tentou descobrir como dizer.

— Tá. Lembra que eu havia te contado que, há muito tempo, me candidatei àquele emprego na Maurice, para trabalhar com aquela editora que eu respeito muito, e não consegui entrar e sempre meio que me perguntei como seria se tivesse conseguido?

Ele anuiu.

— Claro que lembro. Por quê? O que houve?

Ela ainda não conseguia acreditar.

— Ela me enviou um e-mail esta manhã. Aquela editora, Josephine Henry. Disse que estão com outra vaga aberta, uma vaga que seria uma promoção para mim. Disse que pensou em mim de imediato e quer me convidar para uma entrevista.

O rosto de Beau se iluminou.

— Izzy! Isso é fantástico. Parabéns!

Ele parecia tão feliz por ela. Aquela expressão no rosto dele fazia Izzy querer pular por cima da mesa e se jogar em seus braços, mas se conteve.

— Obrigada. Mal consigo acreditar. Claro, é apenas uma entrevista, mas...

Ele ignorou o protesto.

— Você vai se sair fantasticamente — falou. — Quando é a entrevista?

Ela respirou fundo. Será que teria a mesma importância para ele? Será que o deixaria aborrecido? De súbito, sentiu-se esquisita por ter corrido ao térreo para contar a Beau.

— Josephine disse que quer que a entrevista seja em breve. Em algum momento da semana que vem, mas não sei bem o dia. Isso significa que...

— Que você terá que voltar para Nova York — disse ele. Sua voz estava sem entonação alguma.

— É. Terei que voltar. Eu não... ainda não respondi ao e-mail dela. Queria te contar primeiro.

Ele não falou nada por um momento.

— Tá bom — disse depois. — Obviamente, você não quer dizer para Marta que vai voltar mais cedo para uma entrevista de emprego. Marque a entrevista, daí posso falar para ela que não preciso mais de você aqui, e você pode apenas deixá-la pensar que está voltando para Nova York um dia depois do que vai voltar de fato, assim pode ir no dia anterior à entrevista. Que tal?

Ah. Ele pensava que o motivo pelo qual quisera lhe contar antes era para que ele a ajudasse a lidar com a chefe. Era muito gentil da parte de Beau. Entretanto, ela não tinha nem pensado em Marta até ele tocar nesse assunto. Havia pensado apenas nele.

Ele diria para Marta que não precisava mais dela. Por que aquilo a incomodava tanto? Talvez porque a ideia viera muito rápido à mente dele. Tentou deixar para lá.

— Combinado — falou ela. — Vai funcionar. Vou mandar o e-mail de resposta agora mesmo.

Ela pegou o celular no bolso, releu o rascunho do e-mail e apertou ENVIAR.

— Tá bem. — Beau se levantou. — É só me enviar uma mensagem quando receber a resposta. Eu mando um e-mail para Marta quando você avisar.

Izzy também ficou de pé e foi até a porta da biblioteca.

— Tá bom. Parece ótimo. Obrigada pela ajuda.

Aquilo soou tão frio e profissional... Subitamente, as coisas pareciam muito profissionais entre Beau e ela.

Não, ela estava agindo como uma boba. Estavam na biblioteca, lembra? Tinha sido ela quem fizera a regra de "apenas trabalho na biblioteca". E ele a estava ajudando. Talvez Beau presumira que ela o havia procurado porque precisava de ajuda com a questão "Marta". E ela precisava mesmo, na verdade. Estava tendo uma reação exagerada outra vez.

Quando saíram da biblioteca, Beau olhou para os dois lados, depois agarrou a mão de Izzy e a arrastou para dentro da sala de TV.

— Tá, agora que estamos fora da biblioteca — disse ele —, posso te parabenizar de verdade.

Ele a envolveu em seus braços e a beijou tão plenamente que ela não foi capaz de pensar em mais nada.

Quando conseguiu subir ao seu quarto, Josephine havia respondido ao e-mail.

Oi, Isabelle!
Muito obrigada pela rápida resposta. Tem disponibilidade para uma entrevista na segunda-feira à tarde, por acaso? Se não tiver, eu entendo — apenas me avise qual seria a melhor data para você na semana que vem. Vou sair de férias na semana seguinte e adoraria me encontrar com você antes disso.

Atenciosamente,
Josephine

Segunda. Borboletas voejavam pelo estômago dela. Era tão em breve...

Para conseguir chegar à entrevista na segunda, teria que deixar a Califórnia em dois dias. O mais sensato seria ir no dia seguinte, para ter tempo de descansar em casa, desfazer as malas e se preparar. Mas de jeito nenhum Izzy sairia tão já. A simples ideia já a deixava em pânico.

Tudo estava indo tão bem entre eles. Os dois haviam tido apenas algumas poucas semanas juntos naquela nova conjuntura. Queria mais. E não tinha ideia do que ia acontecer quando ela partisse.

Nunca haviam conversado sobre isso. O relacionamento dos dois tinha sido puramente no presente. Tudo entre eles girava em torno de Izzy morar ali, na casa dele, trabalharem juntos na biblioteca uma vez por dia, estarem juntos todos os dias por horas, quase nunca trocarem mensagens de texto porque não havia motivo, já que estavam bem ali, um ao lado do outro. Mesmo naquela manhã, não lhe ocorrera enviar uma mensagem de texto a Beau quando recebera uma notícia; ela simplesmente andara pela casa para encontrá-lo, como sempre fazia. Na noite anterior, quando haviam tido aquela "não exatamente uma briga", tiveram uma conversa a respeito e se entenderam. Como teria sido se ele houvesse apenas enviado uma mensagem de texto e ela respondesse com algo rude, como sabia que teria feito? Não muito bom, é provável.

Mas aquela situação não era para sempre. Ela sabia disso desde o princípio. Tentara ignorar a passagem do tempo durante as últimas semanas, mas ainda o sentia passando mesmo assim. Beau devia estar certo quando dissera que não precisava mais dela. Ele podia escrever o restante de seu livro de memórias sozinho e enviá-lo a Marta. Se ela não conseguisse esse emprego na Maurice, ainda estaria envolvida com o livro, como assistente de Marta. Só que à distância.

Será que doeria ainda estar relacionada a tudo que dissesse respeito ao livro de Beau, mas de sua mesa no cubículo da TAQOT, e não da cadeira diante da dele na biblioteca? Ser copiada nos e-mails para ele, seu agente e Marta, escrever comentários educados e profissionais relembrando-o de enviar suas revisões?

Izzy deixou a cabeça pender entre as mãos. Sabia que a questão real era se ainda estaria envolvida romanticamente com Beau. Se essa coisa que havia entre eles poderia sobreviver quando partisse. Ou se toda a magia entre eles estava ali, naquela casa encantada, nos cômodos onde tinham conversado, trabalhado, brigado e beijado e amado um ao outro.

Não. Era cedo demais para aquela palavra. Ela estava apenas emotiva, só isso. Estava surtando por causa da entrevista, de tudo o que vinha acontecendo depressa demais, de que enfim poderia se ver livre de Marta e da TAQOT e conseguir o emprego com o qual sonhava há tanto tempo. Portanto, em vez de se preocupar com aquilo, empilhava todo o estresse em deixar a Califórnia e Beau. Precisava se recompor e responder ao e-mail de Josephine.

> Oi, Josephine!
> Segunda à tarde está ótimo para mim, muito obrigada. Por favor, avise-me qual o horário e quaisquer outros detalhes. Estou ansiosa para vê-la na segunda.
>
> Cordialmente,
> Isabelle

Depois mandou uma mensagem para Beau.

> Entrevista marcada para segunda à tarde!

Ele respondeu alguns segundos depois.

> Ótimo. Vou mandar o e-mail para Marta agora. Michaela pode comprar uma passagem para você saindo no domingo.

E agora tudo parecia puramente profissional de novo. Como deveria se sentir com o pedido dele para sua assistente comprar a passagem de avião dela de volta a Nova York?

Tentou afastar esse pensamento — Michaela provavelmente era muito mais eficiente nisso do que Beau; no fim das contas, era mesmo uma despesa de negócios, mas o tom seco da mensagem de Beau não ajudou. Talvez esse fosse apenas o jeito como ele escrevia mensagens de texto. Afinal, ela não podia dizer que tinha familiaridade com as mensagens dele.

Izzy se levantou e começou a fazer as malas.

271

CAPÍTULO TRINTA

Sábado de manhã era a última sessão deles na biblioteca. Izzy expulsou isso de sua mente o tempo todo em que eles trabalharam, para poder não chorar. No final, Beau pegou seu notebook de volta e empurrou o caderno para ela como sempre fazia.

Ela respirou fundo e o empurrou de volta para ele.

— Eu, hã, devia deixar isso com você — disse ela. — Acho que agora é seguro, não?

Ele olhou para o caderno por um longo tempo. Por fim, olhou para ela.

— Certo — concordou. — Eu me esqueci. Sim, acho que é.

Ele fechou seu notebook.

— Não consigo acreditar que consegui escrever uma parte desse livro. Você faz milagres, Izzy.

Ela balançou a cabeça.

— Você escreveu a maior parte do livro, na verdade. E obrigada, mas não posso levar todo o crédito aqui. Você trabalhou bastante.

Ela estava tão orgulhosa de Beau, de quanto ele havia realizado, de quanto se esforçara para superar tudo o que o detinha.

Beau abriu um sorriso.

— Trabalhei bastante mesmo, mas você também trabalhou. Comigo e com o seu próprio livro. Mal posso esperar para ler todos os seus livros um dia. Em um breve dia.

Izzy havia *mesmo* trabalhado bastante. E também estava orgulhosa de si mesma — de todo o trabalho que fizera com ele, pelas habilidades que ganhara como editora, por toda a escrita que realizara no próprio texto. Ela não havia escrito quase um livro todo enquanto estava aqui, mas tinha começado um. E tinha uma crença renovada naquele que já havia escrito.

— Mal posso esperar por isso também — disse ela.

No entanto, perguntava-se: nesse dia imaginário no futuro, quando ele leria o livro de Izzy, seria porque ela o presenteara e Beau leria sentado ao seu lado? Será que eles ainda estariam juntos? Ou será que ele veria o livro numa livraria, dali a anos, e se lembraria dela?

Izzy sabia que deveria perguntar a ele. Mas as palavras morreram em seus lábios.

Beau se levantou e enfiou o caderno debaixo do braço.

— Disse a Michaela para não fazer nosso jantar hoje. Pensei que podíamos sair.

Jantar naquela noite. A última noite deles.

— Acho ótimo — falou Izzy.

Ela estava contente — e tocada — por Beau ter feito planos para o jantar daquela noite. O último dia e meio tinham sido tão corridos que ela mal pensara em qualquer coisa que não estivesse em sua lista de afazeres.

É claro, pensava sempre em Beau, mas seus pensamentos estavam todos atrapalhados, sem qualquer ordem. Queria ficar ali com ele, queria conseguir o emprego na Maurice, ficaria com saudade dele, sabia que ele sentiria saudade dela. Mas será que ele sentiria saudade dela porque sentiria falta de ter companhia, e não dela, especificamente? Seria este um daqueles romances de acampamento de verão, quente e intenso, tão real no momento, mas que se apagaria com rapidez assim que se separassem?

Na noite anterior, quando assistiram à série deles juntos no sofá da sala de TV com o braço de Beau ao redor dela, e mais tarde, quando ele a beijara com tanta ternura no quarto, tudo parecia tão perfeito, tão certo entre eles. Agora, porém, Izzy se perguntava se era tudo coisa da sua cabeça. Afinal de contas, eles sempre tiveram ciência de que ela iria embora em breve, mas ele nunca fizera nenhuma referência ao futuro. Ao futuro *deles*, depois que ela se fosse.

Não, não podia pensar em nada disso hoje. Não no último dia deles.

Assim que saíram da biblioteca, Beau a puxou para si e a beijou tão intensamente que a deixou sem fôlego. Quando o beijo terminou, Izzy continuou agarrada a ele. Por que sentia vontade de chorar, do nada?

— Vou sentir saudade de você, Isabelle Marlowe — disse ele no ouvido dela.

Droga. Agora ela sabia que ia chorar mesmo.

— Também vou sentir saudade de você, Beauregard Towers — falou ela.

E, em vez de chorar, os dois começaram a rir.

Na noite de sábado, sua última noite na Califórnia, Izzy se vestiu para jantar com Beau. Ela partiria do LAX na manhã seguinte, às nove, o que significava que tinha que sair de Santa Bárbara às cinco. Sua mala estava totalmente pronta — quando se deu conta mais cedo de quanta coisa a mais havia adquirido enquanto estava ali, saiu e comprou uma mochila para o excedente. Terminaria de arrumar a mochila quando voltassem do jantar.

Colocou o vestido longo amarelo-vivo que tinha comprado naquela expedição de compras com Michaela. Esta era a primeira vez que o usaria.

Desceu pela escadaria para se encontrar com ele, o vestido longo se arrastando atrás dela. Beau se postou ao pé da escadaria e assistiu à descida toda, um sorriso suave no rosto.

— Oi. — Ele estendeu a mão para ela quando Izzy chegou ao último degrau. — Você está linda.

Ela aceitou a mão dele e a segurou com firmeza.

— Obrigada.

Colocou-se na ponta dos pés e o beijou.

Estavam quietos enquanto seguiam de carro colina abaixo. Izzy nem mesmo lhe perguntara aonde estavam indo; percebeu isso quando ele estacionou não muito distante da praia. Beau pegou a mão dela e a guiou pela rua.

— Aonde estamos indo? — perguntou.

Ele apontou para um local mais adiante.

— Para aquele restaurante mexicano, pertinho da água. Pensei que seria gostoso, já que vai voltar para o clima frio.

Izzy lhe sorriu.

— Na verdade, eu perdi a maior parte do frio este ano. Segundo o Instagram, já é primavera em Nova York agora. A neve sumiu, as flores brotaram, talvez nem precise do meu casaco quando desembarcar do avião.

Beau sorriu.

— Vai estar quente o bastante para poder usar esse vestido?

Ela riu.

— Não por pelo menos mais um mês.

Eles se sentaram, comeram chips com molho e conversaram sobre nada importante enquanto olhavam o cardápio. Como o molho de Michaela era melhor do que o daqui, como Beau tentaria fazer croissants de novo com outra receita que encontrara, como ele chamaria alguém para restaurar algumas das poltronas da biblioteca.

— Ah! — disse Beau, quando o garçom trouxe as margaritas de ambos. — Minha mãe vem me visitar no próximo fim de semana.

— Uau, isso é ótimo! — falou Izzy. Será que ele tinha planejado de propósito que sua mãe viesse depois que Izzy já tivesse ido embora? Não, ela não estragaria a última noite deles pensando assim. — Tenho certeza de que será muito bom vê-la de novo. E para sua mãe será bom ver a casa.

Ele anuiu.

— É, foi o que pensei. E poder ver Michaela, conhecer o bebê.

Beau parecia tão feliz ao pensar em ver a mãe outra vez. Agora Izzy se sentia culpada por seu momentâneo ressentimento. Pegou seu drinque.

— A que horas temos que sair amanhã cedo para você chegar em LAX a tempo? — perguntou ele.

Izzy levantou o olhar de sua bebida.

— Não precisa me levar, não — falou. — Eu posso...

Beau balançou a cabeça.

— Pode parar de falar agora mesmo, porque vou te levar, sim.

Izzy abriu a boca para dizer mais alguma coisa, mas depois a fechou. Pelo menos uma vez, ela obedeceria a uma diretriz de "pare de falar agora mesmo". Ergueu seu copo e sorriu.

Após o jantar, caminharam até a praia. Izzy tirou suas sandálias e as guardou na bolsa. Havia outras pessoas na praia, grupos pequenos, outros casais andando de mãos dadas como eles, mas a sensação era tranquila, pacífica. Os únicos sons vinham das ondas quebrando na areia e da suave música proveniente de algum lugar distante.

Beau segurava a mão dela com firmeza. Izzy se perguntou o que ele estaria pensando. Ele dissera que sentiria saudade dela, e ela sabia que era verdade. Também sentiria saudade dele, muita. Pensou outra vez em lhe perguntar o que aconteceria entre eles quando partisse. Continuariam com essa relação? Continuariam em contato? Seria este o fim de tudo?

Mas hesitava. Tudo entre eles tinha sido maravilhoso durante as últimas semanas, melhor do que qualquer relacionamento que tivera até ali. Mas seria real? Seria este um daqueles romances de contos de fadas, com tempo limitado, um daqueles que aconteciam por causa de um castelo e uma maldição e muita magia, mas que desapareceria quando a vida real recomeçasse? Ela esperava que não. Porém não sabia.

Mas, Deus do céu, Izzy não queria ir embora amanhã. Sabia disso com certeza.

A música ficou mais alta quando eles seguiram pela praia e ela viu um quarteto de cordas tocando do lado de fora de um restaurante.

Beau parou e se virou para ela.

— Dança comigo — disse ele.

Ela o fitou. Mal podia enxergar o rosto dele na escuridão, mas sabia que Beau estava sorrindo. Soltou a bolsa e passou o braço em volta do pescoço dele.

Dançaram juntos na areia, movendo-se lentamente em um círculo, o vento soprando a saia volumosa do vestido, a mão dele na parte de trás da cintura de Izzy enquanto a música e o som das ondas se erguiam ao redor deles. Por fim, a música parou e ela pousou a cabeça no peito dele. Ficaram ali, juntos, por um longo tempo. No final, Beau abaixou a cabeça e a beijou, devagar e gentil. Ela colocou as mãos em volta do rosto dele.

— Vamos para casa — disse ela.

Ele a beijou mais uma vez.

AMOR ENTRE LIVROS

— Vamos para casa, sim — concordou Beau.

Na manhã seguinte, acordaram com o despertador dela. Izzy precisou de todas as forças para não chorar quando se deu conta de que aquela seria a última vez que acordaria com ele desse jeito. Em vez disso, pigarreou e se sentou.

— Vou tomar um banho e trazer o resto das minhas coisas para o térreo, tá bem? — disse ela.

Beau já tinha trazido a mala dela na noite anterior. Ele piscou para Izzy, sonolento, e assentiu.

— Certo. Tá bem. — Em seguida, pareceu de repente compreender o que ela dizia e se sentou. — Isso. Pegue suas coisas. Vou tomar um banho também.

Ela correu escada acima para seu quarto. Entrou no banheiro, esse banheiro perfeito que ela havia amado tanto. Sentiu-se boba, mas se despediu da banheira que sentira ser sua única amiga ali no começo, do chuveiro onde tivera tantas boas ideias, da iluminação perfeita para selfies no espelho — da qual ela havia desfrutado plenamente. E então, depois de ter tomado uma ducha e se despedido, vestiu sua calça jeans, uma camiseta preta e o blusão de moletom de Beau, jogou seus itens de higiene pessoal na mochila nova e fechou o zíper.

— Tá bom.

Da porta, ela olhou para o quarto. Tanta coisa lhe acontecera ali, em tão pouco tempo. Chegara ali zangada, insegura e exausta; partia revigorada, com um senso renovado de propósito e uma nova crença em si mesma. Estava muito agradecida.

— Obrigada — disse em voz alta para o quarto.

Enquanto se virava para sair, teve quase certeza de ter ouvido um *de nada* baixinho.

Beau esperava por ela ao pé da escadaria.

— Pronta? — perguntou ele. — Já coloquei sua mala no bagageiro e peguei café para nós dois no carro.

Ele estendeu a mão para a mochila dela; Izzy a entregou.

— Fico me perguntando se não estou me esquecendo de nada — falou ela. — Mas Michaela pode me enviar qualquer coisa se eu esquecer.

Beau assentiu.

— Pode.

Conforme deixavam Santa Bárbara, Izzy olhava para a água e viu surfistas a caminho da praia.

— Não pudemos ir surfar de novo — disse ela.

Beau apertou a mão dela.

— Pelo menos pudemos voltar para a praia ontem à noite — falou ele.

Percebeu que queria que ele dissesse que eles teriam muitas chances de ir surfar juntos de novo. Ele não o disse.

Não havia muito tráfego naquela manhã, só quando chegaram perto do LAX, onde carros se amontoavam pelos oito quilômetros na aproximação ao aeroporto. Ele pegou a mão de Izzy enquanto se arrastavam pela rodovia, e ela segurou com força.

Quando enfim chegaram ao aeroporto, foi tudo muito rápido.

Beau tirou as malas do carro. Ela passou a bolsa por cima do ombro e colocou a mochila nova por cima da mala.

— Certo — disse ele. — Eu te mando mensagens.

Ela assentiu.

— Tá. Tá bom. — Seus olhos subitamente se encheram de lágrimas. — Beau.

Ele deu um passo e a puxou para junto de si.

— Ah, Izzy.

Ficaram ali, juntos, na calçada por alguns momentos, a agitação da zona de carga e descarga do aeroporto ao redor deles. Ela conseguiu empurrar as lágrimas de volta para dentro. Não queria chorar, não agora. Por fim, Izzy deu um passo para trás.

— Você devia ir — falou ela. — Antes que alguém grite para tirar o carro.

Ele correu os olhos pelo entorno. Havia um carro da segurança do aeroporto a apenas alguns metros deles.

— É — disse ele. Beau voltou para o carro e abriu a porta. Depois levantou uma das mãos para ela. — Tchau, Isabelle Marlowe.

Ela conteve as lágrimas e sorriu para ele.

— Tchau, Beau Towers — respondeu.

E se virou, entrando no aeroporto.

CAPÍTULO TRINTA E UM

Izzy não prestara atenção à sua passagem, notando apenas o horário e a linha aérea, de modo que foi só quando chegou à bilheteria para embarcar as malas que descobriu que sua passagem era para a primeira classe.

— Ah, Beau — disse, baixinho.

— O que foi, senhora? — o atendente perguntou.

Ela balançou a cabeça.

— Nada. — Pegou o bilhete da bagagem que ele lhe entregou. — Obrigada.

Ela conseguiu se controlar enquanto passava pela segurança, atravessava o aeroporto, esperava o embarque no avião, entrava no avião e guardava suas bolsas, enquanto se aninhava em seu enorme banco reclinável junto à janela. A comissária de bordo passou e lhe ofereceu uma mimosa, mas Izzy recusou. Nunca voara de primeira classe antes e sentia que deveria aceitar, mas, naquele momento, não se sentia nem um pouco comemorativa.

Foi só quando o avião levantou voo e ela viu o oceano Pacífico lá embaixo que começou a chorar.

Graças a Deus pela primeira classe, onde podia olhar fixamente pela janela e deixar as lágrimas escorrerem por seu rosto pelo tempo que quisesse, sem ninguém estar perto o bastante para vê-las. Estava, de súbito, convencida de que nunca mais veria Beau, que aquele abraço do lado de fora do aeroporto fora a última vez que ele a segurara; que, quando apertara a mão dele enquanto se separavam, era a última vez que o havia tocado. Ah, Deus, nem tinham trocado um beijo de despedida. Não tinham se beijado nem de manhã, quando haviam acordado. O último beijo havia sido um beijo acidental, rápido e sonolento de boa-noite na noite anterior. Por que não se certificara de se despedir dele com um beijo?

Disse a si mesma para parar de chorar, que estava pensando demais em tudo, que precisava parar de pensar em Beau e se preparar para sua entrevista. Mas aí se deu conta de que havia um pacote de lenços junto ao seu cotovelo. Pegou-o e viu a comissária de bordo assentir para ela. Aquilo fez as lágrimas ressurgirem. Ela se embrulhou no blusão de Beau e chorou até pegar no sono.

Quando acordou, ainda restavam algumas horas no voo. Izzy respirou fundo. Certo. Ela já havia chorado; agora precisava se recompor. Estava voando de volta para Nova York para aquela entrevista e não podia desperdiçar a oportunidade. Pegou um de seus cadernos e começou a pensar em perguntas e respostas para a entrevista.

A comissária de bordo foi conferir como ela estava.

— Gostaria de uma taça de vinho, meu bem? Bolachinhas com queijo? Talvez chá com biscoitos?

Izzy sorriu para ela. Seu nome era Angela, Izzy viu no crachá.

— Tudo isso parece ótimo, obrigada.

Ela conferiu o celular quando aterrissou, mas Beau não enviara mensagens.

Quando saiu do aeroporto, ouviu um grito.

— Isabelle!

Ela se virou e seu pai saiu do carro em um salto. Ela abriu um sorriso tão grande que pensou que seu rosto fosse rachar. Não tinha percebido o tanto de saudade que sentira dele.

— Pai!

Ele lhe deu um abraço imenso, e Izzy correspondeu.

Ele pegou a mala dela numa das mãos e a mochila na outra.

— Ah, meu bem, é tão bom te ver — falou o pai, tocando em seu rosto. — Você está bronzeada como geralmente fica no meio do verão.

Ela riu.

— Santa Bárbara é linda — explicou. — Pude passar bastante tempo ao ar livre. Mas não se preocupe, também trabalhei bastante.

Seu pai jogou as malas no bagageiro e abriu a porta do carro.

— Não estava preocupado com isso — falou ele. — É bom que tenha tirado umas feriazinhas. Você andava sofrendo antes de ir para lá.

Ela o encarou.

— Como sabe?

Ele riu.

— Isabelle, sou seu pai. Acha que não sei quando está sofrendo? Não parecia disposta a conversar a respeito, por isso não me intrometi, mas podia ver que havia algo de errado. E fiquei bem preocupado com você quando começou esse projeto na Califórnia, mas, depois de uma semana, mais ou menos, você parecia muito mais feliz do que estava antes. — Ele sorriu para ela. — Fico contente. Agora, conte sobre essa entrevista.

Izzy o fez se lembrar de Josephine e lhe contou tudo sobre o emprego na Maurice.

— Ah, então isso seria uma promoção, o que é fantástico. Quer dizer que, se conseguir essa vaga, talvez consiga sair de casa?

Havia um tom suspeito de esperança na voz dele. Espere aí!

— Ah, você e mamãe gostaram tanto assim de ficar sem mim?

Seu pai pareceu culpado.

— Sentimos saudade! Sentimos, sim! Mas...

Ela teve que rir. Havia se sentido culpada pelo quanto apreciara estar longe dos pais, e, no final, ambos tinham gostado de sua ausência na mesma medida.

Sua mãe tinha um belo jantar pronto para ela quando chegaram em casa, e·Izzy contou de novo suas histórias, mostrou fotos da Califórnia para eles, conversou sobre sua entrevista. Estivera tão cansada dos pais antes de ir para lá, sufocada, como se precisasse fugir. Mas era ótimo vê-los de novo. Já se sentia melhor sobre estar em casa de novo.

Mas Beau ainda não escrevera.

Ele dissera que ia mandar mensagens de texto, mas não significava que ela não podia escrever para ele, certo? Buscou o nome dele no celular e viu as últimas mensagens deles ali, aquelas falando sobre a entrevista, e depois, logo acima, a selfie dos dois que ele tirara quando estavam juntos na piscina certo dia da semana anterior. Antes que ela soubesse que estava indo embora, quando o sol brilhava sobre eles e Beau tinha acabado de fazê-la rir a respeito de algo e ambos estavam mais que felizes. Só de olhar para a foto ela se enchia daquela mesma saudade que sentira no avião. Era como se estivesse com saudade de casa, deu-se conta, apesar de ter retornado para casa. Nunca percebera que podia sentir isso por uma pessoa.

Será que ele se sentia assim sem ela por lá?

Ela não era o tipo dele, sabia disso desde o começo. Não era como as outras pessoas que ele namorara. Aquelas pessoas altas, magras e famosas. Sabia que não podia investir muito de si nele, deixar-se apaixonar. Talvez ele gostasse dela apenas porque estava ali, porque era conveniente. Não por causa *dela*.

Talvez aquele "eu mando mensagens" fosse algo que Beau havia dito porque não conseguira pensar em outro jeito de se despedir.

Em vez dele, rolou até o nome de Priya em seu telefone.

Tô de volta! Entrevista amanhã às 2, me deseje sorte!!!

Priya respondeu de imediato.

BOA SORTE. Você vai se sair fabulosamente! Mal posso esperar para me contar tudo.

Assim era melhor. Se tivesse escrito para Beau, isso apenas a faria chorar de novo. Não precisava ficar triste daquele jeito, a caminho de sua entrevista. Precisava de um discurso motivacional descomplicado. Beau era muitas coisas, mas não havia nada descomplicado nele.

Na manhã seguinte, ela acordou às nove — ou seis, no fuso horário da Califórnia —, depois de se revirar na cama pela maior parte da noite. Procurou o telefone. Nada de Beau. Era bem o que ela esperava, não era? Era por isso que ficara tão triste no avião, porque sabia que estava voltando para sua vida real e que tudo havia terminado entre eles. Estava certa em não ter lhe escrito na noite anterior.

Estar certa, contudo, não a fez se sentir bem.

Izzy tomou o café da manhã que o pai lhe deixara, tomou um banho, maquiou-se e disse a Priya que precisava do maior discurso motivacional que ela pudesse dar. Tudo isso ajudou um pouco, em especial o discurso de Priya, espalhado em várias mensagens de texto, chamando-a de várias coisas, inclusive "não apenas devastadoramente linda, mas uma autêntica princesa dos livros".

Olhou para si mesma no espelho depois de se vestir para a entrevista. Certo. Hora de dar a si mesma um discurso motivacional.

— Isabelle Marlowe, você vai se sair MUITO BEM. Você consegue fazer esse trabalho, sabe disso agora. Você é uma boa escritora, é uma boa editora e vai lutar para que seus livros e seus autores tenham sucesso. E, hoje, você vai entrar no escritório de Josephine Henry e vai impressioná-la.

A Izzy no espelho sorriu em resposta. Tinha razão. Ela se sairia muito bem.

CAPÍTULO TRINTA E DOIS

Josephine olhou de relance para o relógio.

— Minha nossa, não percebi que estávamos conversando por tanto tempo!

Ela sorriu para Izzy, que sorriu de volta. Esta entrevista passara uma sensação boa desde o primeiro instante, quando Josephine foi até o saguão para buscá-la com um sorriso enorme no rosto. E só melhorou a partir daí.

— Se você tiver mais alguns minutos, eu adoraria te apresentar para algumas das outras pessoas com quem você trabalharia aqui na Maurice.

Izzy sorriu e ficou de pé.

— Adoraria.

Pareceu outro bom sinal.

Josephine a conduziu pelos corredores bem iluminados. Havia livros por todo lado aqui também, igual à TAQOT, e Izzy não sabia por que parecia tão diferente. Talvez porque todos se mostravam amistosos em vez de estressados, talvez porque ela simplesmente precisasse tanto de uma mudança.

Mas não, era mais do que isso. Também havia perdido a noção do tempo falando com Josephine. Tinha sido menos uma entrevista do que uma longa conversa — sim, ela lhe perguntara sobre seus objetivos profissionais, seus pontos fortes, os tipos de livro com os quais havia trabalhado, mas também a ouvira, contara a Izzy alguns dos próprios objetivos, compartilhara com ela coisas que desejava saber quando tinha a idade de Izzy e que sabia naquele ponto de sua carreira. Conversaram sobre edição de livros e escrita, e Izzy lhe contara — sem entrar em detalhes sobre quem, onde ou como — que vinha trabalhando em um projeto com um autor e quanto isso a fizera pensar sobre o papel de um editor, quanto fora inspirador para ela.

Izzy contara até sobre a própria escrita, algo que nunca revelara a Marta. Josephine pareceu entusiasmada e disse que mal podia esperar para ler o trabalho dela quando estivesse pronto. E, sim, claro, isso era algo que as pessoas às vezes diziam da boca para fora quando você contava que estava trabalhando em um livro, mas Josephine parecia falar sério.

Estava ciente de que não podia contar com o fato de já ter conseguido o emprego — sabia tão bem quanto qualquer um quanto o mundo editorial podia ser imprevisível —, mas agora também sabia de algo que só se tornara certeza naquela manhã: o retorno às pressas havia valido a pena.

Ela afastou lembranças da Califórnia quando Josephine parou diante da porta aberta de uma sala.

— Oi, Scott, tem um minutinho? Tem alguém aqui que eu queria que conhecesse.

Izzy sorriu para o homem branco de aparência agradável, óculos e barba sentado atrás de uma mesa. Ele parecia vagamente familiar, mas a maioria dos homens no mundo editorial eram brancos e usavam barba e óculos. Ele se levantou quando ambas entraram na sala.

— Obrigado por interromper, estava prestes a começar meu relatório de despesas e aceito qualquer desculpa para evitar isso.

Josephine riu.

— Sei como é. Scott, esta aqui é Isabelle Marlowe, ela se candidatou para a vaga de editora-assistente. Atualmente, é assistente editorial na TAQOT. Isabelle, este é Scott Tobias, outro editor daqui.

Izzy apertou a mão de Scott. Agora sabia por que lhe parecera familiar: ela o vira em alguns eventos editoriais. Ele havia editado vários de seus livros preferidos.

— Prazer em conhecê-lo, Scott. Na verdade, acho que nos falamos brevemente em um evento do livro *Alguém se curva*, embora tenha certeza de que não vai se lembrar; o lugar estava lotado.

Ele a olhou por um momento, depois sorriu.

— Eu me lembro, sim! Você fez aquela pergunta sobre como a autora conseguiu escrever em três perspectivas diferentes. Eu me lembro, porque ela ficou muito empolgada em responder.

Uau, Izzy não podia acreditar que ele se lembrava daquilo!

— Fui eu mesma — assentiu. — Foi um ótimo evento.

Scott se virou para uma pilha de caixas ao lado da porta.

— Espere, isso acabou de chegar... — Ele pegou um livro e o entregou para Izzy. — Interessada numa prova do próximo livro dela?

Izzy ofegou ao pegar o livro. Josephine e Scott riram.

— Parece que ela está interessada, não há dúvida — falou Josephine. Ela deu um passo para trás. — Bem, vou deixá-lo fazer seu relatório de despesas, mas fico contente que vocês dois tenham se reencontrado.

Izzy guardou o livro dentro de sua bolsa-sacola.

— Muito obrigada — falou para Scott. — Foi ótimo vê-lo outra vez.

Scott lhe sorriu, encaminhando-se para sua mesa.

— Foi muito bom encontrá-la também, Isabelle. Espero vê-la de novo em breve. Falo com você mais tarde, Josephine.

Josephine a levou até o elevador.

— Obrigada mais uma vez por poder vir com tão pouco aviso--prévio, Isabelle — disse Josephine. — Como eu lhe disse, estarei de férias na semana que vem, mas a manterei atualizada sobre nosso cronograma.

As duas trocaram um aperto de mão e Izzy sorriu para ela.

— Obrigada. Foi maravilhoso conversar com você.

Josephine sorriu.

— Digo o mesmo.

Izzy saiu do prédio da Maurice e ligou o telefone. Havia uma porção de mensagens de texto de Priya — graças aos céus, lembrara-se de desligar o celular antes de entrar lá. Mas nada de Beau.

Ele sabia quando seria a entrevista dela. Definitivamente, sabia.

Não escrevera para ver como tinha sido seu voo nem para desejar boa sorte na entrevista, tampouco para perguntar como tinha sido. Nada.

As mensagens de Priya eram ótimas. Mas queria compartilhar isso com Beau; celebrar com ele; ouvir sua voz grave, terna e familiar vibrando em seu ouvido.

Forçou-se a clicar nas mensagens de Priya.

Aposto que está se saindo muito bem!

Envie uma mensagem assim que sair.

Como foi????

Era melhor Izzy responder imediatamente ou Priya teria um surto.

Saí agora! Foi ótimo. Achei que queria a vaga antes de entrar lá, mas agora eu a quero demaaaaais. Josephine é ótima, todo mundo lá é ótimo, os livros são ótimos... Aaaaaaahhh

Priya respondeu na mesma hora.

E VOCÊ é ótima!

Izzy sorriu para o telefone. Sempre podia contar com Priya.

Tá bom, mas eu também queria garantir que você visse este artigo, caso ainda não tenha visto. A Marta te falou alguma coisa sobre isso? É verdade?

Izzy franziu o cenho para o celular ao clicar no link que Priya enviara. O que poderia ser? O que era verdade?

Ela leu por cima o artigo, algo sobre um novo livro de memórias de Hollywood recém-adquirido pela TAQOT. Adquirido por Gavin, argh. Mas por que Priya lhe enviara aquilo? O que teria ouvido de Marta?

E então encontrou a resposta.

Esta aquisição foi ainda mais importante para a TAQOT porque o livro de memórias de Beau Towers — adquirido por Marta Wallace mais de dois anos atrás — não será publicado no ano que vem. Uma fonte interna na TAQOT diz que o manuscrito de Towers está atrasado demais e que a probabilidade de ele entregar algo é "remota, quase nula". "Towers é um risco", disse nossa fonte. "Ele não coopera, tem consideráveis problemas no controle de raiva e, francamente, não é lá muito inteligente." Está claro que a TAQOT desistiu do livro.

Não será publicado no ano que vem? Desistiu do livro? Não é lá muito inteligente? Mas que diabos?

Izzy se sentia enfurecida e traída. Como podiam fazer isso com Beau? Como podiam fazer isso com ela? Ele havia se empenhado tanto. Marta sabia quanto ele vinha se empenhando, ele lhe contara! Atingi-lo assim, do nada, insultá-lo desse jeito, com apenas uma citação anônima em um artigo de fofoca sobre o mundo editorial, parecia cruel.

E Isabelle trabalhara tanto com ele. Será que nada daquilo importava? Será que simplesmente a tinham deixado trabalhar com ele depois de terem desistido de Beau, depois de se darem conta de que não queriam o livro de memórias dele, só para mantê-la ocupada, porque também tinham desistido dela?

Será que ele sabia disso? Não, ele não tinha como saber, senão teria lhe perguntado. Talvez achasse que Izzy sabia e não tinha lhe contado, e era por isso que não lhe mandara nenhuma mensagem.

Se esse era o motivo, também estava furiosa com Beau. Como ele podia pensar que ela não lhe contaria sobre aquilo? Como podia pensar que não ficaria do lado dele?

Precisava responder para Priya.

Não, não sabia de nada disso.

Tá, vamos conversar amanhã, assim que possível. Mal posso esperar para você estar de volta ao escritório!

Eu também, mal posso esperar!

Era uma mentira, mas o que mais ela poderia dizer para Priya? Não queria, de forma alguma, voltar ao escritório — apesar de estar zangada com Beau por não lhe escrever, por não confiar nela, estava também muito zangada com Marta por fazer isso com Beau.

Tinha que conversar com sua chefe sobre isso. Apesar de não saber se voltaria a ver Beau algum dia, apesar de o relacionamento entre eles talvez ter acabado, ainda assim acreditava naquele livro. Enquanto estava na Califórnia, aprendera como lutar por si mesma e por seus sonhos. Ia continuar lutando. Por seus sonhos e pelos de Beau.

CAPÍTULO TRINTA E TRÊS

Em sua caminhada para o trabalho na manhã seguinte, Izzy sorria enquanto olhava ao redor. Quando deixara a cidade, menos de dois meses antes, o mundo estava cinzento, deprimente, sem esperança. Agora o sol brilhava, havia flores em todo lugar e pássaros chilreavam em torno dela. Estava feliz mesmo por estar ali. Por estar de volta. E feliz por mais do que apenas isso. Sentia-se nervosa sobre o dia de hoje, sobre voltar ao escritório pela primeira vez em tanto tempo e confrontar Marta sobre aquele artigo. E sentia saudade de Beau, tanto que mal conseguia pensar a respeito; tanto que sabia que teria de vigiar suas expressões faciais quando conversasse com sua chefe sobre o livro dele. Mas também sentia esperança pelo futuro, o seu futuro. Amava livros, amava escrever, amava o mundo editorial e sabia que tinha um lugar naquele mundo. Não permitiria que ninguém lhe tirasse esse amor outra vez.

Quando faltavam alguns minutos para as nove, Izzy entrou no escritório da TAQOT. Levou muito mais tempo do que o habitual para chegar à sua mesa — todo mundo a parou no caminho, sorrindo-lhe, dizendo quanto haviam sentido sua falta, abraçando-a, entregando-lhe provas de livros que vinham guardando para ela. Não se dera conta de quantas pessoas ali a conheciam e gostavam dela.

A sala de Marta ainda estava escura quando Izzy chegou à sua mesa, mas sabia que estaria mesmo. Havia uma pilha de correspondência na mesa; aquilo a manteria ocupada enquanto esperava pela chefe. Deu uma olhadela na caixa de entrada do e-mail, mas a quantidade de novas mensagens era esmagadora. Já estava estressada sobre a futura conversa com Marta. O e-mail poderia esperar.

Depois de mais ou menos uma hora, Gavin passou por ela.

— Isabelle, bem-vinda.

Ela não deixaria que ele destruísse seu bom humor hoje.

— Obrigada, Gavin.

Aparentemente, ele também estava de bom humor, se é que aquele sorriso insuportável podia ser considerado um sinal.

— Enfim desistiu de Beau Towers, hein? — perguntou ele. — Não se preocupe, tudo bem. Tenho certeza de que terá mais e melhores oportunidades em algum momento.

Sabia que Gavin estava morrendo de vontade que ela lhe perguntasse o que ele sabia sobre o status do livro de Beau e para mencionar aquele outro livro de memórias que ele havia adquirido, mas ela se recusava a lhe dar essa satisfação.

— Obrigada! — foi tudo o que falou.

Exatamente naquele momento, o telefone de sua mesa tocou e Izzy se virou para atender. Gavin se afastou para a mesa dele.

— Sou só eu — disse Priya, a cinco mesas dali. — Vi que você estava aqui e ia me aproximar para um abraço, mas daí vi Gavin falando com você e tive que te resgatar antes. Café?

— Ah, com certeza — respondeu, em seu tom mais profissional.

— Com certeza, vou passar seu recado.

Priya riu.

— Me mande uma mensagem.

Ela desligou e Izzy sorriu enquanto pegava o celular.

Sim pro café! Mas só depois que Marta chegar aqui. Preciso descobrir que negócio é aquele do artigo. Eu te informo quando ficar sabendo.

Isso, me mantenha atualizada. Eu também tenho informações sobre aquilo; tenho que conversar com Holly a respeito. Vamos DISCUTIR.

Graças a Deus você tá de volta! Trabalhei feio uma CAMELA enquanto não estava aqui, pode imaginar? Mas, espere, por que ainda estamos trocando mensagens? Vou aí para o meu abraço agora mesmo.

Izzy riu ao se levantar para cumprimentar Priya. Sentira tanta saudade dela!

Vinte minutos depois, Marta entrou e foi direto para sua sala, olhando para algo no celular. Izzy não tinha certeza se a chefe notara que ela estava ali ou se havia se esquecido de que estivera fora do escritório. De qualquer maneira, obrigou-se a dar um tempo para que se ajeitasse para começar o dia.

Havia feito para si mesma uma lista de questões para essa conversa, mas será que seus argumentos eram bons o bastante? Será que Marta lhe daria ouvidos? Será que ficaria furiosa com ela por resistir nessa questão? Depois de dez minutos, Izzy não aguentou mais e bateu na porta aberta de Marta.

Sua chefe levantou o olhar do telefone.

— Isabelle, você está de volta. Excelente.

Izzy deu um passo para dentro.

— Obrigada, Marta. Tem um assunto que eu...

Marta acenou para que ela pegasse uma cadeira.

— Essa coisa toda de você na Califórnia funcionou muito melhor do que eu pensava. Você conseguiu tirar um livro de verdade de Beau Towers, o que não pensei ser possível.

Izzy respirou fundo.

— Queria falar com você sobre... — De repente, ela se deu conta do que Marta havia acabado de dizer. — Espere, o que disse sobre Beau Towers?

— Ah, presumi que soubesse, já que estava copiada — falou Marta. — Ele enviou seu manuscrito hoje cedo.

Beau enviara o manuscrito para Marta hoje cedo? O manuscrito todo?

— Comecei a ler no metrô no caminho para cá — prosseguiu Marta. — Quando ele enviou aquelas páginas, algumas semanas atrás, pude ver que o livro seria bom, mas isso é muito melhor do que eu esperava.

Ele enviara algumas páginas semanas atrás? Não lhe dissera que ia fazer isso.

— Hã... é, ele se empenhou muito no livro. Também ultrapassou, e muito, minhas expectativas.

Marta pareceu bem presunçosa:

— O setor de vendas vai enlouquecer com esse livro. Foi uma ótima ideia a sua de ir conversar com ele.

Ótima ideia que *ela* tivera? Agora Izzy estava muito confusa.

— Eu... Obrigada — respondeu. — Mas vi aquele artigo ontem e pensei que a TAQOT planejava cancelar o livro...

Marta acenou para ela.

— Feche a porta.

Izzy se levantou, fechou a porta e tornou a se sentar.

— Não dê nenhuma atenção para aquele artigo. — Quase podia vê-la rangendo os dentes. — Não sei quem é aquela fonte, mas, quando eu descobrir...

Marta sorriu. Era o sorriso mais apavorante que Izzy já vira.

— Entrei em contato tanto com Beau Towers quanto com seu agente assim que vi o artigo. Eles sabem que é besteira. Ainda não decidimos como lidar publicamente com o artigo por aqui. Agora que temos o manuscrito, talvez apenas o deixemos sem resposta até termos uma capa, aí surpreendemos o mundo; isso é sempre uma sensação. Aaah, ou isso pode servir de assunto para um novo capítulo. O setor de marketing vai querer morrer com esse material promocional.

Izzy não fazia ideia do que dizer. Passara as últimas dezoito horas se preparando para este confronto, mas Marta já amava o livro de Beau, a TAQOT estava do lado dele e Marta a parabenizara?

— Dou boa parte dos créditos pela qualidade deste livro a você — falou Marta. — Bom trabalho.

Por mais incrível que fosse a sensação de ouvi-la dizendo aquilo, não podia levar todo o crédito.

— Obrigada, mas Beau é um ótimo escritor. Fiz muita coisa, sim, para ajudá-lo a entender como escrever um livro de memórias, mas a escrita é toda dele.

Marta ignorou aquele aparte com um gesto.

— Sim, sim, é disso que se trata ser um editor. A escrita é sempre deles, mas isso torna nosso trabalho ainda mais importante. A proposta que ele escreveu para o livro de memórias era um pesadelo. Podia ver que existia um bom escritor ali, mas sabia que seria preciso muito esforço meu para tirar um manuscrito dele. Você já fez boa parte desse trabalho para mim.

Nada naquele dia estava saindo como esperava. Será que deveria fazer outra coisa que não tivesse planejado? Izzy não se deteve, para não mudar de ideia.

— Obrigada, Marta. Na verdade, tem outra coisa que adoraria discutir com você. Faz um tempinho que queria passar para editora-assistente, mas isso não pareceu ser possível para mim aqui. Porém, recentemente, Josephine Henry, da Maurice, entrou em contato comigo sobre uma vaga assim. Fiz uma entrevista lá ontem.

Marta assentiu devagar.

— É. Parece um lugar muito bom para você. — O queixo de Izzy não chegou a cair, mas só porque o segurou a tempo. — Eu tentei por aqui, sabe? Mas, por causa dos cortes no orçamento no ano passado, não pudemos acrescentar nenhum editor-assistente, e estava preocupada que talvez fosse te perder. Para ser honesta, estava esperando que me perguntasse a respeito.

Mas Gavin tinha dito...

Gavin dissera que seu livro não era bom. Gavin dissera que ela não tinha potencial ali. Gavin dissera que Marta não acreditava nela.

Nada daquilo era verdade.

Antes que Izzy pudesse realmente absorver aquilo, Marta se virou de frente para o computador.

— Eu tenho o telefone de Josephine. Deixe eu entrar em contato para falar de você agora.

Izzy apenas a encarou.

Marta a olhou de esguelha e riu alto.

— Vou só dizer coisas ótimas a seu respeito, não que exista muito mais a dizer. — Ela pensou por um instante. — Bem, você não é tão boa em fazer propaganda de si mesma. Trabalhe nisso.

Típico de Marta: dizer um de seus defeitos, mandá-la melhorar e não reconhecer nem parar para pensar em todos os motivos pelos quais era difícil para ela reconhecer ou se gabar de suas realizações. Ah, o mundo parecia um pouquinho mais normal agora.

— Certo — foi tudo o que disse. — Obrigada, Marta.

Marta estendeu a mão para o telefone e Izzy se levantou.

— Josephine, oi — Marta dizia quando Izzy abriu a porta da sala. — Aqui é Marta Wallace. Como vão os negócios?

Izzy fechou a porta com suavidade. É claro que Marta perguntaria "como vão os negócios" em vez de "como vai". Para ser justa, para ela, talvez, as duas coisas davam no mesmo.

Voltou para sua mesa e depois balançou a cabeça, indo para os elevadores. Não podia se sentar em seu cubículo depois do que acabara de acontecer. Tinha que ir para algum lugar e ficar sozinha para processar aquela conversa.

Ela esperava que Marta fosse seca, indiferente, que lhe dissesse basicamente que seus dois meses na Califórnia tinham sido inúteis para Beau, para a TAQOT, para sua carreira. E, sim, Marta fora seca — ela sempre era. Mas todo o restante tinha sido diferente.

Quando saiu para o ar fresco da primavera, enfim se permitiu pensar numa das coisas mais inesperadas que Marta lhe dissera. Beau tinha entregado seu manuscrito naquela manhã.

Ele havia terminado, a coisa que achava que não conseguiria fazer, a coisa que ele lhe dissera, menos de dois meses antes, que sabia que não era capaz de realizar. Escrevera o livro. Lutara, esperneara e se empenhara tanto em sua escrita e em si mesmo. E conseguira. Queria estar lá quando ele apertou ENVIAR; queria poder lhe dar um abraço enorme; queria que soubesse quanto estava feliz por ele. Quanto estava orgulhosa dele.

Sentia tanta saudade de Beau. Queria vê-lo, parabenizá-lo por isso, perguntar como se sentia, contar a ele sobre a entrevista, perguntar se ele ficara sabendo sobre aquele artigo antes de receber o e-mail de Marta a respeito, abraçá-lo de novo.

E então parou no meio da calçada, fazendo com que alguém mais atrás gritasse com ela, um xingamento que mal escutou.

Por que não podia fazer tudo aquilo? Izzy se convencera de que estava tudo terminado entre eles, que ela nunca o veria de novo, que não podiam ter um final feliz, que era como tinha que ser.

Só porque ele não lhe enviara uma mensagem de texto por dois dias? Ela também não havia escrito para ele.

E por que achava que ele estaria com raiva dela por causa do artigo? Beau jamais, nem por um segundo, pensaria que ela tinha algo a ver com aquilo.

Havia se convencido de que não podia pedir mais. Que o que Beau e ela tinham não era real. Mas não era assim que se sentia. Não era o que ela queria. Tinha se apaixonado por ele enquanto trabalhavam juntos na biblioteca, enquanto jantavam no sofá, enquanto brigavam e faziam as pazes na cozinha, enquanto se beijavam na praia. E não havia dito isso a ele, não dissera nada disso. Não tinha sido capaz nem de admitir para si mesma.

Talvez Beau não sentisse por ela o mesmo que Izzy sentia por ele. Mas fora tão cuidadosa nos últimos dias para esconder seus sentimentos dele e de si mesma — para evitar decepções, para evitar que se magoasse, para evitar criar esperanças —, que não havia se permitido admitir de verdade o que queria. Não se permitira sonhar sobre como seria conseguir o que queria.

Tinha que pedir o que queria. E o que ela queria era Beau.

Procurou a bolsa para pegar o telefone e não encontrou nenhuma das duas coisas. Ah, sim — sua bolsa e seu celular estavam na mesa do escritório. Ela havia saído tão impulsivamente depois de conversar com Marta que não parara para pegar nenhum dos dois.

Deu meia-volta. Tinha que pegar o telefone. Tinha que ligar para Beau.

CAPÍTULO TRINTA E QUATRO

Quando Izzy chegou à sua mesa, havia um pacote fino sobre ela. Ela o empurrou de lado para pegar a bolsa, mas a letra forte e ousada na embalagem chamou sua atenção. E então viu o endereço do remetente; vinha de Santa Bárbara. Rasgou a embalagem.

Dentro, havia um caderno grosso com uma espiral preta. Quando o pegou, seus olhos se encheram de lágrimas. Ela traçou as marquinhas no caderno com o dedo: as manchas, os entalhes, tudo de que se lembrava tão bem. Aquele era o caderno de Beau.

Aquele em que ele escrevera quase todos os dias durante semanas, o caderno que passavam um para o outro sobre a mesa como um ritual, no começo e no final de cada uma das sessões na biblioteca. O caderno que ela lhe devolvera no final da última vez dos dois juntos na biblioteca. E, agora, o caderno de Beau estava ali.

Aquela manchinha de café, no canto, de quando ela gesticulara com entusiasmo excessivo e derrubara a xícara. Aquela sujeirinha laranja na lateral, do dia em que tinham petiscado Cheetos. Aquele ponto inchado em um dos lados, do dia em que trabalharam ao lado da piscina e Beau respingara água no caderno por acidente.

Leia-me, dizia o bilhetinho no post-it em cima.

Ela abriu o caderno.

Ela disse que, se eu não sabia o que escrever, devia escrever sobre quanto estou irritado por ela estar me forçando a fazer isso, então tudo bem, é o que vou fazer. Estou muito irritado com isso. Também estou muito irritado pelo quanto gosto dela.

Beau escrevera sobre ela? Izzy fechou o caderno. Não podia ler aquilo ali.

Olhou de relance para a porta aberta da sala de Marta. Neste instante, a chefe de Priya, Holly, entrou naquela sala com uma expressão severa e fechou a porta. O timing perfeito.

Izzy agarrou o caderno e saiu correndo para os elevadores.

Caminhou até um parquinho pequenino a alguns quarteirões, onde ela e Priya se encontravam com frequência para almoçar e fofocar em dias bonitos. Graças a Deus, o tempo estava a seu favor hoje.

Sentou-se em seu banco preferido, respirou fundo e abriu o caderno.

Ela disse que, se eu não sabia o que escrever, devia escrever sobre quanto estou irritado por ela estar me forçando a fazer isso, então tudo bem, é o que vou fazer. Estou muito irritado com isso. Também estou muito irritado pelo quanto gosto dela.

Não quero fazer isso, de jeito nenhum. Pensei, quando ela disse que me ajudaria com o livro, que começaríamos devagar. Em vez disso, BUM*, ela colocou um cronômetro e me disse para começar. E, pior ainda, não consigo acreditar que me coloquei nesta situação, morando com essa mulher por quem me sinto loucamente atraído e que tem todos os motivos para me desprezar, sentado diante dela na mesa todos os dias por um mês. Isso vai ser um pesadelo. E é tudo culpa minha. Será que vou conseguir tirar um livro disto? Duvido.*

Ela está só ali, sentada, olhando para o telefone enquanto escrevo isto. Olhei para ela por um tempo, agorinha, mas ela não olhou para mim nem de relance — está sorrindo para alguma coisa no celular. Eu me pergunto o que seria — alguma amiga dela? Alguém que está namorando? Eu queria saber como fazê-la sorrir desse jeito. Já fiz isso por acidente, mas não faço ideia de como replicar a experiência. Eu era melhor nisso. Pelo menos, achava que era. Mas primeiro meu pai morreu e eu fiquei furioso com o mundo, e daí fiquei furioso comigo mesmo, daí me tranquei sozinho nesta casa por um ano, e agora mal sei como conversar com outros seres humanos, quanto mais com uma mulher linda, esperta e levemente mordaz.

Era do primeiro dia na biblioteca. Beau pensava assim sobre ela desde o comecinho? Ele lhe dissera isso, mas Izzy não tinha acreditado.

Linda, esperta, levemente mordaz. Uau, que descrição ótima! Ninguém mais a via assim.

Continuou lendo.

Acho que eu deveria escrever sobre por que estou tão furioso comigo mesmo. É, quem sabe, mas não consigo fazer isso hoje. Pequenos passos. Talvez vá começar com por que vim para cá, para esta casa. Porque estou aqui desde aquela noite em que descobri tudo. Ai, Deus, escrever sobre como estou irritado por Isabelle me forçar a fazer isso me levou a fazer exatamente o que ela queria que eu fizesse. Então tudo bem, Isabelle, você venceu este round.

Izzy pulou o resto daquele registro — era uma versão muito mais bagunçada do primeiro capítulo que ele lhe dera para ler, semanas depois daquele dia na biblioteca. Pulou para a página seguinte.

Não posso acreditar que a deixei ficar com este caderno. Quando o entreguei para ela ontem, antes de sairmos da biblioteca, meio que me esqueci do que tinha escrito sobre ela bem no comecinho — na primeiríssima página. Mas ela prometeu que não o leria, e acho que cumpriu a promessa, porque não está agindo de maneira estranha comigo hoje nem nada.

Bem, não mais estranha do que o habitual, já que, sabe como é, ela meio que acha que eu sou um monstro.

Não que ela esteja enganada quanto a isso, mas mesmo assim...

Posso confiar nela para ficar com o caderno de novo? Por outro lado, estou meio que apavorado com o fato de, se ficar com ele, apagar tudo e arrancar aquelas primeiras páginas que escrevi. Não pelo mesmo motivo que fiz isso da primeira vez. Da primeira vez que apaguei tudo, foi porque o que escrevi era terrível, falso, desonesto. Aquilo me fez odiar quando li de novo depois. Izzy diz que eu não deveria ter apagado, que deveria ter salvo tudo em algum lugar, mas tive que apagar para me ajudar a me livrar da pessoa que havia escrito aquelas palavras, que achava que tinha todas as respostas, que estava tão confiante e tão errada.

Não, agora eu tenho medo que vá arrancar estas páginas porque elas são honestas demais, e não sei se estou preparado para isso. Então acho que é por isso que preciso entregá-las para ela, por proteção. Acho que preciso tentar confiar nela.

Izzy se lembrou de que, algumas vezes naquela semana, Beau olhara para ela de um jeito estranho quando empurrava o caderno para ele sobre a mesa. Não tinha pensado muito a respeito na época; ele sempre olhava para ela de um jeito estranho então. Agora entendia o porquê: ele estava tentando ver se ela lera o caderno. Se podia confiar nela.

Passou para a página seguinte. E para a próxima, e a seguinte. No começo de quase todos os registros, Beau tinha escrito sobre ela.

Jantamos juntos de novo ontem à noite. Eu e Isabelle. Izzy. Tivemos um dia bom trabalhando juntos — pelo menos, me pareceu bom. Ela parecia chateada com alguma coisa no jantar, e perguntei a ela qual era o problema. Ela pareceu surpresa por eu saber que havia algum problema com ela, e não sei como eu sabia, mas sabia. Acabou me contando que era um babaca com quem trabalha que deixou tudo difícil para ela hoje. Acho que conversar comigo a respeito fez com que se sentisse melhor. Espero que tenha tido esse efeito.

Com certeza, ela se sentiu melhor depois de zombar de mim por não lavar minha louça. Para ser justo, eu meio que mereci.

Tá, mais do que meio.

Outro dia.

Tenho certeza de que Izzy não abriu este caderno nem uma vez em todo o tempo que ficou com ele. Eu me pergunto se ela faz alguma ideia de que, todas as noites, quando nos sentamos juntos no sofá para assistir à TV, tenho que lutar para não me inclinar para beijá-la. Não vou fazer isso — acho que nunca vou poder fazer isso —, mas, Deus do céu, como desejo.

A cada dia, gosto mais dela. Não é mais apenas uma atração — embora também seja, claro, em especial quando ela usa aquelas regatinhas para o jantar —, simplesmente gosto dela. Ontem à noite, enquanto jantávamos, ela começou a falar sobre como um dia tinha certeza de que o armário de guloseimas estava falando com ela, e ri mais do que ria há... mais de um ano, na verdade.

Izzy se lembrava daquele jantar. Aquela tinha sido uma noite divertida. Alguns dias depois...

Fomos surfar ontem. Precisava de uma folga da escrita. Foi meio que uma decisão impulsiva, mas excelente. Parece que ela também precisava de uma folga, porque eu esperava que ela fosse discutir comigo sobre aonde íamos e o que estávamos fazendo, mas não o fez e foi comigo para a praia, e até me deixou começar a ensiná-la a surfar. Foi bem divertido — para mim, mas tenho certeza de que para ela também. Digo, claro, ela caiu um milhão de vezes, mas rimos muito disso. Acho que nós dois confiamos mais um no outro depois de ontem, apesar de este não ter sido meu objetivo.

Acho que ambos gostamos mais um do outro depois de ontem também.

O problema é que eu quase a beijei ontem à noite. Foi depois do jantar; estávamos juntos na cozinha, arrumando a louça; cada um tinha tomado vinho suficiente para estar não exatamente bêbado, mas no caminho. Ela estava um tanto risonha; era fofo. Mas, enfim, ela tropeçou e eu a apoiei. E daí não soltei mais. E ela apenas relaxou contra mim. E ficamos lá, desse jeito, por um tempo. E, Deus do céu, foi tão gostoso. E daí, de repente, sabia que, se continuasse daquele jeito por um segundo a mais, eu a beijaria, então me forcei a soltar minhas mãos e dar um passo para trás.

Não consigo parar de pensar no cheiro dela, ainda lembrando de leve o mar, mas com aquele perfume floral no cabelo.

Izzy ainda podia sentir aquele primeiro abraço na cozinha. Em como ele parecia sólido, reconfortante, quente. Como também não queria soltá-lo.

Mostrei para ela minha escrita hoje pela primeira vez. Ela até gostou — sei que gostou, porque, no começo, pareceu surpresa quando me disse que estava bom, então sei que ela disse a verdade. Não contei isso para ela, mas parte do motivo pelo qual me foi tão difícil começar este livro de memórias — ou esta versão dele, enfim — é que a ideia de outras pessoas lendo tudo me apavorava. Estou muito contente que Izzy seja a primeira pessoa a ler qualquer parte disto.

E daí, mais tarde, na mesma semana.

A amiga de Izzy está na cidade. Ela veio aqui ontem — Izzy disse que ela queria ver a casa e perguntou se podia tra- zê-la para cá. Pareceu meio nervosa ao me perguntar isso, o que me irritou, o fato de ela ainda se sentir nervosa perto de mim, mas tudo bem. Sendo como for, quando elas estavam aqui, a amiga dela mencionou algo sobre Izzy voltar para Nova York daqui a pouco mais de uma semana. Eu meio que esqueci que ela vai embora tão já.

Tanto faz. Não tem importância.

Mais tarde, naquele mesmo dia. Ela quase não queria ler o que viria.

Ah, merda. Eu fodi com tudo agora, não foi? Fui tão idiota com ela hoje. Sim, pior ainda do que no primeiro dia, se é que alguém pode acreditar nisso, o que não sei se é possível, mas é verdade. Eu fui tão idiota que ela saiu da biblioteca, pegou o carro e foi embora. Estou sentado na cozinha agora, escrevendo nesta coisa porque não sei o que fazer, enquanto espero ela voltar. Embora eu não a culpe se não voltar.

Falei umas coisas muito ruins para ela. Não quero nem escrevê-las. Se ela voltar, e quem é que sabe se vai, provavelmente vai subir direto para o quarto dela, fazer as malas e partir. Acho que só estou sentado aqui porque quero ter a oportunidade de pedir desculpas para ela antes disso.

Pensei que escrever tudo isto, pensar sobre tudo isto, estava me tornando menos idiota. Acho que não rolou.

Devia esperá-la lá fora.

Aquele foi o pior dia.

Ela voltou. Ainda tá aqui.

Eu não achei que ela fosse voltar. Nem tentei convencê-la a ficar, não achei que fosse adiantar. Apesar de ser o que eu queria, mais do que qualquer coisa.

Pedi desculpas e ela me ignorou, pedi desculpas de novo e ela ouviu, apenas mais ou menos, no começo. E daí ela me disse que eu a magoei, e, embora eu soubesse que era verdade, ouvi-la dizer essas palavras foi como um soco na cara. Isso me fez perceber quanto me importo com ela, quanto nossa... amizade, acho, é importante para mim, porque agora eu sei que não quero nunca mais fazer algo que a magoe.

Contei tudo a ela. Sobre meu pai, minha mãe, sobre mim. O que eu fiz com minha mãe. As coisas sobre as quais não tenho escrito, nem aqui. As coisas que venho pulando. E ela ouviu. E ainda tá aqui.

Ela me disse para escrever tudo o que eu contei a ela esta noite, e vou fazer isso, daqui a um segundinho, mas só precisava escrever isto antes.

Prometi a Izzy que nunca faria isso com ela de novo. Não sei se ela acreditou em mim, mas juro que vou cumprir a promessa.

Ele a havia cumprido.

Izzy me contou sobre a própria escrita. A parte inacreditável é que, quando eu a incentivei a recomeçar, a voltar a escrever, ela me ouviu. Tenho certeza de que não fui só eu, ela disse que já meio que tinha começado enquanto estava aqui; acho que só precisava de um empurrãozinho para realmente voltar, mas fico feliz que pude ser eu quem lhe deu esse empurrãozinho. Então, agora ela está sentada na minha frente, escrevendo também.

Izzy também estava feliz por ter sido ele a lhe dar o empurrão para voltar a escrever.

Enviei uma mensagem de texto para aquele terapeuta que eu via antes. Vou conversar com ele amanhã cedo. Estou nervoso pra caramba.

Ela não sabia disso.

Izzy deveria ir embora no fim desta semana. Quero que ela fique por mais tempo. Acho que vou perguntar para ela se ficaria, se eu arranjar coragem. Deseje-me sorte.

No dia seguinte.

Ela vai ficar. Mais três semanas.

Marta disse que, para Izzy ficar, tenho que enviar algumas páginas para ela — acho que para comprovar que tenho trabalhado. Ela disse que isso não é negociável.

Agora outra coisa fazia sentido. Ela *sabia* que Marta havia dito outra coisa para ele ao final daquela ligação.

Não contei essa parte para Izzy — ela sabe quanto tenho pavor de que alguém além dela leia o que escrevi. Achei que, se eu contasse, ela perceberia quanto era importante para mim que ela ficasse. E que ela perceberia como me sinto a respeito dela.

No começo, achei que estivesse atraído por Izzy apenas da mesma forma como já estive atraído por muitas mulheres. Pensei que fosse diferente apenas porque sabia que não podia fazer nada a respeito. E daí, conforme ela ficou por mais tempo, conforme conversamos mais, ficamos mais próximos, pensei que fosse porque somos amigos agora, e a amizade dela era importante para mim.

Mas agora sei que estou realmente começando a me apaixonar. Será que ela pensa em mim como algo além de um amigo — um tipo de — ou um projeto profissional? Não faço ideia.

Tudo o que sei com certeza é que está cada vez mais difícil não deixar que ela perceba como me sinto.

Izzy se lembrava de como se sentia naquela época. Naquele ponto, ela tentava fingir que seus sentimentos por Beau não existiam. Ao menos ele admitia seus sentimentos para si mesmo.

Nós nos beijamos ontem na praia. Ela me beijou primeiro e eu correspondi, e daí simplesmente nos beijamos, por um longo tempo. Minha mãe ainda me conhece tão bem, depois de todo esse tempo — ela conseguiu perceber, só pela forma como falei sobre Izzy, que estou me apaixonando. Ela me disse para ir fundo — não consigo acreditar que estou recebendo conselhos da minha mãe sobre mulheres, mas ela tinha razão, não tinha?

Izzy e eu não conversamos sobre muita coisa. Disse a ela que queria beijá-la desde o começo, e ela pareceu surpresa, quase como se não acreditasse em mim a princípio. Eu quase disse para ela abrir este caderno, e ela saberia com certeza, mas daí me segurei.

E então, uma semana depois, apenas algumas linhas.

Izzy acordou na minha cama esta manhã. Acho que, pela primeira vez em muito tempo, estou feliz de verdade. Acho que ela também está. Está sorrindo na minha frente enquanto escreve. Acabo de me dar conta de que também estou sorrindo.

Deus do céu, que saudade dele.

Ela está indo embora. Sabia que estava chegando — nós dois sabíamos —, mas pensávamos que teríamos mais tempo. Ela parte depois de amanhã.

Esta manhã ela me puxou aqui para dentro e me contou que tem uma entrevista para outro emprego, um que eu sei que ela quer muito. Estou emocionado por ela, claro que estou, ela tenta não falar muito a respeito, mas sei que tem lutado em seu emprego já há algum tempo. Ela precisa disso. Queria dizer a ela que não quero que parta, por favor, não vá, mas me contive. Não quero que se sinta culpada. Não posso impedir seu crescimento.

Mas disse a ela que vou sentir saudade. Não pude evitar.
Porque, meu Deus, vou sentir tanta saudade dela...

Foi somente quando as lágrimas dela caíram no caderno que Izzy se deu conta de que chorava. Virou a página.

É a nossa última vez aqui na biblioteca. A última vez com ela sentada na minha frente assim, pressionando os lábios quando se concentra, soltando o cabelo e voltando a prendê-lo, e depois o soltando de novo a cada cinco minutos, sorrindo para mim quando levanto a cabeça, desviando a atenção de meu notebook, como se estivesse orgulhosa por mim, sorrindo para mim quando a agarro assim que saímos desta sala. Que droga. Odeio isso. Vou sentir tanta saudade dela...

E então apenas mais uma página.

Izzy foi embora ontem. Estou sentado no banco junto da janela da biblioteca — não aguentei me sentar no meu lugar de sempre e olhar do outro lado da mesa e não a ver, mas também não consegui aguentar não trabalhar aqui na biblioteca, onde é como se eu pudesse senti-la aqui comigo.

Estou sentado há horas, escrevendo. Quase terminei o livro. Acho que posso enviá-lo para Marta em breve, talvez até amanhã. Escrevi a noite toda, na maior parte apenas para ter algo a fazer. Não queria ir para a cama, sabia que sentiria saudade demais dela.

Não lhe contei como me sinto a seu respeito antes que partisse. Queria, as palavras estavam na ponta da língua, mas me segurei. A princípio, disse para mim mesmo que era por ela, que não queria impedi-la de crescer, que não queria distraí-la da entrevista, que não queria que ela pensasse que eu queria que ela ficasse comigo em vez de seguir seu sonho.

Agora, porém, percebo que era apenas uma desculpa. Estava com medo de dizer como me sentia, com medo de que ela não se sentisse da mesma forma, com medo de que estivesse aliviada e feliz em voltar para Nova York e para sua antiga vida lá, e me deixar para trás.

E talvez seja verdade. Talvez ela se sinta assim.

Mas eu tenho que saber com certeza.

Vou me obrigar a enviar este caderno para ela. Eu me dei conta, quando o devolveu para mim antes de ir embora, que sempre pensei nele como se pertencesse a ela. Que eu sempre escrevi tudo isso para ela.

Sempre escrevi isso para você, Izzy, se é que está lendo isto, se chegou até aqui. Isto sempre foi para você.

CAPÍTULO TRINTA E CINCO

Izzy fechou o caderno e enxugou os olhos, embora não adiantasse muito. As lágrimas não paravam de brotar.

Ela olhou ao redor em busca do celular. Tinha que ligar para Beau.

Ai, Deus! Será que tinha deixado o telefone em sua mesa de novo? Ficara tão acostumada a não levar a bolsa — nem o celular — por todo lado consigo quando estava em Santa Bárbara que havia perdido a prática. Tinha que voltar à sua mesa para buscá-los.

Caminhou os poucos quarteirões de volta ao escritório enquanto palavras, frases e orações do caderno rodopiavam em sua mente. Não podia acreditar que ele vinha escrevendo sobre ela desde o começo. Esse tempo todo, quando Izzy não sabia como se sentia, Beau já sabia como se sentia. Esse tempo todo, enquanto ela não estava segura a respeito dele, ele estivera bem ali.

Não lhe dissera que queria que ela ficasse porque não queria impedi-la de crescer. Aquela devia ser a coisa mais romântica que já tinha ouvido.

Quando alcançou sua mesa, Gavin desapareceu dentro da sala de Marta e a porta se fechou de novo. Sua chefe estava fazendo várias reuniões a portas fechadas naquele dia.

Bem, isso era conveniente, já que, com a porta de Marta aberta ou fechada, Izzy iria simplesmente sair outra vez. De modo algum faria essa ligação sentada em sua mesa.

Enquanto se afastava, ouviu vozes aumentando de volume dentro da sala de Marta. Em qualquer outro momento, Izzy teria se demorado um pouco mais para ver o que estava acontecendo, mas não agora.

Saiu do prédio. Não podia voltar ao parque, ficava longe demais; não podia esperar esse tempo todo. Deu a volta na esquina, só para ganhar certa distância, e enfim ligou para Beau.

O telefone tocou, e a expectativa se acumulou no peito dela. *Onde será que ele estava?*, perguntou-se. No quarto dele? Na cozinha? Na biblioteca? Ela esperava que estivesse na biblioteca.

O telefone tocou e tocou. E depois caiu na caixa postal.

Caixa postal? Ele estava de brincadeira, por acaso? Enviara-lhe aquele caderno, quase uma granada emocional, com apenas um post-it em cima, e depois deixava a ligação cair na *caixa postal*? Era provável que Beau nem tivesse tirado o celular do modo silencioso naquele dia ou que o tivesse deixado do outro lado da casa, ou algo assim.

Mal podia esperar para gritar com ele por causa disso.

— Oi, Beau, é a Izzy. Recebi o caderno. Li o caderno. Me liga. Assim que ouvir este recado.

Ela desligou e, em seguida, ficou encarando o telefone por alguns minutos, tentando fazer com que ele ligasse de volta com a força do pensamento. Agora, imediatamente. Entretanto, cinco minutos se passaram, e seu celular continuava em silêncio.

Tinha forçado sua sorte o máximo que podia em seu primeiro dia de retorno. Precisava voltar para sua mesa.

Entrou no prédio da TAQOT e dirigiu-se aos elevadores, a mente uma névoa. Como poderia trabalhar antes de falar com ele?

Estava quase no elevador quando ouviu seu nome. Virou-se e olhou para o balcão do segurança, como se estivesse em um sonho.

— Isso, Isabelle Marlowe. Não, não tenho horário marcado. Sei que você disse que ela não está atendendo ao telefone, mas pode tentar de novo? Ela deveria estar lá.

— Ela está aqui — disse Izzy.

Beau se virou de frente para ela.

Ele havia cortado o cabelo, estava com um buquê de rosas em uma das mãos e parecia que não dormia há dias, mas Izzy não reparou em nada disso a princípio. Tudo o que podia ver era Beau, era ele mesmo, ele estava ali, em Nova York. E estava ali por causa de Izzy.

Caminharam na direção um do outro. Os olhos de Beau estavam fixos nos dela. Ele tinha aquela expressão nervosa, incerta, da qual se lembrava daquela vez em que lhe pedira que lesse o texto dele.

— Oi — disse ele. — Eu... — Ele se interrompeu. — Você...

Alguém trombou no braço dele e Beau olhou ao redor. No mesmo momento, Izzy lembrou que estavam no saguão do prédio onde ficava seu escritório, com muitas pessoas — muitas pessoas que ela conhecia — entrando e saindo.

— Vamos lá fora — propôs ela.

Uma vez que saíram e dobraram a esquina, ela se virou de frente para ele.

— Beau — ela falou —, você tá aqui.

Ele sorriu. Deus, ela tinha achado que nunca mais veria aquele sorriso de novo.

— Estou, sim — respondeu ele. — Eu te enviei...

Antes que ele pudesse terminar a frase, Izzy tirou o caderno da bolsa.

— Eu li — disse. — Li tudo.

Ele engoliu em seco.

— Tem algo que me dei conta de que não falei aí. — Ele deu um passo para perto dela. — Eu te amo.

Ela se permitiu um sorriso tão amplo quanto sentia vontade.

— Também te amo — disse ela.

Izzy mal pronunciara as palavras e já estava nos braços dele. Beau a esmagou contra si e ela se agarrou a ele com a mesma força. Sentiu o peitoral quente dele, seu hálito na orelha, os lábios no cabelo dela. A fragrância das rosas, ainda em uma das mãos dele, cercava-os.

— Queria te dizer antes de ir embora — disse ele. — Mas ficava adiando. Estava com medo, acho. Mas, meu Deus, Izzy, eu te amo tanto!

E então não bastava mais apenas abraçá-lo e ser abraçada. Izzy puxou o rosto de Beau para o seu e o beijou. Sentiu-o sorrir contra seus lábios enquanto ele respondia ao beijo. Ficaram lá se beijando por um bom tempo, os sons de Nova York ao redor deles, as mãos dela no cabelo dele, os braços dele segurando-a apertado.

Quando enfim pararam de se beijar, Izzy riu contra o peito de Beau.

— Realmente odeio dizer isto, mas preciso voltar ao trabalho — falou ela.

Ele a olhou e sorriu.

— Estarei esperando quando sair. Estou em um hotel aqui perto. — Ele fez menção de soltá-la, mas se deteve. — Ah! Entreguei meu livro hoje, sabia?

Ela o puxou para junto de si e o beijou de novo.

— Eu sei. Estou tão feliz. Tão orgulhosa de você. — Forçou-se a se afastar e os dois se voltaram para o prédio. — Marta me disse que começou a ler o texto no metrô a caminho do trabalho e que está ótimo.

Beau abriu um sorriso brilhante.

— É mesmo? Uau! Ah! Como foi a entrevista? Devia ter mandado uma mensagem, desculpe, é que estava...

Ela sorriu.

— Tudo bem. Eu tenho tanto pra te contar. A entrevista foi boa, muito boa mesmo. Espere, mas você...

Izzy ouviu uma comoção atrás dela e se virou.

Era Gavin.

— Ela vai se arrepender disso! — gritou ele, saindo do prédio com um segurança de cada lado.

O que estaria acontecendo?

Então, ele viu Izzy encarando-o.

— Você. Foi você quem contou para ela que fui eu, não foi? Aposto que está feliz agora, não está? Bem, você também vai se arrepender disso.

Izzy estreitou os olhos para ele.

— De que diabos está falando, Gavin?

Ele se aproximou dela.

— Ah, vai se fingir de inocente aqui mais uma vez, hã? Puro arco-íris e luz do sol você, né? Aparentemente, *alguém* contou para Marta que me ouviu por acaso ao telefone com aquele repórter. Não posso acreditar que ela me demitiu por causa daquilo. Mas uma coisa em que posso acreditar é que você fez isso comigo.

Gavin. Claro.

— Mas como eu poderia ter contado isso a ela? Nem estava...

Gavin deu outro passo na direção de Izzy.

— Sei que foi você. Você nunca me enganou. Está atrás do meu emprego desde o primeiro momento, eu sabia.

Beau se virou para ela com um sorriso.

— Esse cara tem um timing incrível. — Entregou o buquê de rosas a Izzy. — Isso vai ser divertido.

Beau se colocou na frente de Gavin.

— Oi, Gavin — falou ele, em um tom bem alegre. Era muito... gratificante ver como Beau se elevava acima de Gavin. — Eu me chamo Beau. Muito prazer em conhecê-lo. Só para sua informação, se algum dia falar com Isabelle desse jeito outra vez... na verdade, não, deixe-me corrigir isso: se algum dia falar com Isabelle outra vez, em qualquer momento, em qualquer contexto, farei da sua destruição minha meta de vida. E acabei de entregar meu livro, então tenho muito tempo livre pela frente.

Gavin fitava Beau, boquiaberto. Os seguranças sorriram.

— Agora — Beau apontou para a rua —, suma.

Gavin hesitou.

— Suma. AGORA.

Gavin se virou e saiu correndo, sua bolsa-carteiro batendo contra o quadril enquanto fugia, trôpego.

— Pronto. — Beau bateu as mãos enquanto voltava a se postar ao lado dela. — Achei isso muito satisfatório. E você?

Izzy sorriu para ele.

— Meu herói.

Ela jogou os braços ao redor do pescoço dele.

Beau a agarrou pela cintura e a puxou para um beijo.

— Pode acreditar.

EPÍLOGO

Um ano depois

Izzy abriu os olhos e sorriu ao olhar pela janela.

Tinha sido um ano puxado, exaustivo, maravilhoso. Marta lhe oferecera o posto de editora-assistente na TAQOT após Gavin ter deixado uma vaga em aberto, mas a oferta da Maurice era boa demais para se recusar, especialmente depois que Izzy colocou em prática algumas das próprias habilidades de negociação. Além disso, embora fosse incrível descobrir que Marta na verdade tinha fé nela, estava feliz por começar do zero e ter uma chefe que estava disposta a lhe dar feedback positivo com regularidade. Priya — que, no final, tinha sido quem havia contado para sua chefe, e depois para Marta, que ouvira Gavin conversando com aquele repórter — foi promovida, o que deixou tanto Priya quanto Izzy emocionadas.

Ela e Beau conseguiam se ver bastante — Maurice era bastante liberal com trabalho remoto, e Beau vinha passando muito tempo com ela em Nova York por aqueles dias, no apartamento que ela agora dividia com Priya. Mas era muito bom estar em Santa Bárbara neste momento, de férias realmente e com uma semana inteira apenas para ficarem juntos.

Virou-se para abrir um sorriso para Beau, mas ele não estava lá. Por que ela estava sozinha na cama dele?

Então, ouviu seus passos.

Ele abriu a porta do quarto com o ombro nu e entrou, segurando uma bandeja bem carregada.

— O que é tudo isso? — perguntou Izzy, olhando para toda a comida na bandeja, junto com uma garrafa de champanhe e um presente embrulhado quase sem capricho. — É o dia do lançamento do seu livro. Eu é que ia fazer isso para você.

Ele colocou a bandeja na cama e apanhou a garrafa de champanhe.

— Eu sei que ia, foi por isso que acordei cedo, para poder fazer isso para você. — Ele sorriu. — Além disso, sou o melhor cozinheiro entre nós dois.

Izzy pegou um pedaço de bacon.

— Tá, você tem razão nesse ponto, mas tracei estratégias com Michaela a respeito do assunto.

Ele riu enquanto girava a gaiola em torno da rolha da champanhe.

— Eu sei — disse ele. — Uma curiosidade: Michaela trabalha para mim.

Izzy riu.

— Você e eu sabemos que Michaela faz o que quer por aqui.

Beau concordou com um sorriso.

— Isso, sem dúvida, é verdade.

Izzy pensou no que ela lhe dissera quando havia chegado no dia anterior.

— Acho que agora não tem problema te contar isto — Michaela havia cochichado no seu ouvido. — Naquele primeiro dia que chegou aqui? Eu não torci o tornozelo de verdade.

Izzy se sobressaltou.

— Como é?

— Você me escutou. — Michaela lhe sorriu. — Tive um pressentimento a seu respeito.

Izzy ainda não podia acreditar.

Mas perdoava Michaela por essa.

— Você pode cozinhar para mim no dia em que seu livro for lançado, no ano que vem — falou Beau. — Isso te dará algum tempo para aprender a cozinhar.

Ela riu e olhou para a bandeja.

— O que é isso? — perguntou, apontando para o presente.

O sorriso de Beau ficou maior.

— Abra — disse ele.

Ela apanhou o embrulho. Tinha o formato de um livro, mas por que Beau lhe daria um livro? Não que não chegasse em casa constantemente com livros novos para si mesma, mas Beau sabia que ela o fazia com tanta frequência, que ele não tinha ideia de que livros Izzy possuía de fato. Seria algo raro? Ou talvez algo da biblioteca que ele queria que ficasse com ela?

— Sabe — disse, enquanto ela revirava o presente nas mãos —, é mais fácil descobrir o que é se tirar o papel.

Ela revirou os olhos para ele e enfim abriu o presente.

Era o livro dele. A foto de Beau estava na capa, aquela que a fotógrafa havia tirado certo dia no verão passado, quando Izzy viera passar um fim de semana prolongado. A fotógrafa tirara a foto de Beau olhando para Izzy na praia, embora apenas os três soubessem para quem Beau olhava.

Izzy amava aquela foto. Mas por que Beau estava lhe dando seu livro?

Ela o encarou.

— O post-it — avisou ele.

Ela olhou para o livro. Havia um *recado* dizendo *Leia-me*. Devia haver ingressos lá dentro. A peça preferida de Izzy viria para LA dali a alguns meses; ela sempre se esquecia de dizer para ele que deviam ir juntos. Sorriu e virou a página.

Mas não havia ingresso nenhum. Ela leu a página e depois olhou para ele, os olhos cheios de lágrimas.

Para Isabelle. Nunca teria sido capaz de escrever este livro se não fosse por você. Te amo.

Izzy presumira que Beau o dedicaria à mãe. Tivera certeza disso pelos últimos meses. Nunca nem pensara que aquilo poderia acontecer.

— Você não sabia? — perguntou ele.

Ela não foi capaz de dizer nada; apenas balançou a cabeça em uma negativa. Seu coração estava tão repleto!

Ele soltou um suspiro de alívio.

— Queria que fosse eu a te contar, mas estava supernervoso que você descobrisse antes, de alguma maneira. Marta disse que guardaria segredo, mas todo mundo por lá te conhece, então estava preocupado.

— Eu não tinha ideia — respondeu ela.

Izzy deveria falar mais alguma coisa, mas nem sequer sabia explicar como se sentia naquele momento. Choque, alegria, orgulho, deslumbramento, tudo de uma só vez. Mas, principalmente, amor.

— Eu te amo tanto — disse ela.

Ele lhe entregou uma taça de champanhe.

— Eu também te amo. — Beau se sentou ao lado de Izzy e tocou sua taça na dela. — A você, Isabelle Marlowe, a mulher que um dia entrou na minha casa e mudou minha vida.

Sendo assim, ela o beijou.

AGRADECIMENTOS

Há muitas pessoas que me apoiaram com suas ações, amizade e amor enquanto eu escrevia este livro, e sou muito grata a todas elas.

A toda a equipe da Hyperion Avenue, muito obrigada por confiar em mim com esta história e por tudo o que fizeram para ajudar este livro a se tornar realidade. Jocelyn Davies, obrigada pelas revisões ponderadas, que tornaram este livro muito melhor, e por amar Izzy e Beau tanto quanto eu. Marci Senders e Stephanie Singleton, obrigada por esta incrível capa, pela qual me apaixonei de imediato. Elanna Heda, Cassidy Leyendecker, Sara Liebling, Guy Cunningham, Jody Corbett, Martin Karlow, Meredith Jones e Marybeth Tregarthen, muito obrigada por todo o empenho em transformar meu manuscrito neste lindo livro. E muito obrigada a Lyssa Hurvitz, Seale Ballenger, Danielle DiMartino, Holly Nagel, Ian Byrne, Marina Shultz, Monique Diman, Nicole Elmes, Michael Freeman, Loren Godfrey, Kim Knueppel, Vicki Korlishin, Meredith Lisbin, Vanessa Vazquez e Samantha Voorhees, por trazer este livro ao mundo e ajudá-lo a encontrar seus leitores.

Holly Root, você é uma verdadeira pedra preciosa. Estes últimos dois anos foram incomensuravelmente mais fáceis por sua causa; este livro só é um livro por seu conselho, seu apoio e seus vários, vários discursos motivacionais. Muitíssimo obrigada. E obrigada a todo mundo na Root Literary: Alyssa Moore e Melanie Figueroa, muito obrigada por todo o trabalho árduo em meu nome. Taylor Haggerty, muito obrigada pelos excelentes conselhos sobre Santa Bárbara! Kristin Dwyer, que alegria é trabalhar com você. Obrigada por ser exatamente quem você é.

Amy Spalding, obrigada por todos os conselhos sobre este livro, por ser uma companhia de pesquisas de viagem tão excelente em Santa Bárbara e por sua amizade. Akilah Brown, obrigada por seus conselhos, sua honestidade e sua amizade. Kayla Cagan, obrigada pelo brilhantismo, pelo humor e pelas bolinhas de queijo. Obrigada a Sara Zarr, que disse "Se você escreve, então é uma escritora" para mim em um momento em que eu com certeza não achava que merecia esse título. Muito obrigada a Josh Gondelman, o rei dos discursos motivacionais. E obrigada às muitas outras escritoras que me ofertaram conselhos, companheirismo e apoio ao longo destes últimos dois anos: Jami Attenberg, Melissa Baumgart, Robin Benway, Alexis Coe, Nicole Chung, Mira Jacob, Ruby Lang, Jessica Morgan, Julie Murphy, Samin Nosratt, Helen Rosner e Emma Straub.

Não se trata apenas de não ter sido capaz de escrever este livro sem minhas amigas; eu não teria conseguido atravessar os dois anos de pandemia sem elas. Nicole Clouse e Simi Patnaik, amo muito vocês. (Simi, espero que esteja feliz agora.) Jill Vizas, não sei o que faria sem você. Janet Goode, sinto muita saudade sua; mal posso esperar para vê-la de novo. Kimberly Chin, torço por muitas outras refeições juntas e muitos anos mais de amizade. Sarah Mackey, obrigada por me ajudar a dar nome a tudo. Toda minha amizade e gratidão a Joy Alferness e a toda a família Alferness, Nanita Cranford, Nicole Cliffe, Jenée Desmond-Harris, Rachel Fershleiser, Alyssa Furukawa, Alicia Harris, Jina Kim, Danny Lavery, Kate Leos, Lisa McIntire, Caille Millner, Runjini Murthy, Maret Orliss, Samantha Powell, Jessica Simmons, Sara Simon, Melissa Sladden, Christina Tucker, Dana White e Margaret H. Willison. Sou infinitamente grata a todos vocês por me fazerem rir e chorar, por todos os abraços, tanto pessoais quanto virtuais, por sempre se fazerem presentes para mim, por todos os telefonemas e videochamadas, e pelas muitas, muitas mensagens de texto.

Obrigada a Meghan e Harry, por me mostrarem todos os lugares a que uma princesa real iria em Santa Bárbara. (Estou só brincando.) (Será que estou?)

Obrigada à minha família; amo muito todos vocês. Não posso listar todos pelo nome porque ficaríamos aqui por quatro ou cinco páginas, mas saibam que amo todos vocês demais e aprecio todo amor e apoio que me dão. Um agradecimento especial a meus pais, que sempre me apoiaram. Mãe, você é a melhor (sei que sabe disso, mas tenho que dizer). Pai, eu te amo demais.

Obrigada a todas as bibliotecas e livrarias que trabalharam tanto durante estes últimos anos para levar livros aos leitores. Um agradecimento especial à loja East Bay Booksellers e à equipe incrível de lá, e à Chaucer's Books em Santa Bárbara, que fez uma participação especial neste livro. E mil obrigadas a todos os professores e bibliotecários que incentivaram meu amor pela leitura; sou grata a cada um de vocês.

Por fim, obrigada a todos vocês que leram este livro. Seja este o primeiro ou o sétimo livro meu que tenha lido, sou imensamente grata por tirar um tempo para ler o que escrevo. A qualquer um que eu tenha dado um discurso motivacional nestes últimos dois anos, obrigada: vocês me ajudaram ainda mais do que posso tê-los ajudado. E, para aqueles de vocês que me disseram que meus livros os ajudaram a passar por estes dois anos tão difíceis, não tenho como lhes agradecer o bastante; vocês me ajudaram a seguir adiante.

Se você quiser ler mais do que escrevo ou ver o que vem em seguida, visite JasmineGuillory.com!